풍운강호

황진훈일문벽산(黃塵燻日問碧山)

흙먼지 해를 가릴 제 청산 가는 길을 묻다.

2

진부동 신무협 장편소설

ORIENTAL FANTASYSTORY & ADVENTURE

dream books
드림북스

풍운강호(風雲江湖) 2 난세의 시작

초판 1쇄 인쇄 / 2011년 4월 11일
초판 1쇄 발행 / 2011년 4월 21일

지은이 / 진부동

발행인 / 오영배
편집장 / 허경란
편집 / 신동철, 문보람, 오미정, 윤상현
본문 디자인 / 신경선
펴낸 곳 / (주)삼양출판사 · 드림북스

주소 / 서울특별시 강북구 송천동 322-10호
대표 전화 / 02-980-2112 팩스 / 02-983-0660
편집부 전화 / 02-980-2116 팩스 / 02-983-8201
블로그 / blog.naver.com/dreambookss

등록번호 / 제9-00046호
등록일자 / 1999년 3월 11일

값 8,000원

ISBN 978-89-542-4357-5 (04810) / 978-89-542-4355-1 (세트)

* 지은이와 협의하에 인지는 생략합니다.
* 잘못된 책은 구입한 곳에서 바꾸어 드립니다.

風雲江湖
풍운강호
황진훈일문벽산(黃塵燻日問碧山)
흙먼지 해를 가릴 제 청산가는 길을 묻다.
2
난세의 시작
진부동 신무협 장편소설
ORIENTAL FANTASYSTORY & ADVENTURE
dream books
드림북스

풍운강호

목차

6

제1장
석위 이야기

석위는 본래 복건성 천주부(泉州府)의 혜안(惠安)이라는 바닷가 마을 출신이었다.

어려서부터 용력이 과인하여 저보다 나이 많은 아이들까지 부하로 부리며 전쟁놀이를 즐겼는데, 열세 살이 되던 해에 근처를 지나던 한 노도사가 석위의 근골을 보고 자기 제자로 삼고 싶어 했다.

남의 밭을 부치며 가난하게 살던 석위의 부모는 아들에게 농사꾼보다 나은 미래가 열리기를 기대하며 그 도사의 뜻에 따랐다.

석위는 작은 섬에 사부와 함께 살며 무려 십오 년 동안 도법을 익혔는데, 사부가 노환으로 죽고 나서야 겨우 섬을 떠나 집으로 돌아올 수 있었다.

그런데 그의 고향엔 부모도, 집도 남아 있지 않았다.

왜구들의 노략질로 마을이 불타버린 지 이미 오래되었던 것이다.

부모의 무덤조차 찾을 수 없게 된 석위는 이를 갈았고, 복수를 다짐했다.

그의 분풀이 대상은 쉽게 찾을 수 있었다.

왜구들은 시도 때도 없이 절강과 복건의 해안에 출몰했고, 관군은 그들을 막을 인원도, 의지도 없었다.

석위는 작은 배 한 척을 구해 타고 해안을 오르내리다가 연기가 보이면 급히 노를 저어 가서 약탈을 마치고 귀환하는 왜선을 공격했다.

작은 나룻배에 단 한 사람이 탔을 뿐이지만, 일단 그가 가까이 접근한 뒤엔 왜선에 탄 그 누구도 살아남지 못했다.

그런 상황이 반복되면서 석위를 따르는 사람의 수가 하나둘씩 늘어났다. 그들은 모두 왜구라는 공통의 원수를 가진 청년들이었다.

석위는 그들에게 도법을 전수해주었다.

뜻을 함께하는 사람이 많아지자 봉화를 피워 왜선의 접근을 미리 알리는 방법이 동원되었고, 그로 인해 석위 혼자 배를 저어 다니던 때와는 달리 마을이 피해를 입기 전에 왜구를 차단하는 일까지 가능하게 되었다.

늘 당하기만 하다가 제대로 된 응징이 이루어지는 것을 보고 사람들은 환호했다.

석위의 명성은 더욱 널리 퍼지고 따르는 무리도 점점 늘어났는데, 한편에선 그런 그를 못마땅하게 여기는 사람도 있었다.

바로 천주부 위지휘사사(衛指揮使司)에서 정천호(正千戶) 벼슬을 하는 고원청(高遠靑)이었다.

그는 천이백 명의 병사를 거느린 지휘관으로, 혜안현 일대의 경비 책임자이기도 했다.

자신의 관할구역에서 왜구의 출몰이 줄어든 것은 기쁜 일이지만, 그 공이 자신의 것이 아니라는 점이 문제였다.

처음 몇 번은 뒤늦게 왜구들의 시체를 챙겨 가지고 가서 마치 자기가 한 일인 양 위지휘사사에 보고하기도 했지만, 석위의 소문이 퍼지면서 더 이상 공적을 거짓으로 꾸며댈 수 없게 되었다.

숙고한 끝에 고원청은 부관을 보내어 석위에게 벼슬을 내렸다.

자기 부하로 삼으면 그가 한 일들을 자연스럽게 자신의 공적으로 삼을 수 있기 때문이었다.

그러나 석위는 애당초 벼슬을 탐해서 한 일이 아니기에 그 제안을 거절했다.

고원청은 말 잘하는 문관을 딸려서 다시 한 번 석위를 회유했다. 그러나 석위는 두 번째 제안 역시 거절했다.

위지휘사의 사위로 늘 승승장구하던 고원청으로서는 몹시 화가 나는 일이었다.

그래서 자신이 직접 나서게 되었다.

헛기침 몇 번 한 후에 위엄을 보이면 무릎 꿇고 공손히 응할 거라는 게 고원청의 생각이었지만 석위는 그렇게 쉽게 고개를 숙이지 않았다.

어린 시절, 사부를 따라 무인도로 들어간 이후 상당히 오랜 세월 동안 성질 괴팍한 노인과 단둘이만 지냈기 때문에, 그는 세상일에 서툴렀고 사람을 대하는 방식도 투박했다.

관리랍시고 거드름을 피우고 자신을 하인 대하듯 하는 고원청의 태도에 기분이 나빠진 석위는 표정과 말투에 속마음을 고스란히 드러냈다.

그런 그의 반응이 고원청을 자극했다.

부하들 보는 앞에서 모욕을 당했다고 생각한 고원청은 석위와 그를 따르는 무리를 모조리 체포하라고 명령했다.

명률에 따르면 불순한 의도로 무리를 이루는 자들은 주종(主從)을 가리지 않고 모두 참형에 처할 수 있었다.

고원청은 일단 그들을 죄인으로 만든 후에 사면해주는 조건으로 자기 휘하에 두고 부리려 했던 것인데, 석위의 반응은 그의 예상을 벗어났다.

그 자리에서 단칼에 고원청의 목을 벤 것이다.

워낙 빠른 손놀림이라 관군도 제지하지 못했고, 석위의 부하들도 말리지 못했다.

결국 그날 고원청을 따라갔던 관군들 중에 살아남은 자는 단 한 명도 없었다.

그 사건 이후, 석위와 그를 따르는 무리는 산으로 달아났고 관군의 추격이 시작되었다.

왜구로부터 해안 마을을 지켜주던 영웅들이 하루아침에 도망자 신세가 된 것이다.

이 산, 저 산으로 쫓겨 다니던 석위는 바다로 눈을 돌렸다.

어차피 도적패가 될 수밖에 없다면 산적보다 해적이 나을 거라고 판단한 것이다.

수군의 능력이 형편없다는 사실은 익히 아는 바였고, 일단 바다로 나가게 되면 왜구들과 싸우는 일도 계속할 수 있었다. 적어도 심산유곡으로 끝없이 도망 다니는 것보다는 훨씬 나을 것 같았다.

문제는 배를 구하는 일이었다.

운하에 띄우는 배는 바닥이 얕아서 바다의 높은 파도와 풍랑을 견딜 수 없었다.

크기와 구조에서부터 완전히 다른 배가 필요했는데, 석위는 항주에 그런 배들이 있다는 소문을 들었다.

석위는 부하들을 나누어 은밀히 항주로 향했고, 선착장에 매어진 배를 찾을 수 있었다.

환관 정화의 함대에 속해서 멀리 아프리카(阿弗利加)까지 다녀온 원양 항해용 배였다.

며칠 동안 배 주변의 경계 상황을 확인한 그는 그믐이 되기를 기다려 배에 올랐다.

갑판을 지키던 선원들의 혈을 눌러 간단히 제압한 석위는 줄을 풀어 배를 바다에 띄우려 했다.

그런데 예기치 못한 변수가 발생했다.

쇠피리를 든 청년이 석위의 앞을 가로막은 것이다.

두 사람은 무시무시한 대결을 벌였다.

그리고 그 대결에서 석위는 금기를 어기고 말았다.

그의 사부는 무공을 가르쳐주면서 자신의 내가심법에 문제가 있다는 사실을 거듭 강조한 바 있었다.

칠성이나 팔성까지는 괜찮지만 십성의 공력을 모두 끌어올리면 주화입마에 빠질 가능성이 지극히 높으니, 목숨을 걸어야 할 상황이 아니라면 절대 그리하지 말라는 당부였다.

석위는 철적 든 상대를 이기기 위해 내공의 한계까지 공력을 짜내야 했는데, 그럼에도 불구하고 이길 수 없었다.

결국 그는 상대의 공격에 의해서가 아니라 스스로 기혈이 폭주하여 갑판에 쓰러지고 말았다.

석위가 정신을 차리고 보니 자신은 선실에 누워 있었다. 그리고 놀랍게도 진기 흐름에 막힘이 없었다.

철적 든 청년, 진평이 자신을 주화입마에서 구해주었을 뿐만 아니라 진원지기의 고질적인 문제까지도 고쳐준 것이다.

자기를 살려준 저의를 묻는 말에 진평은 말없이 술을 권했고, 그렇게 석 잔의 술을 나눠 마신 후 두 사람은 친구가 되었다.

본혈방은 원래 여러 문파 고수들의 모임이었다.

몽골을 몰아내고 대송강토를 되찾는 일이 점점 어려워지자 그들은 최후의 수단을 강구하기로 했다.

바로 칸을 암살하는 것이었다.

떠나기 전, 그들은 모든 무공을 남겨두었다. 혹, 자기들이 실패하더라도 후인이 뜻을 이을 수 있도록 하기 위함이었다.

본혈방 명부에 갑자기 방도 수가 줄어든 것은 바로 그 일 때문이었다. 결사대는 최후의 일인까지 싸웠지만 결국 목적을 달성하지 못했던 것이다.

뒤를 잇게 된 본혈방주는 선대 방도들의 비전절기를 익혀 한시라도 빨리 절세고수가 되는 것을 목표로 삼았다.

그러나 과유불급(過猶不及)이라.

상승의 무공들을 자유롭게 골라서 익힐 수 있는 환경임에도, 정작 본혈방주 중에 고수가 된 사람은 한 명도 없었다.

각각의 무공엔 저마다의 심법이 있기 마련인데 이것저것 뛰어난 무공을 마음대로 고를 수 있다 보니 양손에 떡을 든 형국이라, 어느 하나에만 집중할 수가 없었던 것이다.

심법을 섞어 익힌 부작용은 심각했다.

주화입마가 다반사로 발생하게 되자 본혈방의 전승자들은 내공심법 쪽으로 연구를 집중했다.

송대 말기의 절세무공들을 모두 보유하고 있으면서도 제대로 된 고수를 배출하지 못한 본혈방.

수많은 시행착오를 거친 그들은 진평의 아버지 대에 이르러 마침내 통합된 심법을 완성시킬 수 있었다.

본혈방의 새 심법엔 요구 조건이 하나 있었는데, 바로 거대한 진원지기를 미리 키워둬야 한다는 것이었다.

진평의 부모는 이미 내공을 지닌 몸이라 새 심법을 받아들이는 게 불가능했지만 진평은 달랐다.

천하의 영약을 모두 구해 쌓아두고 내공 키우는 작업을 그가 네 살이 되던 해부터 시작했다.

본혈방은 대송강산 회복을 위해 단지 무력뿐만이 아니라 재력도 필요하다는 사실을 인지하고 상단 운영 역시 힘을 쏟고 있었다. 덕분에 여러 대에 걸쳐 축적된 재물로 영약을 얼마든지 구할 수 있었다.

진평은 뛰어난 자질로 부모의 기대에 부응했다.

그러나 나이는 어린데, 감당해야 할 내공이 어마어마했기에 대성이 쉽지는 않았다.

그가 난관에 부딪힐 때마다 부모는 자신들의 진력을 소모해가면서 도와주었다.

결과적으로 그것이 그들의 수명을 단축시켰다.

진평의 부모 역시 전대 방주들처럼 진원지기가 손상된 상태였기 때문에 어차피 장수하기는 어려운 몸이었다.

그래서 자신들의 수명 연장보다는 아들의 내공 완성을 선택한 것이다.

눈을 감기 전에 아들의 대성을 확인했다는 점은 그나마 다행이라고 할 수 있었다.

그렇게 어려서부터 온갖 무공들과 내공심법, 특히 주화입마에 대해 깊이 공부한 진평은 석위의 문제를 정확하게 짚어냈고, 자신의 내공으로 고쳐줄 수 있었다.

진평이 석위를 구한 것은 그의 부하들 때문이었다.

석위가 쓰러지자 모두들 자신의 안위는 돌보지 않고 달려들어 석위를 지키려고 했다.

진평은 그들의 혈도를 점하여 쓰러트린 후, 석위가 누구이고, 어디에서 무엇을 했고, 왜 배를 훔치려 했는지 물어 자초지종을 알게 되었다.

사람으로 하여금 진심으로 복종케 하는 것은 쉬운 일이 아니라는 것을 알기에 진평은 석위의 사람됨을 짐작할 수 있었고, 기꺼이 자신의 내력을 소모하여 그를 구했던 것이다.

친구가 된 이후, 진평은 석위와 그 무리에게 은신처를 제공해주었다. 또한 자신의 배를 내주어 멀리 동영까지 직접 가서 왜구들의 근거지를 박살내고 돌아올 수 있도록 해주었다.

석위 입장에선 진평이 생명의 은인이자 자신을 가장 잘 이해해주는 지기인 셈이었다.
또한 가장 기분 좋은 술 상대이기도 했다.

석위는 거푸 세 잔을 마신 후 빈 잔을 탁자에 내려놓았다.
"그래서 결국 승부를 가리지 못한 거지."
그의 맞은편에는 진평이 앉아 있었다.
새 방도를 들인 후 그들의 교육을 총관 서원직과 호법 정려군에게 맡기고, 자신은 삼태산의 일이 궁금해 혼자 석위를 찾아온 것이다.
"네가 도망칠 정도면 예상보다 강적이군."
석위는 발끈했다.
"도망친 게 아니라 승부를 다음으로 미뤘다고 했잖아!"
"그게 그거 아닌가?"
"칼이 부러졌는데 어쩌라고."
"한 자루만 부러졌다며?"
"어쨌거나 나쯤 되니까 아무 일 없이 빠져나왔지. 너라면 힘들었을 거야."
"후후……. 좋을 대로 생각해."
석위가 젓가락을 들며 말했다.
"그런데 말야. 그 녀석의 검초 중에 이런 게 있었거든."
그의 젓가락이 그려내는 움직임을 바라보던 진평이 물었다.
"넌 어떻게 대응했는데?"

"이렇게 흘렸지."

석위는 자리에서 일어나 당시 자신과 양우건의 상황을 번갈아 가면서 재현했다.

진평은 천천히 고개를 끄덕이며 생각하다가 역시 젓가락을 들고 일어섰다.

"그 상태에서 대맥혈을 찌르면 어떻게 받을 생각이지?"

"그야 회풍보로 피해야지."

"그건 너니까 가능한 거고."

"바로 그게 문제야."

석위는 사람들 사이에 섞여 사는 데는 다소 서툴지만, 무공에 있어서만큼은 세밀한 것도 놓치지 않았다.

진평 앞에서 쓰러진 이후, 그는 자신의 도법이 가진 치명적인 결함에 대해 생각해보게 되었다.

자신은 진평 덕에 내공 문제를 해결했지만, 문제가 있는 도법을 제자들에게 전수해줄 수는 없었다.

그래서 진기를 무리하게 운용하지 않는 새로운 도법의 창안을 목표로 삼았고, 그 과정에 진평이 큰 도움을 주었다.

진평은 본혈방의 모든 무공을 익혔기 때문에 초식을 연구하는 데 있어서 최고의 선생이자 대련 상대였다.

무공 연구라면 진평 역시 누구 못지않게 좋아했기 때문에 두 사람이 흥이 일면 밤을 새는 것도 다반사였다.

술을 마시며 얘기를 나누다가 한바탕 검무를 추고, 다시 또

술을 마시다 보면 방에서 나오지 않고 사나흘씩 보내는 경우도 종종 있었다.

이번엔 양우건이라는 고수의 검술이 주제가 되었기에 그 논의의 깊이가 더했다.

제2장
협의지심

홍패와 설가영은 사해전장에 머물며 무공을 연마했다.

진평을 따르기로 했으니 본혈방의 방도가 된 것은 당연한 일이었다. 그러나 그 귀하다는 공청석유(空淸石乳)를 마시게 할 거라고는 전혀 예상을 하지 못했었다.

진평의 의도는 간단했다.

방도가 많지도 않은데, 어디 가서 제 몸 하나 지키지 못해서야 되겠냐는 것이었다.

진평이 어린 시절 내공을 완성시키기 위해 모아두었던 영약들 중 남아 있는 것이 몇 가지 있었는데, 그중 공청석유 두 병이 그렇게 홍패와 설가영의 차지가 된 것이다.

병이 크지는 않았지만 두 사람의 내공을 증진시키는 데는 충분하고도 넘치는 양이 들어 있었다.

그것을 나누어 복용하게 했고, 단전에 흡수되기까지의 과정은 서원직과 정려군이 도와주었다.

홍패는 형님 잘 둔 덕에 얻게 된 기연을 더없이 기뻐했고, 설가영 역시 예전과 비교할 수도 없을 만큼 깊어지는 내공에 뿌듯함을 느꼈다.

두 사람은 각자의 석실에서 먹고 자면서 수련을 반복하다가 하루에 한 번, 점심을 먹을 때만 객사에서 만났다.

버섯 요리를 먹으며 홍패가 설가영에게 물었다.

"호법님이 엄한 모양이지?"

그녀의 이마며 손등 여기저기에 멍이 들어 있는 것을 보고 물은 것이다.

"견딜 만해요."

정려군은 설가영에게 선택을 하도록 했다.

쉬운 길로 천천히 갈 것인지, 어려운 길로 빨리 갈 것인지를.

설가영은 고통스럽더라도 빠른 성취가 있기를 바랐고, 정려군은 거기에 맞춰 실전 위주로 가르쳐주었다.

그녀의 목검에 두들겨 맞고 나면 밤에 잠자리에 들 때마다 안 아픈 곳이 없었지만, 그래도 증진된 내공 덕분인지 다음 날 아침엔 말짱했다.

홍패가 다시 물었다.

"새롭게 배우는 것도 있어?"

"아뇨. 지금 알고 있는 검법만으로 충분하대요."

만 가지 초식을 한 번씩 익히는 것보다 한 초식을 만 번 단련하는 게 훨씬 더 유용하다는 정려군의 말에 설가영도 동의를 한 상태였다.

홍패는 그녀와 좀 달랐다.

본혈방은 대송강산을 수복하겠다는 의사(義士)를 모음에 있어 정사 구분을 하지 않았다. 그러다 보니 은신술, 추적술, 경공술, 암기술에 대한 무공비급들도 보유하고 있었다.

도둑질과 경공술 외에 이렇다하게 내세울 게 없던 홍패에게 있어 그것은 보물과도 같았다. 더구나 내공까지 든든해졌기 때문에 어느 때보다 수련에 대한 집중도가 높았다.

식사를 마치고 차를 마시면서, 홍패가 약간 들뜬 목소리로 말했다.

"강호에 나갈 생각을 하면 가슴이 뛰어."

"예전보다 고수가 되어서요?"

"그것도 그렇지만, 뭔가 뜻있는 도둑질을 할 거거든."

설가영이 웃자 홍패가 정색을 하고 말을 이었다.

"인의에 어긋나는 도둑질은 하지 않겠다고 맹세를 할 때까지만 해도 내 생의 모든 낙이 사라졌다고 생각했어. 하지만 가만히 생각해 보니까 그게 아니더라고. 고관의 집을 털어서 그

돈을 백성들에게 나눠주면 우리 본혈방의 취지에도 맞고, 재미도 있을 거야. 뇌물 많이 받기로 소문난 놈 순서대로 털어야지. 히히!"

홍패는 벼슬아치들의 재물이 전부 자기 것이라도 되는 듯, 마냥 흡족한 미소를 지었다.

설가영이 물었다.

"예전엔 어떤 기준으로 도둑질을 했는데요?"

"그야 제일 비싼 것을 훔쳤지."

"앞으로 제일 나쁜 놈의 집을 털면, 거기서 제일 비싼 보물들이 나올 가능성도 높겠네요."

"바로 그거야! 헤헤……."

홍패는 손을 비비며 웃었다.

설가영도 강호행이 설레기는 마찬가지였다. 다만, 진평과 홍패에게 짐이 되지 않으려면 수련에 좀 더 박차를 가할 필요가 있었다.

홍패가 은쟁반의 장식을 어루만지며 중얼거렸다.

"그런데 진짜, 형님이 이렇게까지 부자인 줄은 몰랐어. 공청석유를 냉수 마시듯 하게 해줄 정도라니……."

"그러게요. 그런데 왜 동릉의 그 낡은 집에 살았을까요?"

"이런 부자가 파양채와 거래를 하는 것도 도무지 이해할 수가 없어."

설가영이 말했다.

"그 이유는 내가 알아요."

"뭔데?"

"큰형님은 배고프면 먹고, 술 고프면 마시고, 성질을 건드리는 놈이 있으면 베어버리는 자유로운 삶을 동경하는 거예요."

"하핫! 우리 형제들이 그렇게 살기는 하지."

"큰형님의 성정에 맞는데다가 보통 거래처보다 큰 이익도 보장되니까 당연히 거래를 하는 거죠."

홍패는 고개를 갸웃거렸다.

"그럼 왜 더 이상 거래 규모를 키우지 않는 걸까? 이 정도 규모의 전장을 운용할 재력이면 수로맹 전체와 거래를 터 막대한 이문을 취할 수 있을 텐데."

설가영이 검지를 세우며 말했다.

"큰형님은 자유로운 삶을 원하지만, 동시에 수적들의 한계도 분명히 인지하고 계신 거예요."

"한계라니?"

"거칠 것 없이 하고 싶은 대로 다 하지만, 그들은 근본적으로 약자를 죽여 이득을 취하잖아요. 그러니까 서로의 인연은 유지하되, 그들의 세력 확장까지 도울 생각은 없으신 거죠."

"흐음……."

홍패는 천천히 고개를 끄덕였다. 듣고 보니 그동안 모호했던 진평의 태도들이 모두 이해되는 것 같았다.

"근데 넌 그걸 어떻게 알지?"

"큰형님의 입장에서 생각해보면 되죠."

"허! 그것참. 형님을 만난 건 내가 훨씬 전인데, 알기는 네가 더 깊이 아는 것 같구나."

설가영은 생긋 웃었다. 진평에 대해 더 많이 안다는 홍패의 말에 기분이 좋아진 것이다.

다만 한 가지 궁금한 건 왜 동릉 양림촌 같은 시골의 작은 섬에 사는가 하는 것이었다.

그날 저녁.

정려군과 대련을 하다가 쉬는 짬에, 설가영이 물었다.

"큰형……, 방주님이 어린 시절을 동릉에서 보냈나요?"

"그건 왜 묻지?"

"왜 거기 사시는지 궁금해서요."

정려군은 한동안 설가영을 노려보다가 말했다.

"전대 방주님 부부가 돌아가실 때까지 진씨 일가가 양림촌에 살았었지."

"아! 역시 그랬군요."

"뭐가 그래?"

"아, 아니에요."

정려군은 평소에도 설가영에게 엄한 태도를 보였는데, 지금은 한층 더 신경이 곤두선 표정이었다.

진평이 동릉에서 지내는 것은 설가영의 예측대로 어린 시절

가족이 함께 살던 추억 때문이었다. 종일 연공으로 시간을 보냈지만 그래도 그 시절이 가장 행복했다고 할 수 있었다.

세상을 상대로 비밀을 간직해야 하는 본혈방의 방주가 된 지금. 그 장소를 자주 찾고, 또 거기서 보내는 대부분의 시간 동안 술에 취해 있다는 것은 어쩌면 진평의 약한 일면이라고 할 수 있었다.

설가영은 진평도 외로움을 느낀다는 사실에 좀 더 친근감을 가지게 되었지만 정려군은 방주의 그런 모습이 그 누구에게도 드러나는 것을 원하지 않았다.

정려군의 눈빛이 심각한 것을 보고 설가영이 조심스럽게 물었다.

"제, 제가 뭘 잘못했나요?"

"방주님은 강한 분이야. 함부로 판단하지 마."

"저도 알아요."

정려군은 석실 구석에 놓인 목함을 열더니 그 안에서 기름종이로 싼 인피면구 십여 장을 꺼내어 탁자에 펼쳐놓았다.

"네 얼굴에 맞는 걸 찾아봐."

설가영이 보니 전에 홍패가 준 인피면구보다 좀 더 얇고 색도 밝았다.

"이건 왜요?"

"내일부터는 오후에 저자로 나간다."

"예? 거리에서 연공을 할 건가요?"

"강호행을 함에 있어 무공 실력만큼이나 중요한 게 상황을 판단하는 거야. 그 공부를 할 테니까 준비해."

"아, 알겠습니다."

설가영이 딴생각을 하지 않도록 좀 더 신경 쓸 일이 많은 훈련을 시행하기로 한 것이다.

활기 넘치는 소주의 거리.

모녀로 보이는 두 명의 여인이 번화한 찻집에 들어선 것은 미시(未時) 무렵. 그들은 바로 정려군과 설가영이었다.

차와 과자를 주문하여 마시고 먹는 동안 정려군은 질문을 멈추지 않았다.

"방금 나간 사람의 보따리는 무슨 색이었지?"

"그, 그게 그러니까……."

"고개 돌리지 말고. 네 뒤, 두 번째 탁자에 앉은 사람이 무슨 두건을 썼는지 말해 봐."

"글쎄요. 그게 유건(儒巾)이었는지, 결건(結巾)이었는지 확실치가 않습니다."

"형편없군."

설가영은 볼멘소리를 했다.

"이런 게 필요한가요?"

정려군은 냉소를 지었다.

"말해 봐. 만약 이곳에 적이 매복하고 있다면 어떻게 빠져

나갈 생각이지?"

"그야 저 문으로……."

"적은 바보라서 그 길을 훤히 틔워놓겠군."

설가영은 좌우를 둘러보았다.

적의 소굴 한가운데 들어와 있다고 생각하니까 확실히 조금 전과는 느낌이 달랐다. 무기를 숨긴 사람은 없는지, 이쪽을 주시하는 사람은 없는지 주의 깊게 관찰하게 되었다.

그렇게 장소를 옮겨가며 몇 차례 더 연습하자 그녀도 점차 익숙해졌다. 특히 내공 증진 덕에 시각과 청각이 예민해져서 주변의 사소한 움직임까지 파악할 수 있었다.

오후의 저자 산책이 며칠 더 이어지면서 설가영은 정려군의 질문에 대부분 답할 수 있게 되었다.

다만, 무공을 익힌 사람의 기척을 알아차리는 데는 아직 서툴러서 좀 더 경험이 필요할 것 같았다.

"배우는 게 빠르군."

"모두 호법님 덕분이에요."

면구 밖으로까지 드러날 정도로 밝게 웃는 그녀를 보며 정려군도 슬쩍 미소를 지었다.

그러나 그 미소는 금세 사라졌다.

그녀가 설가영에게 차갑고 엄하게 대하는 것은 배우고 익혀야 할 것들이 아직도 많기 때문이었다.

이왕 진평의 마음에 들어 방도까지 되었으니, 가능하면 둘이 성혼하여 빠른 시일 안에 이 세를 낳았으면 하는 게 정려군의 바람이었다.

일단 방주 부인이 된 이후엔 기회가 없을 테니 지금 최대한 집중적으로 연공을 시켜야 했다.

설가영 역시 정려군이 자기를 냉정하게 대하는 이유를 어느 정도 짐작하고 있었다.

다만, 설가영이 바라는 것은 결혼이 아니라, 함께 다니면서 방해가 되지 않을 정도의 무공을 익히는 것이었다.

저자로 나와 훈련을 하면서 설가영은 예전과 확연히 다른 지각능력을 지니게 되었다.

보이는 것, 들리는 것들이 많아져서 이전과 다른 세상에 사는 느낌이 들 정도였다.

사람들의 걸음이 빨라지는 저녁 시간.

사해전장으로 돌아가던 설가영은 골목 쪽에서 들려오는 소리에 걸음을 멈추었다.

"제, 제발 하루만 더 말미를 주십시오."

"흥! 그 얘기는 어제도 했잖아."

양고기 꼬치를 파는 노점. 서너 명의 덩치 큰 사내들이 늙은 주인 부부를 둘러싸고 위협하는 중이었는데, 그 기세가 자못 흉흉했다.

설가영이 정려군을 바라보자 그녀는 고개를 끄덕였다.

마음대로 하라는 의미였다.

설가영은 그 가게로 향했다. 오가며 종종 들르던 터라 주인 부부와 낯이 익어서 그냥 지나칠 수가 없었다.

"무슨 일인가요?"

설가영이 묻자 사내들이 그녀를 돌아본 후 손을 내저었다.

"아줌마와는 상관없는 일이니 가던 길 가."

설가영은 주인 부부에게 물었다.

"이 사람들이 왜 행패를 부리는 거죠?"

"행패라니!"

건달들이 험악한 표정으로 설가영을 노려봤다.

"진짜 행패가 뭔지 보고 싶어?"

"왜 남의 일에 끼어들려고 그래?"

주인이 나서서 말했다.

"실은 제가 돈을 좀 꿨습니다. 그 이자를 받기 위해서 이렇게들 오신 겁니다."

건달 중 한 명이 코웃음을 친 후 말했다.

"들었지? 행패가 아니라 정당하게 꿔준 돈을 받으러 온 거니까 아줌마는 상관하지 말고 꺼져."

설가영은 침을 꿀꺽 삼켰다.

확실히 자기가 나설 일은 아니었다.

채권자가 채무자에게 꿔준 돈을 받겠다는데 생면부지인 자신이 끼어들 이유도, 명분도 없었다.

게다가 네 명의 사내들은 한눈에 보기에도 저자에서 주먹으로 밥 벌어 먹고사는 왈짜패들이라 괜히 시비를 걸었다가 무슨 봉변을 당할지 몰랐다.

설가영은 한발 물러선 후 돌아서서 정려군을 봤다.

그녀는 무심한 눈빛으로 자신을 바라보고 있었다.

어떤 행동을 하더라도 관심 없다는 듯한 눈빛.

그녀의 그런 눈을 보면서, 설가영은 문득 자기가 애당초 왜 이곳까지 왔는지를 생각하게 되었다.

그녀는 주인 부부가 억울한 일을 당하는 게 분명하다는 생각으로 여기 온 것이었다. 그런데 건달들에게 겁을 먹고 '남의 일에 참견하지 말자' 라는 쪽으로 편하게 생각을 하고 있었다.

설가영은 돌아섰다.

그리고 심호흡을 한 후 큰 소리로 말했다.

"두 사람을 괴롭히지 말아요!"

호통을 치고 나니까 속이 시원했다.

정려군이 등을 떠민 것은 아니었다. 오히려 아무런 감정도 담기지 않은 눈빛으로 바라보기만 했는데 그것이 설가영으로 하여금 본혈방 방도로서의 길을 자각하게 해주었다.

인의를 지키라는 방규에 따르려면 지금 같은 상황을 모른 척하고 지나쳐서는 안 되는 것이다.

건달 중 한 명이 짜증 가득한 표정으로 말했다.

"저리 안 갈 거야?"

그는 허리춤에서 단검을 뽑아들었다.

가게 주인이 그걸 보고 화들짝 놀라 손을 내저었다.

"손님! 제가 돈을 꿨으니 갚아야 하는 게 맞습니다. 공연히 나서지 말고 갈 길 가십시오."

설가영은 물러서지 않았다.

단검에서 시선을 떼지 않으며 주인에게 물었다.

"무슨 일로 얼마나 되는 돈을 꾸었기에 이런 꼴을 당하시는 거죠?"

가게 주인이 긴 한숨을 내쉰 후 말했다.

"실은 도박판에서 고리의 돈을 꾸는 바람에 이자가 원금을 훨씬 넘어서게 되었습니다. 어쩌면 이 가게를 팔아야 할지도 모르겠습니다."

후회가 되는지 눈물까지 주르르 흘렸다.

건달 중 한 명이 말했다.

"가게는 왜 팔아? 네 딸만 내놓으면 원금과 이자를 모두 탕감해준다고 했잖아."

"그, 그건 안 됩니다!"

"그래? 그럼 당장 이자부터 갚아!"

설가영이 냉소를 지으며 말했다.

"흥! 이제 보니 영감님의 딸을 빼앗으려고 사기도박판을 벌였던 것이로군."

단검 든 건달이 입술을 이죽거렸다.

"이년이 뚫린 입이라고 아무 말이나 막 하네? 본 적도 없으면서 무슨 근거로 사기도박이라고 하는 거야? 게다가 우리가 강제로 돈을 쥐여준 것도 아냐. 저 영감이 꿔달라고 사정했고, 이자에 대해서도 충분히 설명해줬단 말야. 어이! 영감. 그래, 안 그래?"

"그, 그렇습니다."

가게 주인은 고개를 숙이고 눈물을 뚝뚝 떨어트렸다.

차라리 칼을 들이대고 강도짓을 했다면 관가에 고변이라도 할 텐데, 도박판에 낀 것도 자기고, 돈을 빌린 것도 자기고, 이자에 동의한 것도 자기이니 어디에 하소연할 곳도 없었다.

단검 든 사내가 설가영에게 말했다.

"이제 알겠지? 마지막 경고니까 남의 일에 끼지 말고 꺼져. 괜히 못생긴 얼굴에 칼자국까지 더하지 말고."

설가영은 한숨을 내쉬었다.

"삼도천."

"뭐라고 하는 거야?"

설가영은 진평이 삼도천이라는 별명을 좋아하는 이유를 알 것 같았다. 마음속으로는 분명히 건달들이 나쁘다는 사실을 알고 있는데, 그걸 딱 집어서 증명할 길이 없었다.

가게 주인은 고리인 줄 알면서 돈을 꿨고, 건달들은 채권자로서 당당하게 돈을 받으러 왔으니, 설령 관가에 간다고 해도 판관은 건달들의 손을 들어줄 상황이었다.

설가영의 눈빛이 차갑게 가라앉았다.

그녀는 치맛단을 들어 올려 허리띠에 밀어 넣어 발이 드러나도록 하면서 말했다.

"너 아까 나보고 이년이라고 했지?"

"어라? 이년이 왜 목소리를 깔고 지랄이야?"

퍽! 소리와 함께 건달의 고개가 홱 돌아갔다.

설가영의 주먹에 정통으로 맞은 것이다.

"아……!"

그가 맥없이 쓰러지자 때린 설가영이 오히려 놀랐다.

공청석유를 마시고 매일 실전 위주로 무공을 연마하면서 자신의 능력이 크게 향상되었다는 사실은 짐작하고 있었지만, 이런 거구의 사내를 단 한 방에 쓰러트릴 정도인 줄은 몰랐던 것이다.

그녀가 손등과 손목에 남아 있는 기분 좋은 얼얼함에 취해 있는 동안 건달들은 잽싸게 그녀를 에워싸고 일제히 달려들었다.

설가영의 반응은 민첩했다.

건달들이 큰 체격과 우악스런 힘으로 그녀를 제압하려 했지만 요혈에 정확하게 꽂히는 주먹에 맞아 연달아 쓰러질 수밖에 없었다.

설가영은 쓰러진 그들을 한 번씩 발로 차면서 말했다.

"이것들이 감히 누구한테 이년 저년 소리를 하는 거야? 누님이라고 해도 봐줄까 말깐데."

빚을 갚고 말고의 문제가 아니라 자신에게 욕을 했기 때문에 버르장머리를 고쳐준다는 명분을 세운 것이다.

설가영의 발길질에 뒹굴면서, 건달들은 극심한 통증을 느꼈다. 내력이 실리다 보니 대충 차도 뼈가 울릴 정도였던 것이다.

"누, 누님! 우리가 잘못했습니다."

한 사람이 먼저 시작하자 다른 세 명도 손을 싹싹 비비며 용서를 구했다.

상대가 무림 고수라는 사실을 맞고 나서야 알아차린 것이다.

설가영은 발길질은 멈추었다.

그리고 쿵쾅거리는 심장의 박동이 가라앉기까지 한참 동안 시간을 보내야 했다.

자기가 저자의 건달들을 두들겨 팰 거라고는 정말 꿈에도 상상해본 적이 없었는데, 막상 해보니까 기분이 너무 좋았다. 뭔가 가슴이 뻥 뚫리는 듯한 통쾌함이 밀려들었다.

눈물 콧물 흘리며 머리를 조아리는 건달들을 보니까 미안하다는 생각이 들기도 했지만 그녀는 마음을 다잡았다.

"너희들 두 번 다시 내 눈에 띄면 죽을 줄 알아."

"아, 알겠습니다."

"당장 꺼져!"

"저, 그런데…… 누님의 존성대명(尊姓大名)을 여쭤 봐도 되겠습니까?"

설가영은 냉소를 지었다.

꼴에 복수를 생각하는 모양이었다.

"더 맞고 갈래?"

"아, 아닙니다!"

네 명의 건달은 꽁지가 빠져라 달아났고, 정려군은 미소 지으며 가만히 고개를 끄덕였다.

사해전장으로 돌아온 설가영은 정려군이 무슨 말을 할까 궁금했지만 그녀는 전혀 입을 열지 않았다.

설가영이 참지 못하고 물었다.

"제가 오늘 한 일이 잘못된 건가요?"

정려군은 고개를 끄덕였다.

"옳은 결정을 내리지는 못했지."

설가영은 가슴이 철렁했다.

"역시 그냥 지나쳤어야 했나요?"

본혈방은 비밀 유지를 중시하는데 공연히 남의 일에, 그것도 명분조차 없는 일에 괜히 끼어든 건 아닌지 후회가 되었다.

그러나 정려군의 지적은 그게 아니었다.

"일단 손을 댔으면 죽였어야지."

"하지만 우리는 어디에서건 비밀을 지켜야 하지 않나요?"

"당연한 얘기."

"거기엔 보는 사람이 있었잖아요."

"그때의 얼굴은 네 얼굴이 아닌데, 보면 어때?"

"그, 그렇지만……."

"네가 건드린 자들은 옥산회(玉山會)라는 흑도 문파의 졸개들이야. 기루와 도박장, 그리고 고리대금업으로 먹고살지."

"그런 놈들을 혼내줬으니까 된 거 아닌가요?"

정려군은 고개를 가로저었다.

"흑도의 무리들은 자기 영역을 건드린 자에게 반드시 복수를 하게 되어 있어."

"왜요?"

"당하고도 가만히 있으면 힘이 없다는 걸 증명하는 꼴이 되니까, 결국 다른 세력에 먹히거나 방파가 와해될 수밖에 없거든."

"하지만 제가 누군지 모르니까 여기까지 따라와서 귀찮게 하지는 않겠죠?"

"따라오는 사람은 없었어."

"휴우! 다행이다."

"그럼 그들이 어디로 갈 것 같아?"

"설마……."

돕는다고 한 일이 꼬치가게 주인 부부에게 더 큰 곤욕을 치르게 할지도 모른다고 생각하니 마음이 다급해졌다.

설가영이 일어서자 정려군이 말했다.

"검을 챙겨 가는 게 좋을 거야."

"호법님. 함께 가주실 거죠?"

정려군은 고개를 끄덕인 후 따라나섰다,

골목에 도착해 보니 과연 정려군의 짐작이 현실이 되어 있었다. 기름 솥은 엎어졌고 가게 집기들이 여기저기 널브러져 엉망이었다.

"앗! 저, 저년입니다!"

저녁에 두들겨 맞은 자들이 설가영을 발견하고는 삿대질과 욕을 한꺼번에 쏟아냈다.

그렇게 빌어대던 놈들이 핏대를 세우는 걸 보니 뭔가 믿는 구석이 있는 모양이었다.

과연 건달패거리들 사이로 박도를 치켜든 털보 사내가 한 명 나섰는데 그 기세가 자못 흉흉했다.

그는 불문곡직하고 대뜸 칼부터 휘둘렀다.

급히 검을 뽑아 대적한 설가영은 부하들과는 확연히 다른 사내의 움직임에 당황하여 제대로 된 대처를 하지 못했다.

강하고 빠른 칼의 움직임. 목숨을 노리고 달려드는 살초를 실전에서 맞닥뜨리고 보니 제 실력이 나오지 않았던 것이다.

설가영이 연거푸 뒤로 물러서면서 검로가 흐트러지는 모습을 보고 정려군은 고개를 가로저었다.

예전보다 나아지긴 했지만, 아직 멀었다는 사실을 확인한 것이다.

그러나 정려군은 계속 지켜보기만 할 뿐, 싸움에 개입하지 않았다.

몇 차례 정려군 쪽을 보던 설가영은 한 차례 거칠게 검을 휘둘러 털보 사내를 물러나게 한 후 그 틈을 이용하여 정려군 쪽으로 다가섰다.

자기 혼자 힘으로는 벅찬 상대이니 도와달라는 의미였다.

정려군은 소매를 걷었다. 그리고 매서운 바람 소리를 일으키며 설가영의 뺨을 후려쳤다.

면구가 반쯤 벗겨질 정도로 호되게 얻어맞은 설가영은 정신을 차릴 수 없었다.

놀라고 당황한 표정으로 정려군을 쳐다봤는데, 그녀가 턱짓을 했다. 적이 뒤에서 다가오고 있다는 뜻이었다.

설가영은 정신이 번쩍 들었다.

정려군이 자기를 도와주지 않을 거라는 사실을 확인한 순간, 생존에 대한 절박한 욕구가 솟구쳤다.

등 뒤의 파공음만으로 칼의 방향을 파악한 그녀는 검을 뒤로 휘둘러 튕겨낸 후 몸을 회전시켜 털보 사내와 본격적인 대결을 시작했다.

위험해지면 정려군이 도와줄 거라고 기대하던 아까와는 달리, 믿을 건 자기 자신밖에 없다는 쪽으로 생각이 바뀌면서 그녀의 검초도 달라졌다.

털보 사내의 완력이 세긴 했지만 설가영은 물러서지 않았다. 오히려 상대를 밀어붙였고, 마침내 그의 손목을 찔러 칼을 떨어트리게 만들었다.

"크윽……!"

털보 사내가 손목을 부여잡고 물러서는 순간, 설가영의 눈이 빛났다. 진평이 건져 올린 생선을 죽여보라고 했던 일이 생각난 것이다.

설가영은 상대의 무기를 떨어트린 데서 만족하지 않고 한 발 크게 뛰어들면서 털보 사내의 천돌혈에 검을 찔러 넣었다.

"케, 켁……!"

검을 뽑자 피가 솟구쳤다.

설가영은 피하지 않았다.

그리고 옥산회의 패거리를 좌에서 우로, 우에서 좌로 한 차례 훑어본 후 물었다.

"다음은 누구냐?"

누구도 나서는 사람이 없었다.

설가영은 검에 묻은 피를 쓰러진 털보 사내의 옷에 문질러 닦은 후 말했다.

"너희들 두목에게 안내해라."

끝장을 보자는 생각이었다.

패거리 중 나이 지긋해 보이는 한 명이 나서서 말했다.

"여협(女俠)의 심기를 건드린 점 죄송하게 생각합니다. 저희들은 형제들 몇몇이 모여 근근이 밥값이나 벌어 연명하는 작은 방파이니 부디 불쌍히 여겨 이번 한 번만 용서해주십시오. 왕영감의 빚은 모두 없었던 걸로 하고 두 번 다시 찾아오지 않겠습니다."

설가영이 대답 없이 좌우를 둘러보자 그가 덧붙였다.

"이곳을 어지럽힌 데 대한 변상도 하겠습니다."

그리고는 곧바로 돈주머니를 가게 안쪽으로 던져 넣었다.

그제야 설가영은 고개를 끄덕였다.

굳이 더 피를 볼 필요는 없다는 생각이었다.

그녀가 수락하자 옥산회 패거리는 시신을 거두어 잽싸게 달아나버렸다.

이번엔 이름도 묻지 않는 걸 보니 자기들의 능력으로는 설가영을 어떻게 해볼 수 없다고 생각한 듯했다.

사실, 설가영의 무공 수준은 녹록지 않았다.

어려서부터 검술을 익혀 기초가 튼튼한 데다 최근에 내공이 급증했기 때문이다.

특히 정려군에게 매일 얻어맞으며 실전과도 같은 대련을 해왔기 때문에 저자에서 익힌 도법 정도로는 그녀를 당해낼 수 없었다.

나이 든 건달은 그 사실을 간파한 것이다.

정려군이 설가영에게 말했다.

"우리도 가자. 오래 있어봤자 득 될 일 없어."

"예."

설가영의 호흡이 가빠졌다.

털보 사내를 찌를 때까지만 해도 정말 머릿속에 아무 생각도 없었는데, 조금 시간이 지나니까 손발이 떨리고 심장이 계속 쿵쾅거렸다.

첫 번째 실전, 첫 번째 살인.

사해전장으로 돌아온 뒤에도 머릿속이 텅 빈 것 같고 눈앞에서 흩뿌려지던 피만 자꾸 생각났다.

다음 날 아침.

뜬눈으로 밤을 새우고 연무장에 나온 설가영에게 정려군이 물었다.

"어제의 일이 아직도 마음에 걸리느냐?"

"아, 아뇨. 이제는 좀 진정되었어요."

"다행이군."

"그런데 확신을 하지 못하겠어요."

"무엇을 말이냐?"

"아무 상관도 없는 남의 일에 끼어들어서 결국 살인으로 결말이 났잖아요. 제가 바른 처신을 했는지 의구심이 들어요."

정려군은 미소를 지었다.

"여염집 아녀자라면 잘못된 처신이지. 하지만 넌 강호에 발을 들여놓았고 우리 본혈방의 방도가 되었다. 그 기준으로 보자면 네 행동은 아주 잘한 것이다."

"저, 정말요?"

"아무렴. 본래 협의지심이라는 것은 나와 하등 상관없는 사람, 아무런 이해관계도 없는 사람을 상대로 발휘될 때 더욱 가치가 있는 것이다. 불의를 보면 설령 모르는 사람이라 할지라도 목숨을 걸고 나서는 것. 그것이야말로 진정한 의협(義俠)이라고 할 수 있지."

"아……!"

설가영의 얼굴에 비로소 미소가 돌아왔다.

무림에 발을 들여놓은 이상 세상의 법에 연연할 필요가 없다는 사실이 마음을 편하게 해주었고, 무엇보다 정려군이 자신을 칭찬했다는 사실이 기뻤다.

정려군이 예전보다 많이 누그러진 어조로 물었다.

"오늘은 하루 쉴까?"

"아뇨. 이제 괜찮습니다."

설가영은 목검을 들고 정려군 앞에 마주 섰다.

"좀 더 강하게 다뤄주세요."

강호무림이 어떤 곳인지 직접 경험하고 나니까, 누가 시키지 않아도 더 고수가 되고 싶다는 욕구가 강렬하게 일었다.

정려군 입가의 미소가 짙어졌다.

제3장
소림의 도전

진평과 석위가 논검을 하며 지낸 방 안엔 성한 물건이 하나도 없었다. 두 사람이 뿜어낸 도기와 검기 때문에 가구가 전부 조각나고 벽도 온통 파헤쳐진 것이다.

그러나 두 사람의 얼굴엔 흡족한 미소가 가득했다.

석위가 말했다.

"역시 너하고 얘기해야 뭔가 답이 나온단 말야. 하하!"

진평도 기분이 좋았다.

폭주하던 진기를 온전히 자신의 것으로 만든 이후, 석위는 절세고수 반열에 들었다고 할 수 있었다.

그런 상대와 진지하게 무공에 대해 토론하고 실제로 손을 섞어보는 것은 진평으로서도 자주 접할 수 있는 기회가 아니었다.

"이제 술 좀 마셔도 될까?"

"물론이지. 나도 목이 마르던 참이야."

석위는 제자들에게 상을 차리도록 했다.

적당히 취기가 오를 무렵, 진평이 물었다.

"알아봐 달라는 건 어떻게 됐어?"

"다 됐을 거야."

그는 제자를 불렀고 한 명이 들어와 뇌정산장과 삼태산의 정황을 세세하게 보고했다.

복운표국에 예상보다 오래 머물게 되자 진평이 정황을 파악해달라고 부탁한 것이다.

얘기를 듣는 동안 진평의 표정은 여러 차례 변했다.

그런 난리를 겪은 이후에도 동창은 삼태산을 떠나지 않았다. 오히려 산을 지키는 병력의 수를 더 늘렸다. 뇌정산장 역시 마찬가지로 성왕부 사람들이 계속 머물러 있었다.

어느 쪽도 물러나지 않았다는 것은 서로에게 있어 난감한, 그러면서도 한편으로는 안심이 되는 상황이었다. 상대가 원하는 것을 가지지 못했다는 사실을 미루어 짐작할 수 있었기 때문이다.

동창은 그런 일을 당했음에도 불구하고 여전히 성왕부를 건드릴 수 없었다. 환관의 기세가 아무리 등등하다 해도 황제의 친동생을 확고한 물증 없이 몰아붙일 수는 없는 것이다.

대신 더 많은 관군을 방패로 둘렀고, 소문을 퍼뜨려 뇌정산장을 압박했다.

마교의 무공비급이 뇌정산장에 있다는 소문은 신빙성이 없음에도 불구하고 순식간에 퍼져 나갔다.

삼태산에서 혈겁이 있었던 것은 분명한 사실이니, 그 혈겁의 원인인 마교의 수라참혼장(修羅斬魂掌)도 실재할 것이고, 뇌정산장이라면 삼태산과 거리도 가깝고 장주의 무공도 고강하니 혼란한 틈을 타서 비급을 챙겼을 가능성이 있다고 보는 것이었다.

보고하는 제자의 말에 따르면 뇌정산장엔 도전자들이 끊이지 않는다고 했다.

장주 구서위에게 비급에 대해 직접 따져 묻는 것은 결례이기도 하거니와 설령 가지고 있다 하더라도 순순히 밝힐 리가 없기 때문에 비무라는 형식을 빌려서 자극해보는 것이었다.

"구장주는 어떻게 대처하고 있지?"

진평의 물음에 복운표국 표사가 대답했다.

"모든 도전에 다 응해주고 있습니다."

"흐음……."

구서위다운 대처법이라고 할 수 있었다.

진평은 잔을 놓고 일어섰다.

"아무래도 가봐야겠군."

석위가 물었다.

"그들과는 더 이상 볼 일이 없다고 했잖아?"

"그랬지."

"그런데 그 호랑이 굴로 왜 들어가려는 거야?"

"선배님이 곤란에 처했으니까."

동창과 성왕부가 권력 다툼을 하거나 말거나 자신과는 상관없는 일이었다. 하지만 아들이 성왕부의 가신이라는 이유 때문에 구장주가 그들 틈바구니에 끼어 곤란을 당하는 모습은 참고 보기 어려웠다.

석위가 잔을 놓고 일어섰다.

"좋아! 나도 함께 가지."

"넌 안 돼."

"왜? 나도 뇌정검과 한 수 겨뤄보고 싶단 말야. 끝나고 나서 술잔도 나누고 싶고."

"산장에 온통 성왕부 사람들이야. 네가 가면 단박에 알아볼 거라고."

"복면을 썼는데 어떻게 알아봐?"

"그날 복면을 쓴 쪽은 성왕부였지. 넌 얼굴을 드러냈고."

"아! 맞다, 그랬지."

석위는 아쉽다는 듯 입맛을 다셨다.

"그럼 저것만 다 비우고 가."

진평의 입에서 신음이 새어나왔다.

"으으……."

석위가 가리킨 것은 아직 밀봉을 뜯지 않은 술동이였다.

다음 날 해가 중천에 뜬 후에야 복운표국을 나선 진평은 저자에서 나귀 한 마리를 사서 그 위에 타고 느긋하게 뇌정산장으로 향했다.

가는 도중 여기저기에서 예기가 느껴지는 것으로 보아 강호의 이목이 온통 뇌정산장에 집중되어 있다는 사실을 어렵지 않게 짐작할 수 있었다.

그가 나타나자 문을 지키던 회의무사들이 반색을 하며 달려와 맞았다.

"호림공 아니십니까!"

"어서 오십시오."

장원으로 들어서니 무사들뿐만 아니라 황여방과 고정광, 그리고 양우건까지 나와서 진평을 맞았다.

다들 반가워하는 표정이었고, 동시에 존중하는 태도를 보이고 있었다. 진평이 삼태산에서 보여준 무위 때문이었다.

진평이 탄천벽을 시전하는 광경을 직접 본 사람은 없었지만 화산파 장문인을 일격에 제압했다는 사실은 모두들 알고 있었다.

"걱정 많이 했습니다."

황여방이 손이라도 잡을 듯 다가왔지만 진평은 사람들 사이를 헤치고 장주 구서위의 앞으로 갔다.

그리고 그에게 정중히 포권을 했다.

"제가 왔습니다. 선배님. 며칠 머물러도 되겠습니까?"

구서위는 미소 지으며 고개를 끄덕였다.

"얼마든지 있도록 하게."

지금 이 장원엔 온통 성왕부 쪽 사람들로 가득 차 있기 때문에 그들의 우두머리인 황여방과 고정광이 가장 윗사람인 것처럼 행동하지만, 실질적인 주인은 구서위였다.

진평의 행동은 모두에게 그 사실을 상기시켜 주었다고 할 수 있었다. 뺨이 살짝 붉어진 황여방이 진평에게 물었다.

"어디에 가 있었습니까? 그날 찾을 수가 없어서 우리가 얼마나 걱정했는지 아십니까?"

진평은 가만히 미소 지었다.

그 난리를 치르고도 장부를 찾지 못했으니 혹시 자기가 가져간 건 아닌지 의심했다는 소리로 들렸기 때문이다.

"실은 그날 내상을 입었습니다."

"아! 그러셨군요."

주변의 다른 고수들도 연신 고개를 끄덕였다.

화산파 장문인을 쓰러트릴 정도면 본인도 무사하지 못한 게 당연하다고 생각하는 것이었다.

그러나 진평에게 내상을 입힌 상대는 마교 장로였다.

진평은 거기에 대해서까지는 설명을 하지 않았다.

황여방은 진평을 자신들의 거처로 데리고 갔다. 환영의 뜻으로 귀한 차를 한 잔 대접하겠다는 것이었다.

진평은 황여방과 고정광의 태도, 그리고 다른 사람들의 표정을 통해 자신에 대한 생각이 완전히 달라졌음을 거듭 확인할 수 있었다.

철한문 문주를 쓰러트릴 때까지만 해도 상인치고는 제법 대단한 무공을 지녔다고 인정해주는 정도였지만, 상대가 화산파 장문인이 되고 보니 그 격이 한 단계 올라선 것이다.

화산파가 비록 지금은 옛 명성에 미치지 못한다고 해도, 한때는 무당(武當)과 어깨를 나란히 하던 명문이었고, 지금도 섬서(陝西) 일대에서는 그 누구도 무시하지 못할 세력을 유지하고 있었다.

그런 화산파의 장문인을 일격에 쓰러트렸으니 고수라는 표현만으로는 오히려 부족하다고 할 수 있었다.

강호무림에 있어 고수의 의미는 각별했다.

삼태산 싸움만 봐도 동창이 성왕부에 일방적으로 밀린 것은 바로 양우건이 당유량을 패퇴시켰기 때문이었다.

단 한 사람으로 전투의 승패를 좌우할 수 있는 사람. 그게 바로 고수의 역할이었고, 황여방과 고정광이 진평을 각별하게 대하는 이유였다.

향기만으로도 기분이 좋아지는 고급 차를 마시며 황여방이 조심스럽게 물었다.

"내상은 모두 나았습니까?"

"예. 시간이 좀 걸렸지만 지금은 괜찮습니다."

"다행이군요. 지난번의 두 사람은 왜 함께 안 왔는지요?"

"그들에겐 상단의 일을 맡겨두었습니다."

"아! 그러셨군요."

황여방과 고정광의 표정이 밝아졌다.

진평이 본격적으로 자신들을 돕겠다는 의지의 표현으로 받아들였기 때문이다.

고정광이 물었다.

"그날은 어떻게 된 겁니까?"

진평은 장부를 찾고 마교 장로와 손을 나눈 얘기는 빼고, 그 이후의 일에 대해서만 상세히 얘기해주었다.

황여방과 고정광은 진평에게 가졌던 의심을 거두었다.

그가 장부를 가졌다면 이렇게 다시 돌아왔을 리가 없기 때문이다.

이번엔 진평이 물었다.

"찾기로 한 물건을 어떻게 됐습니까?"

황여방이 한숨을 내쉰 후 대답했다.

"소득이 없습니다."

"그럼 마교의 무공비급은……."

"그것도 마찬가지입니다."

"흐음……. 그럼 그날 밤은 아무 소득도 없이 혈채(血債)만 늘린 건가요?"

황여방과 고정광이 입맛을 다셨다. 계속 무표정하게 앉아 있던 양우건도 눈살을 찌푸렸다. 의도대로 풀리지 않았으니 기분이 좋을 리 없었다.

진평이 다시 말했다.

"그들이 찾아도 없고, 우리가 찾아도 없다면 과연 삼태산에 그 물건이 있기나 한 건지 회의감이 드는군요."

그 말에 황여방은 고정광을 바라봤다. 그 역시 비슷한 생각을 하던 터였다.

고정광이 정색을 하고 말했다.

"분명히 그 근처입니다. 제가 이 두 눈으로 똑똑히 봤습니다."

"하지만 그가 잡힌 것은 전혀 다른 곳에 물건을 감춘 이후의 일일 수도 있지 않은가?"

"동창 놈들이 그를 먼저 잡았으니까 좀 더 정확한 위치를 알겠지요. 뭔가 의심할 만한 게 있으니까 계속 산을 뒤지는 겁니다."

진평은 그들이 설대인에 대해 얘기한다는 사실을 짐작할 수 있었다. 하지만 짐짓 모른 척하며 물었다.

"누가 물건을 감췄다는 겁니까?"

황여방이 손을 내저었다.

"하하! 아닙니다. 그냥 저희들끼리 하는 얘기입니다."

"우리가 싸운 상대가 동창이었나요?"

황여방과 고정광의 안색이 굳었다.

알 만한 사람은 다 알고 있지만 대놓고 말하기는 부담스러운 내용이었다.

진평의 표정이 담담한 것을 보고 황여방이 말했다.

"사실 우리는 성왕부의 가신들입니다."

"그러셨군요."

진평의 표정은 여전히 담담했다.

황여방이 말을 이었다.

"일전에 환관 놈들이 절강의 상단 한 곳을 멸문시키면서 전하를 음해하려 했습니다."

진평은 상체를 숙이며 물었다.

"어떻게 말입니까?"

"있지도 않은 거래 내역을 조작하여 참람되게도 전하의 명예를 더럽히려고 했지요."

진평은 적당히 맞장구 쳐주었다.

"감히 환관 따위가 성왕 전하를 모함하다니. 그게 가당키나 한 얘기입니까?"

"맞습니다. 말도 안 되는 얘기지요."

"그런데 어떤 물건을 거래했다는 겁니까?"

진평이 진짜 알고 싶은 부분이었다.

황여방은 고개를 가로저었다.

"그건 우리도 모릅니다. 어차피 조작된 장부이니 자기네들이 알아서 채워 넣었겠지요."

진평은 속으로 웃었다. 정말 조작된 장부에 불과하다면 성왕부 측에서 이런 난리를 칠 리가 없기 때문이다.

"동창도 그걸 손에 넣지 못한 건가요?"

"아직까지는 그런 것 같습니다."

진평은 천천히 고개를 끄덕이다가 말했다.

"그럼 내년 이월쯤엔 해결이 되겠군요."

황여방과 고정광이 반색을 했다.

"어떻게 말입니까?"

"그때쯤 되면 삼태산의 수목은 바짝 말라 있을 겁니다. 일 년 중 가장 건조한 때니까요. 적당히 바람 부는 날 산에 불을 지르면 종이로 만든 장부가 배겨나겠습니까?"

황여방과 고정광은 서로를 바라봤다.

얘기를 듣고 보니 정말 간단한 해결책이 될 수도 있었다.

동창의 움직임을 계속 주시하다가, 내년에도 대치 상태가 이어진다면 화공으로 산을 통째로 태워버리면 될 일이었다.

선택할 방법이 하나 늘었다고 생각하니 황여방과 고정광 모두 얼마간 마음의 여유를 찾은 표정이 되었다.

고정광이 진평에게 말했다.

"그나저나 지난번에 양주 염상에 대해 얘기한 것 기억하시지요?"

"예."

"어떻습니까? 전하께서는 호림공에게 독점판매권을 주실

수 있습니다."

"성왕 전하라면 충분히 가능하겠지요."

고정광의 입가로 미소가 번졌다.

"호림공이 칠 할을 가지는 조건이면 어떻습니까?"

염상이 되게 해줄 테니까 그중 삼 할은 성왕부에 바치라는 얘기였다. 상당히 큰 금액이라고 할 수도 있지만 소금장사가 워낙 이문이 많이 남기 때문에 절반을 떼어간다고 해도 여전히 막대한 수입을 올릴 수 있었다.

남쪽의 염전 몇 군데를 돌아서 매집한 물량을 북쪽 소매상에게 넘겨주기만 해도 다섯 곱절씩 남겨 먹을 수 있으니 삼 할쯤 떼어준다고 해도 아무 문제가 없었다.

그러나 진평은 선뜻 응하지 않았다.

그는 애당초 성왕부의 하수인이 될 생각은 없었다. 구장주의 안위가 걱정되어서 뇌정산장에 돌아온 것뿐이었다.

"일 할을 드리겠습니다."

황여방과 고정광이 모두 놀란 표정을 지었다. 양주 염상이 되는 데는 관행적으로 형성된 이른바 공정가격이란 게 있는 법인데 일 할은 너무 터무니없었다.

고정광이 짐짓 화난 표정으로 물었다.

"지금 왕부를 상대로 흥정을 하자는 겁니까?"

진평은 넉살 좋게 웃었다.

"맞습니다. 아시다시피 나는 상인입니다. 무인은 명예를 좇고, 저는 이문을 따라 움직이지요. 다른 사람도 아니고 동창을 상대로 싸우는데 이 정도 줄다리기쯤이야 용인해주셔야 하지 않겠습니까?"

고정광은 고개를 가로저었다.

"칠 할 이 푼까지는 어떻게 말씀드려 볼 수 있습니다. 하지만 그 이상은 절대로 안 됩니다."

진평은 고개를 끄덕였다.

"역시 저는 제 분수대로 사는 게 옳을 것 같습니다. 장인태감 왕진(王振)의 권세에 날던 새도 떨어진다던데, 공연히 나서 봤자 좋을 일 없겠지요."

고정광은 기가 막혔다.

장바닥도 아니고, 양주 염상 자리를 놓고 흥정을 하게 될 거라고는 상상도 못한 일이었다.

마음 같아서는 삼 할 아니라 사 할, 오 할을 바치겠다는 상인들도 줄을 섰다고 한마디 하고 싶었지만, 그들은 단지 상인일 뿐이었다.

진평처럼 화산파 장문인을 일격에 박살낼 수 있는 고수는 아무 데서나 만날 수 있는 게 아니었다.

고정광은 황여방과 눈짓을 교환한 후 말했다.

"칠 할 오 푼을 가지십시오."

진평은 쉽게 손을 내밀지 않았다.

"일 할 오 푼을 드리겠습니다."

결국 황여방이 결단을 내렸다.

"재물에 대해 길게 얘기하는 것이 과히 유쾌하지 않군요. 팔 할을 드리겠습니다."

진평은 바로 고개를 끄덕였습니다.

"좋습니다!"

고정광은 못마땅한 표정을 지었지만 최종 결정권은 황여방에게 있으니 더 나설 수 없었다.

진평이 물었다.

"문서로 남겨서는 안 되겠지요?"

황여방은 좌우를 가리켰다.

"여기 우리 세 사람이 증인입니다."

셋 모두 같은 편이니 어떻게 보면 증인의 자격이 없다고 할 수 있었다. 진평은 양우건을 똑바로 보며 물었다.

"믿어도 되겠습니까?"

양우건이 고개를 끄덕였다.

그는 이제까지 말을 한마디도 하지 않았지만, 진평은 그 끄덕거림에 흡족한 표정을 지었다.

황여방이 말했다.

"이 약속은 장부를 찾은 뒤에 이행될 것입니다."

"좋습니다."

"우리 거처와 가까운 곳에 객사를 마련하였으니 거기서 쉬십시오. 식사가 준비되어 있을 겁니다."

진평은 포권을 하고 그들 방에서 물러나왔다.

* * *

진평은 회의무사를 따라 자신의 객사로 향했다.

지난번에 홍패, 설가영 등과 함께 묵었던 곳에 비해 훨씬 넓었고 실내 가구며 장식이 화려하기 이를 데 없었다.

차려진 음식도 진미로 가득했는데, 두 명의 아리따운 시녀가 좌우에서 생선뼈를 발라준다, 술을 따라준다, 하며 시중을 들었다.

진평은 느긋하게 식사를 마친 후 목욕 준비가 되었다면서 옷깃을 잡는 시녀들을 뿌리치고 나와 장주의 거처로 갔다.

밖에서 헛기침을 몇 번 하자 구재원이 밝은 표정으로 문을 열었다. 마침 구서위도 마당에 나와 있었다.

정황을 보니 부자가 검을 연마하는 중인 듯했다.

"늦은 시간에 불쑥 찾아와 죄송합니다."

"그게 무슨 말인가. 자네라면 아무 때라도 환영일세."

"감사합니다. 이왕 신세 지는 김에 여기 제가 잘 곳도 있겠습니까?"

구서위는 의아한 표정을 지었다.

"자네 거처는 따로 준비가 되었을 텐데."

"그렇긴 한데, 금박 입힌 흑단 침상에 비단 이불 덮고 자는 것은 저한테 맞지 않아서요. 거기다가 어디서 여인들까지 구해왔더군요."

구서위는 한숨을 내쉬었다.

성왕부 사람들이 장원을 차지하고 오랜 시간이 지나면서 본래의 뇌정산장과는 많은 게 달라져 있었다.

애당초 장소를 빌려주기로 했으니, 자기들 돈으로 가구를 사오건 여자를 사오건 상관할 바 아니지만 기분이 좋지 않은 것은 사실이었다.

구서위가 말했다.

"그날 있었던 일을 좀 얘기해주게. 화산파 장문인을 단 일격에 쓰러트렸다고 들었는데, 도대체 어떤 수법을 쓴 건가?"

무공에 관해 얘기할 때 그의 눈은 어린아이처럼 빛났다.

진평은 그에게 사실대로 모두 얘기했다.

"탄천벽이라고 합니다. 진기를 한꺼번에 발출하기 때문에 실패할 경우 반격을 당하면 대책이 없지요. 그날은 특별한 경우라서 쓸 수밖에 없었는데 상대가 방심한 덕분에 통했습니다. 운이 좋았지요."

구서위는 운이라는 말을 믿지 않았다.

"여기서 한 번 펼쳐 보여줄 수 있겠는가?"

"선배님. 그것은 좀……."

"부탁하네."

진평은 구장주의 열정을 알기에 차마 거절할 수 없었다.

"딱 한 번만 보여드리겠습니다."

"나를 향해서 공격해주게."

진평은 고개를 가로저었다.

"그것은 일반 초식들과 다릅니다. 일단 시작하면 저도 멈추지 못하니, 선배님을 향할 수는 없습니다. 두 사람 모두 부상을 당할 것입니다."

"그럼 내가 뒤로 조금 물러서면 되지 않겠나."

자기가 화산파 장문인의 입장이 되어 당시 상황을 그대로 경험해보고 싶다는 의미였다.

"그렇다면, 지금 그 자리에서 움직이지 마십시오."

진평이 걸음 수를 재며 뒤로 물러서자 구서위는 손짓으로 아들을 불러 옆에 세웠다.

고수의 경지를 경험하게 해주려는 것이었다.

간격을 맞춰 선 진평은 내공을 끌어올리고 호흡을 가다듬은 후 말했다.

"갑니다."

구서위는 바짝 긴장한 표정으로 고개를 끄덕였다.

순간, 진평의 신형이 순식간에 이동하여 구서위의 바로 앞에 모습을 드러냈다. 펑! 소리가 크게 난 것은 진평의 옷자락이 펄럭거리는 소리였다.

구서위와 구재원은 크게 놀라 뒷걸음질을 쳤는데, 그들을 향해 뒤늦게 강풍이 훅! 불어닥쳤고 흙먼지가 뒤따라왔다.

구서위는 먼지가 날리는데도 눈 하나 깜빡이지 않고 진평을 보다가 떨리는 목소리로 물었다.

"바, 방금 그게 탄천벽인가?"

"그렇습니다."

"아……!"

구서위는 긴 한숨을 내쉬었다.

큰 충격을 받은 것이다.

화산파 장문인이 아니라 자기가 그 상황에 처했다고 해도 꼼짝없이 당하고 말았을 것 같았다.

두 지점 사이를 중간 과정 없이 건너뛴 것처럼 느껴질 정도였으니 단순히 빠르다는 표현으로는 부족했다.

"들어가서 술이나 한 잔 하세."

"좋습니다."

구서위는 탄천벽에 대해 더 이상 얘기를 꺼내지 않았다. 지난번 혼원십이검의 초식을 봤을 때와는 달리 뭔가 배우거나 무공 증진에 도움을 받기에는 수준 차이가 너무 크게 느껴졌기 때문이다.

진평이 비록 나이는 젊지만 그 깊이를 짐작조차 할 수 없는 고인이라는 사실만 재삼 확인했을 뿐이었다.

술 한 잔씩을 마신 후 진평이 물었다.

"도전해 오는 자들이 있다고 들었습니다."

구서위는 고개를 끄덕였다.

"내가 마교의 무공비급을 가지고 있다는 소문이 퍼졌더군. 처음엔 여러 문파에서 초청장이 왔지."

"응하셨나요?"

"예전에도 그런 초청엔 응한 적이 없었어. 모두 거절을 했더니 이번엔 도전장이 오더군."

"그들을 일일이 상대해 줄 필요가 있습니까?"

"피할 필요도 없지 않은가."

"하하! 선배님다운 대답이군요."

옆에 서 있던 구재원이 말했다.

"하지만 이제는 회피패(回避牌)를 걸어야 할 때가 된 것 같습니다."

구서위는 역정을 냈다.

"그게 무슨 못난 소리냐?"

"아버님은 그동안 연이은 대결로 내력 소모가 심하셨습니다. 한두 달 정양을 한다 해도 강호의 동도들이 야박하게 따지지는 않을 것입니다."

그러나 구서위는 단호한 어조로 말했다.

"난 이제까지 한 번도 비무를 피한 적이 없다. 그리고 앞으로도 그럴 것이다."

구재원은 진평을 봤다. 자기 말은 도무지 듣지 않으니 좀 도와달라는 눈빛이었다.

진평이 구서위에게 말했다.

"선배님. 제가 좀 살펴봐도 되겠습니까?"

구서위는 헛기침을 한 번 한 후 손을 내밀었다.

그 모습을 보고 구재원은 속으로 차탄을 금할 수 없었다. 아버지에겐 친구가 별로 없었다. 오로지 검 한 자루를 벗 삼아 구도자처럼 외롭게 사는 모습을 어려서부터 보아왔는데, 어느 날 갑자기 나타난 진평과 이렇게 급격하게 가까워진 모습이 참으로 불가사의하게 느껴졌다.

자신의 절기를 스스럼없이 보여주는 진평이나, 자신의 완맥(腕脈)을 망설임 없이 내맡기는 아버지나, 그 짧은 시간 만에 어떻게 저런 유대를 형성한 건지 구재원으로서는 잘 이해가 되지 않았다.

한편으로는 자기한테도 그런 지기(知己)가 있었으면 좋겠다는 생각이 들었다.

구서위의 진기 흐름을 살핀 진평이 말했다.

"진원지기가 많이 소진되었군요. 쉬셔야겠습니다."

구서위는 고개를 가로저었다.

"자네도 그 소린가? 그럴 수는 없네."

"장주님의 진기가 부족한 상태에서 승부가 난다면 이긴 쪽에서 얼마나 기분이 나쁘겠습니까?"

구서위는 한동안 말이 없었다.

그러다가 무거운 어조로 입을 열었다.

"알았네. 회피패를 걸도록 하지."

구재원이 환한 미소를 지었다.

그런데 구서위의 말이 이어졌다.

"마지막으로 이 사람들은 만나야 돼."

탁자에 펼친 배첩엔 소림(少林)이란 두 글자가 보였다.

황여방과 고정광은 진평이 구서위의 처소에서 함께 지내는 것에 대해 이의가 없었다. 구서위도 자기들 편이기 때문에 둘이 가깝게 지내는 것은 득이 된다고 생각한 것이다.

차를 마시는 모임에서 진평이 구서위의 비무에 대해 묻자 황여방이 대답했다.

"우리는 그가 외인들과 겨루는 것에 대해 처음부터 반대했습니다. 다치거나 죽는 경우도 생각해야 하지 않느냐고 만류도 했습니다. 하지만 고집을 부리니 어쩔 수가 없습니다."

몹시 못마땅한 표정이었다.

"내가 장주님을 도와도 되겠습니까?"

"그렇게 해주시겠습니까?"

황여방은 반색을 했다.

안 그래도 구서위가 쓰러지면 자신들을 가려주던 방패가 치워질 판이라 내심 불안했는데 진평이 나서준다면 걱정할 필요가 없게 되는 것이다.

"총관님은 성왕부 무사들이 장원 밖으로 모습을 보이지 않도록 각별히 신경을 써주십시오."

"그건 걱정 마십시오."

그렇게 역할을 나누고 이틀이 지나 소림승들이 장원을 방문했다.

구서위와 구재원, 그리고 진평 세 사람이 장원 대문 밖까지 나가 그들을 맞았다.

찾아온 사람은 모두 다섯 명.

놀랍게도 네 명은 팔대호원(八大護院)에 속한 공(空)자 항렬의 수좌승들이었고 그들을 이끄는 한 명은 팔대호원의 감원(監院)인 혜명(慧明)이었다.

혜명은 혜자 항렬 중에서도 무공이 뛰어나기로 유명했다. 이미 이십대부터 강호에 이름이 알려졌으며 한때 차기 장문인 후보로까지 거론되었으나, 본인이 오로지 무학에만 정진하고 싶어 팔대호원에 속하기를 자처한 전력을 지니고 있었다.

통성명을 한 후 구서위와 구재원, 그리고 진평의 표정은 굳을 수밖에 없었다.

혜명이 한 손만 가슴 앞에 세우는 소림사 특유의 합장을 한 후 말했다.

"먼 길을 왔는데 차 한 잔 청해도 되겠습니까?"

피부가 팽팽하고 볼이 불그레해서 삼십대 중후반 정도로밖에 안 보였는데 음성은 그보다 열 살은 많은 것 같았다. 차분하고 울림이 깊어서 사람 마음을 편하게 해주는 목소리였다.

구서위가 짧게 대답했다.

"도전장을 보낸 자에게 대접할 차는 없소."

혜명이 난감한 표정으로 말했다.

"저희는 본래 뇌정산장에 도전할 마음이 없습니다. 그래서 애당초 초청장을 보낸 것입니다."

"그 초청에 응하고 나면 답방도 받아들여야만 하는 것 아니오?"

"승려를 손님으로 맞는 것은 공덕을 쌓는 일입니다."

혜명이 미소를 섞어 말했지만 구서위의 표정과 말투는 여전히 딱딱했다.

"난 내 집에 아무도 들이고 싶지 않소."

혜명은 한숨을 내쉬었다.

"저희는 최근 항주에서 벌어진 혈사를 조사하고 있습니다. 많은 사람이 죽었고 부상자도 많습니다. 여러 정황으로 미루어볼 때 장주님의 말씀을 꼭 들어야 하겠습니다."

구서위는 자신의 검집을 툭 쳤다.

"나는 오로지 이것으로 말할 뿐이오."

공자 항렬 수좌승들의 표정이 변했다.

방장(方丈)도 존중해주는 팔대호원의 감원 혜명. 수좌승 모두의 존경을 받는 그가 자신을 낮추어 좋은 말로 얘기하는데, 구서위가 광오하게 나오니까 화가 난 것이다.

팔대호원에 대한, 더 나아가서는 소림에 대한 모욕으로 생각할 수도 있는 상황이었다.

혜명이 손을 내저으며 말했다.

"제가 온 것은 장주님과 겨루기 위해서가 아닙니다. 몇 가지 사실 관계만 확인하면 됩니다."

"싸우지 않을 거라면 내려가시오."

구서위가 끝까지 태도를 굽히지 않자 혜명의 눈빛도 변했다.

"정 그러시다면 뇌정검을 견식하는 수밖에 없겠군요."

"잘 생각했소."

"비무에 지면 얘기를 해주시겠습니까?"

"내 목을 주겠소."

"그건 곤란합니다. 저희들은 장주님을 해치려고 온 것이 아닙니다."

진평이 구서위에게 다가가 작은 소리로 말했다.

"선배님. 저들과는 얘기를 좀 해보는 게 좋을 것 같습니다. 서쪽 정원이라면 성왕부 사람들의 거처와 멀리 떨어져 있으니 괜찮지 않을까요?"

구서위가 장원으로 아무도 들이지 않으려는 것은 성왕부 사람들의 노출을 꺼려서였다. 그러나 진평의 말을 듣고 보니 숨어서 지켜보는 눈들이 많은 이곳에서 소림을 상대로 싸우는 것도 과히 좋을 일이 없을 것 같았다.

그가 혜명에게 말했다.

"안으로 들어갑시다."

"차를 주시겠다는 뜻입니까?"

"구경거리가 되고 싶지 않으니 안에 들어가서 겨루자는 겁니다."

구서위가 먼저 들어갔고 진평과 구재원은 혜명과 수좌승들을 안으로 안내했다.

서쪽 정원은 연못을 메우는 공사가 막 끝난 터라 어수선했다. 손님을 모시기엔 좋지 않은 장소지만 높은 담으로 둘러쳐져 있어서 장원 내부와 외부의 시선으로부터 자유롭게 비무를 하기에는 적당한 곳이었다.

구서위는 혜명 앞에 섰다.

"대사가 나설 겁니까? 아니면 제자들을 내보낼 겁니까?"

혜명은 구서위의 목숨을 취하려고 여기에 온 것이 아니었다. 사실, 뇌정검의 명성이 강호에 꽤 알려져 있기는 하지만 소림과 견줄 바는 아니었다. 그들 입장에선 이겨봤자 영예로울 것도 없는 싸움인 것이다. 그래서 혜명은 제안을 했다.

"소림과 뇌정산장은 본래 원한이 없으니 이번 비무도 서로에게 상처를 입히지 않는 선에서 멈추는 것으로 합시다. 그리고 진 쪽에서 이긴 쪽의 요구를 들어주는 겁니다. 어떻습니까?"

구서위는 혜명이 다른 도전자들처럼 자신을 의심의 눈초리로 보는 게 아니라 배려해주려고 애쓴다는 사실을 알 수 있었다. 그의 마음이 태도와 말투에 절절이 드러나고 있었다.

구서위의 마음이 흔들렸다. 굳이 대결을 할 필요가 있을까 하는 생각이 든 것이다.

그때 진평이 나섰다.

"그 제안은 우리가 이겨도 똑같이 적용되는 것입니까?"

혜명은 진평을 살펴본 후 물었다.

"이분은 누구십니까?"

구서위가 말했다.

"내 의제입니다."

진평은 구서위를 향해 미소를 지어 보였다.

선배보다는 형님이라고 부르는 게 낫지 않을까 하고 생각한 적은 있지만, 나이 차가 많아서 차마 입이 떨어지지 않았는데 구서위가 먼저 말해주니 반가웠다.

진평은 혜명에게 포권을 했다.

"저는 진삼이라고 합니다. 오래전부터 장주님과 알고 지냈지만, 장사를 하는 몸이라 자주 찾아뵙지 못하다가 이제야 가까이에서 모실 수 있게 되었습니다."

"상인이시라고요?"

"그렇습니다."

혜명은 진평을 찬찬히 살펴보았다.

명확하게 짚을 수는 없지만 뭔가 심상치 않은 기운이 숨겨진 것 같아서 몸이 본능적으로 긴장되었다.

진평이 재우쳐 물었다.

"말씀해 보십시오. 우리가 이겨도 적용되는 조건입니까?"

"그야 물론이지요."

"그렇다면 서로 간에 화기를 상하는 일이 없도록 대사와 형님은 구경만 하시고, 아랫사람끼리 딱 한 판만 겨루도록 합시다."

혜명은 구서위를 보았다.

그도 반대를 하지 않았다. 그리고 표정도 처음보다는 많이 풀려 있었다.

"좋습니다."

혜명이 수락을 하자 수좌승 네 명이 동시에 혜명을 바라봤다. 자기를 내보내 달라는 눈빛들이었다.

혜명은 자신이 가르쳤고, 직접 가려서 뽑아 온 네 제자의 실력을 누구보다 잘 알았다.

문제는 진삼이라는 상대가 과연 어느 정도의 능력을 지니고 있는가 하는 것이었다.

혜명은 공령(空伶)을 가리켰다.

"네가 나가라."

"예. 감원님."

공령은 금강복마권(金剛伏魔拳)을 장기로 하는데, 외공을 대성하기에 완벽한 체격 조건을 갖춘 데다 혜명이 공들여 가르친 덕에 서른도 안 된 나이에 심십육방(三十六房)에서 다른 제자들의 권법 조교를 하고 있었다.

진평과 나이 차가 많지 않다는 것도 선택의 조건이 되었다. 무림의 태산북두로 일컬어지는 소림이다 보니 그런 사소한 체면 문제도 신경을 쓰지 않을 수 없었던 것이다.

명을 받은 공령은 당당한 걸음으로 진평 앞에 섰다.

마주 서고 보니 체격 차이가 확연히 드러났다.

진평도 키가 큰 편인데 공령은 그보다 한 뼘은 더 커 보였고, 어깨가 딱 벌어지고 팔이 길어서 보통 사람보다 공격 범위가 훨씬 넓을 것 같았다.

진평도 포권을 한 후 자세를 잡았는데 두 주먹을 대충 가슴 앞에 세운, 어설프기 그지없는 모습이었다.

그에 반해 공령의 기수식은 소림의 모든 제자에게 보여주고 싶은 완벽한 형을 이루고 있었다.

제자의 모습을 흐뭇한 표정으로 바라보던 혜명은 구서위와 구재원 부자를 보고 의아함을 느꼈다.

그들 부자의 얼굴엔 긴장감이 전혀 없었다. 오히려 진평의 승리를 마음으로부터 믿어 의심치 않는 듯한 표정이었다.

그 자신감의 근거가 밝혀지는 데는 오랜 시간이 걸리지 않았다.

기합을 토하며 내지른 공령과 진평의 주먹이 얽히는가 싶더니 공령의 신음성이 터졌다.

송곳처럼 뻗어진 진평의 검지가 천돌혈(天突穴)에 닿아 있는 데 반해 그가 뻗은 팔은 곡지혈(曲池穴)을 짚여 마비된 상태였다.

혜명과 다른 수좌승들은 놀라움을 감출 수 없었다. 도대체 언제, 어떤 수법을 썼는지 그 누구도 제대로 보지 못했던 것이다.

특히 혜명의 놀라움이 컸다. 자신이라고 해도 공령을 그렇게 단번에 제압하는 건 어려운 일이었다.

진평이 물었다.

"이만하면 승부가 가려진 것이지요?"

"그, 그렇소. 우리가 졌소."

혜명은 자신의 입으로 패배를 시인하게 되리라고는 생각도 못 했었다. 그러나 제자의 요혈에 상대의 손가락이 닿아 있으니 누가 보아도 승패는 확연히 갈린 것이었다.

진평은 공령의 천돌혈에서 손을 떼고 곡지혈의 점혈을 풀어 준 후 정중하게 포권을 했다.

"좋은 대결이었습니다."

공령은 엉겁결에 마주 합장을 했지만 아직도 넋이 나간 표정이었다. 다른 수좌승들도 진평과 혜명을 번갈아 보았다.

혜명은 진평이 정체를 숨긴 고인임을 알고 물었다.

"진대협의 무공이 가히 신기막측하군요. 사문을 여쭈어도 괜찮겠습니까?"

"하하! 집안에 전해 내려오는 몇 가지 기술을 익혔을 뿐입니다. 그리고 방금의 대결은 스님께서 잠시 방심했기 때문에 그런 결과가 나온 것일 뿐, 실력 차이가 아니었습니다."

확실히 그런 면도 없진 않을 것이다.

그러나 이 장원의 주인인 뇌정검이라고 해도 공령을 그렇게 쉽게 제압할 수는 없을 텐데, 장사를 한다는 의형제가 나서서 단번에 혈을 잡았으니 그냥 그런가 보다 하고 대충 넘어갈 수가 없었다.

특히, 천하의 모든 무공이 소림에서 나왔다는 강한 자부심으로 살아온 팔대호원이 당했다는 게 문제였다.

혜명이 앞으로 나섰다.

"소승이 시주에게 한 수 가르침을 청하겠습니다."

진평은 손을 내저었다.

"이건 약속이 다르군요. 분명히 한 번의 대결 결과에 따라 상대의 요구를 들어주기로 하지 않았습니까?"

"그 약속은 지키겠습니다. 이 도전은 그것과는 별개로 우리 팔대호원의 명예를 위한 것이니 부디 거절하지 말아 주십시오."

이제까지의 온화하던 어조와는 달리 강인하고 굳은 의지가 느껴지는 목소리였다.

진평은 한숨을 내쉬었다.

첫 대결에서 좀 더 길게 끌다가 아슬아슬하게 이길 걸 그랬다는 후회가 든 것이다. 그러나 그랬다 하더라도 결국 혜명은 도전했을 거라는 생각도 들었다.

"이번에도 진다면 어쩔 생각이십니까?"

진평의 질문에 혜명은 선뜻 대답을 하지 못했다.

아까는 같은 질문을 대수롭지 않게 받아넘겼지만, 지금은 정말 질 수도 있다는 생각에 좀 더 신중해진 것이다.

그가 대답을 하지 못하자 진평이 말했다.

"이곳에서 있었던 일에 대해 일체 함구하고, 요구를 한 가지 더 들어주도록 하는 건 어떨까요?"

혜명은 잠시 생각한 후 고개를 끄덕였다.

"그렇게 합시다."

비록 한 번이라고 해도, 소림 제자가 졌다는 소문이 퍼지는 건 그 역시 바라지 않았다.

약속을 정한 두 사람은 마당 한가운데 마주 섰다.

진평은 첫 대결과 똑같은 자세를 취했고, 혜명 역시 공령과 똑같은 금강복마권의 기수식을 취했다. 소림 무공에 문제가 있는 것이 아님을 증명하고 싶었던 것이다.

진평의 눈썹이 흔들렸다. 방금 전 공령과 자세는 동일하지만 풍기는 기도는 확연히 달랐기 때문이다.

"갑니다!"

혜명이 선공을 취했다.

가히 폭풍처럼 몰아치는 주먹들.

진평은 연거푸 뒤로 물러섰다.

공령과의 대결 때처럼 빈틈을 노려 혈도를 제압하기는 아예 불가능했다. 팔과 팔이 부딪힐 때마다 저릿저릿한 진동이 전신으로 퍼져 나갔다.

계속 밀리다가 쌓아놓은 흙더미에까지 이른 진평은 반격을 시작했다. 더 이상은 밀릴 수 없었던 것이다.

그가 내뻗는 주먹은 그 힘과 빠르기에 있어서 절대 금강복마권의 아래가 아니었다. 기세는 가을의 창공처럼 높았고, 장

중함은 거대한 고목 같았다.

싸움이 점점 치열해지자 구경하는 구씨 부자와 소림의 수좌 승들은 벌어진 입을 다물지 못했다.

혜명과 진평이 기합을 지를 때마다 가슴이 울렁거렸고, 두 사람이 진각을 할 때마다 그 진동이 발바닥을 통해 전해져 발목을 움찔거리게 만들었다.

소림과 뇌정산장이라는 구분을 떠나서, 무공의 완성에 일생을 건 무인으로서 이 대결을 볼 수 있게 된 것이 정말 대단한 행운이라는 생각이 들었다.

한 치의 물러섬도 없이 격돌하던 진평과 혜명은 한순간 멀찍이 간격을 벌리며 떨어졌다.

혜명이 놀란 어조로 물었다.

"다, 당신의 권법은 혹시 아미파(峨嵋派)의 것이 아니오?"

진평은 포권을 했다.

"아미파와는 관련이 없습니다."

"하, 하지만…… 어떻게……."

혜명은 이해할 수 없었다.

그는 아미파의 무공에 대해 잘 알고 있었다.

아미파는 본래 권법과 창술로 이름이 높았는데, 여자 문도만 받아들이게 된 이후부터는 권과 창보다 검에 뛰어난 제자를 많이 배출하고 있었다.

상대가 쓴 무공은 분명히 아미파의 권법이었다. 아무리 숨기려고 해도 한 문파 무공의 근본을 바꿀 수는 없는 것이다.

의문점은, 성취도로 보아 어려서부터 쉬지 않고 아미파의 권법을 배웠고, 타고난 자질까지 더해져 지금의 경지에 이른 것 같은데, 현재의 아미파는 속가제자라고 해도 남자에게는 무공을 전수해주지 않았다. 또한 금강복마권과 맞설 정도의 강맹한 권법을 익힌 제자도 없었다. 여자가 수련하기에는 부적합하기 때문이었다.

"정말 아미의 무공이 아니란 말이오?"

"지금의 아미파와는 관련이 없습니다."

진평의 대답에 혜명은 더 혼란스러워졌다.

진평이 아미파의 권법을 익힌 것은 본혈방 방도 중에 아미파 제자가 있었기 때문이다.

송나라 말엽까지만 해도 아미파가 남자 제자와 여자 제자를 모두 받아들였기 때문에 그들의 권법 원형이 보전될 수 있었던 것이다.

진평이 물었다.

"계속하시겠습니까? 저는 무승부로 끝내기를 바랍니다만."

혜명은 진평을 바라봤다.

상대는 자기가 예상했던 것보다 훨씬 고수였다.

지금 이 제안은 자기 체면을 세워주는 것이라고 볼 수 있었다. 작정을 하고 싸우면 지지는 않을 거라는 자신감이 있었지만 백 초나 이백 초 안에서 승부가 날 것 같지도 않았다.

소림 팔대호원의 감원이 그 정도 시간이 걸린다면 이미 진 것이나 마찬가지라고 할 수 있었다.

결국 혜명은 호승심을 억지로 누르고 결정을 내렸다.

"좋습니다! 그만 합시다."

진평은 미소를 지었다.

"그럼 이번에는 승부가 나지 않았으니 오늘 이 자리에서 있었던 일에 대해 우리 여덟 명 모두가 굳게 입을 다문다는 것에 대해서만 동의하면 되겠군요."

진평이 한 차례 둘러보자 구서위, 구재원, 혜명과 수좌승들 모두가 고개를 끄덕였다.

네 명의 수좌승들이 진평을 바라보는 눈빛은 이전과 달라져 있었다. 공령이 제압당했을 때까지만 해도 다들 진평을 복수의 대상으로 여겼지만, 혜명과 대등하게 싸우는 모습을 보고 난 후엔 그 무공을 인정하고 존중하는 마음을 가지게 된 것이다.

구서위가 소림승들에게 말했다.

"안으로 들어갑시다. 좋은 차가 있습니다."

혜명은 미소 지었다.

한바탕 결전을 치러 일무 일패라는 결과가 나온 후에야 비로소 차를 얻어 마시게 된 것이다.

제4장
승산행

차 향기가 그윽한 상방.

혜명이 잔을 내려놓으며 얘기를 꺼냈다.

"저희가 여기 온 이유는 마교의 발흥 때문입니다."

구서위가 고개를 가로저었다.

"난 수라참혼장을 가지고 있지 않습니다."

혜명은 구서위를 가만히 바라보았다.

구서위도 흔들림 없는 시선으로 그를 응시했다.

혜명이 미소 지으며 말했다.

"저희는 애초부터 장주님을 믿고 있었습니다."

정말 그랬다면 항주까지 오지도 않았겠지만, 어쨌거나 이제라도 그렇게 말해주는 것은 뇌정산장 입장에서 좋은 일이라고 할 수 있었다.

진평이 물었다.

"수라참혼장에 대한 소문 때문에 마교가 다시 세상에 나온다고 생각하시는 겁니까?"

혜명은 고개를 가로저었다.

"아닙니다. 우리들은 오래전부터 그들의 동태를 면밀히 주시하고 있었습니다."

"우리라면 누구를 말씀하시는 겁니까?"

"본사와 무당입니다."

"뭔가 특이한 상황이라도 있었습니까?"

진평의 물음에 혜명은 잠시 그를 바라보다가 대답 대신 질문을 했다.

"아미파와는 어떤 관계입니까?"

진평의 정체가 정말로 궁금했던 것이다.

진평은 고개를 가로저었다.

"아까 있었던 일들에 대해서는 두 번 다시 언급하지 않기로 했다는 사실을 벌써 잊으셨군요."

"하지만……."

"그리고 첫 대결에서 우리가 이겼다는 사실을 잊지 마십시오. 질문을 할 수 있는 쪽은 우립니다."

혜명은 입맛을 다셨다. 진 건 분명한 사실이니, 이제 와서

식언을 할 수는 없었다.

그는 다시 마교 얘기로 돌아갔다.

"백련교가 지리멸렬하긴 했지만 그 뿌리가 완전히 제거된 것은 아닙니다."

진평이 고개를 끄덕였다.

"아직도 남경 흑호니, 무창 백호니 하는 자들이 남아 있기는 하지요."

혜명은 손을 내저었다.

"그런 하부조직 말고 교주와 장로들이 세력을 모은다는 사실을 확인했습니다."

"그게 정말입니까?"

진평의 표정이 심각해졌다.

혜명이 말했다.

"그들은 지금 사파와 흑도를 가리지 않고 닥치는 대로 포섭하여 세를 불리고 있습니다. 다만, 배후에서만 움직이기 때문에 마각이 드러나지 않았을 뿐이지요."

"흐음. 보통 문제가 아니군요."

백련교는 본래 원나라를 몰아낸 태조 황제가 입신(立身)한 세력 기반이었다. 그러나 정작 황제가 된 이후 태조는 자기를 도와 제국을 세운 공신들을 무자비하게 숙청했다.

손자에게 황권을 안전하게 물려주기 위해서였다.

함께 목숨 걸고 싸운 대장군들도 숙청당하는 판에 백련교가 무사할 리 없었다.

특히나 민중 속에 파고들어 그들을 결집시키는 힘에 대해 누구보다 잘 아는 태조인지라 백련교에 대한 치밀하고도 잔인한 제거 명령을 직접 하달했다.

건국의 일등공신인 백련교가 사악한 마교로 낙인찍히는 순간이었다.

당시 무림의 명문정파들도 백련교를 제거하는 대열에 합류했고, 앞장서서 주도적인 역할까지 맡았었다.

마교가 다시 돌아온다면 그때 토벌에 가담한 명문정파들은 첫 번째 목표가 될 수밖에 없었다. 그리고 그 복수가 극히 잔인하리라는 것은 모두가 예상할 수 있는 일이었다.

구서위가 물었다.

"그들이 사파와 손을 잡았다고 하셨습니까?"

"그렇습니다."

"하지만 백련교의 교리는 본래 사마외도와 거리가 멀지 않습니까?"

"살아남기 위해 어쩔 수 없는 선택을 했다고 봐야지요. 아무리 악명을 떨치던 자들이라고 해도 마교의 품 안으로 들어가면 그 우두머리에게 장로 자리를 준다고 합니다."

"아무나 다 마교 장로가 될 수 있다는 뜻이군요."

"존망의 위기에 놓였는데 그깟 직함쯤 대수겠습니까."

구재원이 조심스럽게 끼어들어 물었다.

"그런데 사파와 흑도 무리들이 무얼 보고 백련교의 편에 서는지 궁금하네요. 지금의 백련교에게 그들을 지켜줄 힘이 있습니까?"

혜명이 대답했다.

"그들은 어차피 관과 무림, 모두의 토벌대상입니다. 그러니 뭉쳐서 서로를 돕는다면 실보다는 득이 많지요."

"아! 그렇군요."

"게다가 숨어 있던 교주와 장로들이 마공을 대성하여 출도한다면 따르는 무리들 입장에서는 물 만난 고기처럼 세상을 휘저을 수 있다고 보는 것이지요."

"으음……."

방 안에 무거운 침묵이 흘렀다.

예전의 마교라는 명칭이 황실에서 붙인 것이었다면, 지금의 마교는 본질에서부터 명실상부한 마의 집단으로 변신했다고 볼 수 있었다.

살아남기 위해, 복수를 위해 그리하는 것을 이해하지 못할 바는 아니지만 그렇다고 용납할 수도 없는 일이었다.

진평이 물었다.

"혹, 아무 문파에나 장로 자리를 주는 것과 수라참혼장이 강호에 나온 것 사이에 무슨 연관이 있지 않습니까?"

혜명은 고개를 끄덕였다.

"수라참혼장은 본래 마교 장로였던 곽호견의 독문절기입니다. 산서의 한 흑도문파가 마교와 손잡는 대가로 그 무공을 얻었는데, 우두머리들끼리 서로 자기가 먼저 익히겠다고 다투다가 결국 큰 싸움이 벌어졌고, 양패구상하는 바람에 세상에 드러나게 되었다는 게 이제까지 알려진 바입니다."

진평이 놀란 어조로 물었다.

"그렇다면 다른 문파에도 입교 선물로 마공이 전해졌을 가능성이 있겠군요."

"우리가 걱정하는 게 바로 그것입니다."

구서위가 심각한 표정으로 물었다.

"그럼 이대로 있어선 안 되는 것 아닙니까? 그들이 힘을 키워 세상에 나오기 전에 대책을 세워야지요."

그것은 무림뿐만 아니라 중원 전체에도 위험한 상황이라고 할 수 있었다.

혜명은 고개를 끄덕였다.

"안 그래도 무림맹을 다시 결성하자는 움직임이 시작되었습니다. 머지않아 무림대회가 열릴 것입니다."

"그나마 다행이군요. 과연 소림입니다."

"사실, 우리와 무당만으로는 마교의 세세한 움직임을 전부 다 알아내지는 못했을 겁니다."

"그럼 또 누가 있습니까?"

"무림맹 설립은 개방과 청성, 점창파가 주체가 되어 움직이고 있습니다."

진평의 표정이 굳었다.

그들은 동창의 앞잡이를 자처한 문파들이었다.

"혹시 수라참혼장이 세상에 나온 경로에 대해 알아낸 것도 그들인가요?"

"그렇습니다만……."

진평은 천천히 고개를 끄덕였다.

애당초 수라참혼장에 대한 얘기를 가장 먼저 꺼낸 게 동창이었다. 그들은 소림과 무당에 앞서 이미 마교의 동태에 대해 낱낱이 파악하고 있었던 게 분명했다.

이제 자신들의 말을 잘 듣는 세 개 문파를 내세워 무림맹을 만들고 마교 토벌에 다시 무림인들을 앞장세우려 하는 게 분명했다.

진평이 혜명에게 물었다.

"무림맹이 세워지면 조정에서 싫어하지 않을까요?"

"옛날에나 그랬지, 지금은 관과 무림이 충분한 거리를 두고 있지 않습니까. 문제없을 걸로 봅니다."

진평이 잠시 사이를 두고 지나가는 투로 말했다.

"마교 잔당이 발흥하려 한다면 동창에서 함께 토벌하자고 손을 내밀지도 모르겠군요."

혜명의 표정이 굳었다.

"흥! 누가 다시 환관의 앞잡이 노릇을 하겠습니까. 그들과 손잡는 일은 절대로 없을 것입니다."

진평이 물어보았다.

“환관은 황제가 바뀔 때마다 바뀌지 않습니까?”

“하지만 그들의 기질은 절대로 바뀌지 않지요.”

예전에 백련교를 토벌할 때는 힘을 모은 적이 있지만, 막상 토벌이 끝나자 무림맹의 커진 세력을 견제하기 위해 온갖 술수와 이간질을 동원하여 조직을 와해시킨 전력이 있었다.

그때 생긴 서로 간의 원한이 지금까지 이어져 오는 문파도 있을 정도이니 무림인들 중엔 동창에 이를 가는 사람이 많았다. 특히, 당시 무림맹의 중추적 역할을 했던 소림과 무당은 동창을 단순히 싫어한다기보다 거의 증오하는 수준이었다.

진평은 무림맹을 설립하려는 움직임의 배후가 동창이라는 사실을 알았지만 그것에 대해 말하지는 않았다.

아무런 증거도 없이 그런 얘기를 해봤자 구파일방을 믿지, 사문도 밝히지 못하는 상인을 믿을 리는 없기 때문이었다.

“형님.”

진평이 부르자 구서위는 가벼운 미소와 함께 그를 바라봤다. 진평이 말을 이었다.

“무림맹에 가입하는 게 좋겠습니다.”

뜻밖의 제안에 구서위는 의아한 표정을 지었다.

“갑자기 그건 무슨 소리인가?”

“지금 강호엔 뇌정산장을 의심하는 사람들이 많습니다. 만약 우리가 무림맹의 일원이 된다면 그 모든 오해가 한 번에 종

식되지 않겠습니까."

그럴듯한 얘기였다.

구서위는 혜명 쪽을 봤다.

그는 난감한 표정을 지었다.

"아직 무림대회가 열린 것도 아니고, 제가 책임 있는 자리에 있는 것도 아니라 확답을 드리기는 어렵습니다."

진평이 물었다.

"우리 뇌정산장의 명성이나 무공이 무림맹의 일원이 되기에 부족하다고 보십니까?"

혜명은 생각해 보았다.

진평과 겨뤄 본 바에 의하면 절대 무시할 수 없는 실력을 지닌 것은 분명했다. 하지만 뇌정산장의 명성이 구파일방과 어깨를 나란히 할 정도는 아니었다.

"이번 무림맹은 세가(世家)의 합류를 되도록 자제하려고 합니다. 공연히 조정의 의심을 살 수도 있으니까요."

불교나 도교를 뿌리로 삼는 문파들과 달리 세가의 힘이 커지는 것은 정치적으로 민감한 문제가 될 수 있었다.

진평이 고개를 가로저으며 말했다.

"우리 뇌정산장이 세가로 불릴 정도가 아님을 잘 아시지 않습니까? 게다가 우리의 요구를 들어주기로 했다는 사실을 잊으시면 안 됩니다."

"흐음……."

혜명은 잠시 생각한 후 말했다.

"좋습니다. 제가 방장님께 추천해보겠습니다."

그는 속으로 안도의 한숨을 내쉬고 있었다.

대결에서 이긴 대가로 무엇을 요구할지 여간 불안한 게 아니었는데, 사사로운 게 아니라 천만다행이었다.

어쩌면 자기가 구장주와 그 의제에 대해 오해하고 있었을지도 모른다는 생각이 들었다.

구서위가 일어나서 포권을 했다.

"감사합니다."

"별말씀을요."

이런 사람들이라면 적극 환영하는 게 옳다는 쪽으로 혜명의 생각은 바뀌어 있었다.

구서위는 진평 쪽을 보고 가만히 고개를 끄덕였다.

그것은 감사의 의미였다.

그동안 끊임없이 달려드는 도전자들을 모두 물리칠 수 있었던 것은 진평과의 논검을 통해 검술이 한 단계 성장한 덕이 크다고 할 수 있었다.

이제 그의 제안으로 무림맹에 참여하게 된다면 가까이는 귀찮은 도전자들을 차단할 수 있을 것이고, 멀리는 가문의 영광이 될 수 있었다.

혜명이 물었다.

"저희는 지금 바로 숭산으로 돌아갈 생각인데, 함께 가시겠습니까?"

구서위는 난감한 표정을 지었다. 성왕부 사람들이 있는 동안은 장원을 비울 수 없기 때문이다.

진평이 나섰다.

"무림대회 전까지는 제가 조카와 함께 가겠습니다."

"그렇게 해주겠나?"

구서위 입장에선 아들을 데려가 주겠다는 게 참으로 고마운 얘기였다. 큰아들은 문관의 길을 가도록 놔두었지만, 둘째는 자신의 뒤를 잇기를 바라고 있었다. 다행히 구재원은 무공에 자질도 있고 성품도 좋아서 기대가 컸다.

문제는 자신이 워낙 장원에만 틀어박혀 지내는 걸 좋아하는 터라 인간관계의 폭이 극히 좁다는 것인데, 진평을 따라 숭산에 가서 무림맹 설립 과정에 참여한다면, 그 무엇과도 바꿀 수 없는 큰 경험을 하고 많은 사람들과 교분도 나눌 수 있을 게 분명했다.

혜명이 말했다.

"이곳의 일을 한시라도 빨리 알리고 싶습니다."

함께 가려면 채비를 서두르라는 뜻이었다.

장주인 구서위 입장에선 빈말이라도 하루 묵어가기를 청해야 하겠지만, 성왕부 사람들이 때문에 소림승들을 잡아둘 수 없었다.

"식사를 하시는 동안 준비를 하겠습니다."

좋은 음식을 대접하는 것으로 성의를 표할 수밖에 없었다.

객청에서 나온 진평은 황여방과 고정광을 찾아갔다.

그들은 이미 마당에 나와 있었다.

"무슨 일입니까?"

"소림승들을 왜 장원에 들이신 겁니까?"

진평은 씁쓸하게 웃었다.

남의 집에 신세를 지고 있으면서 주인의 어려움은 생각하지 않고 자기들의 정체가 드러나는 것에만 신경 쓰는 그들의 뻔뻔함이 별로 마음에 들지 않았던 것이다.

"소림사에 다녀오겠습니다."

"예? 거긴 왜요?"

진평은 혜명에게 들은 얘기들을 요약하여 들려주었다.

황여방과 고정광 모두 크게 놀랐다.

"큰일이군요. 마교가 그런 준비를 하고 있었다니."

그들에게도 마교의 발흥은 심각한 문제였다.

"헌데, 호림공께서는 무림맹의 일원이 될 생각이십니까?"

진평은 고개를 가로저었다.

"아닙니다. 저는 장부를 되찾고 소금 독점판매권을 따내야지요. 무림맹엔 구장주의 아들이 참여할 것입니다."

황여방과 고정광은 마주 보고 미소를 지었다.

진평의 마음속에 염상이 되겠다는 욕구가 자리 잡고 있는 한, 앞으로도 계속 자신들과 같은 편에 서리라고 생각하는 것이었다. 그들은 진평이 양주 염상 대여섯 명을 합친 것보다 훨씬 많은 재산을 가진 부자라는 사실을 전혀 모르고 있었다.

고정광이 물었다.

"그런데…… 뇌정산장이 굳이 무림맹에 참가할 필요가 있을까요?"

성왕부와의 관계만 잘 유지해도 되지 않느냐는 의미였다.

"무림맹의 일원이 되면 수라참혼장에 대한 의심을 벗어버릴 수 있습니다. 그러면 우리도 더불어 안전해지지요."

두 사람은 고개를 끄덕였다.

일리가 있는 얘기였다.

황여방이 말했다.

"그럼 구재원만 보내십시오. 호림공은 굳이 따라가실 필요가 없지 않습니까?"

적과 대치한 상황에 절세고수를 떠나보내고 싶지 않았던 것이다.

그러나 진평이 뇌정산장에 온 목적은 성왕부의 선두에 서서 동창과 싸우는 것이 아니었다.

구서위 부자를 곁에서 지켜주기 위해서였고, 현재로선 뇌정산장의 무림맹 가입이 가장 효과적인 방법이었다.

진평이 말했다.

"무림대회 개최를 주도하는 자들의 배후에 동창이 있다는 첩보를 입수했습니다."

"그게 정말입니까?"
황여방과 고정광 모두 놀랐다.
"그게 누구입니까?"
"그걸 확인하기 위해 제가 직접 가봐야 합니다."
청성, 개방, 점창파가 그들이지만, 아는 사실을 모두 얘기해줄 필요는 없었다.
고정광이 물었다.
"그런 정보는 어디서 들으셨습니까?"
"상인들을 무시하지 마십시오. 우리는 돈 냄새가 나는 곳이라면 어디에건 눈과 귀를 들이대고 있습니다."
"그, 그렇군요."
황여방과 고정광은 잠시 의논한 후 진평에게 말했다.
"다녀오십시오. 몸이 날랜 수하 두 명을 딸려 보내드리겠습니다."
"사람을 데리고 가라고요?"
"예. 그래야 급한 일이 생겼을 때 연락이 되지 않겠습니까? 새로운 사실을 알게 되었을 때 저희에게 전달해주시기도 편하고요."
진평 입장에선 감시자가 따라붙는 게 마음에 들지 않았지만 거절할 명분이 없었다.
"좋습니다. 바로 준비를 시켜 주십시오. 단, 배를 잘 다룰 줄 알아야 합니다. 그들을 앉혀놓고 내가 노를 저으면 이상해

보일 테니까요."

"그렇게 하지요."

"그리고 제가 없는 동안 삼태산엔 아무 일도 일어나지 않을 테니 걱정 마십시오."

"그걸 어떻게 아십니까?"

진평은 당연히 알았다. 장부가 이미 자기 손에 들어와 있으니 대치 상태만 이어질 뿐 어떤 움직임도 보이지 않을 게 분명했다. 속마음은 그랬지만 말은 다르게 나왔다.

"무림맹의 탄생에 간여하는 것은 몹시 중요한 일이니 당분간은 다른 데 신경 쓸 여유가 없을 것입니다."

그럴듯한 얘기인지라 황여방과 고정광은 고개를 끄덕였다.

진평이 작별인사를 하고 돌아가자 두 사람은 양우건과 의논하여 실력이 뛰어난 무사들을 뽑고, 그중에서 배를 잘 다루는 두 사람을 최종 선발했다.

그리고 그들에게 단단히 일렀다.

"너희들은 당분간 호림공의 호위무사 역할을 하게 될 것이다. 따로 사람을 따려 보낼 테니 표식을 하고 첩지를 남기도록 해라."

"첩지엔 어떤 내용을 적어야 합니까?"

"그가 어디에 들렀고, 누구를 만났고, 무슨 얘기를 했는지 남김없이 적어라. 토씨 하나도 빼놓지 말고."

"알겠습니다."

두 명의 무사는 옷을 갈아입고 무기도 장원에 남겨둔 후 가짜 호패와 여비만 챙겨 들고 진평을 따라나섰다.

*　*　*

구재원은 신이 났다.

항주를 벗어나 여행하는 것은 정말 오랜만의 일이었기 때문이다.

특히 형이 성왕부로 들어간 이후 아버지는 자신의 외출을 일절 허락하지 않았다. 그러다가 진평 덕에 말로만 듣던 소림사 구경까지 하게 되었으니 설레지 않을 수 없었다.

"숙부님. 이대로 배를 타고 숭산까지 가는 겁니까?"

"아! 그 호칭 말인데……."

나이 차도 얼마 나지 않는데 숙부와 조카로 서로를 부르는 건 아무래도 좀 거북했다.

그러나 구재원은 단호했다.

"떠나기 전에 아버님이 말씀하셨습니다. 그리고 저도 숙부님으로 모시는 게 당연하다고 생각합니다."

진평은 입맛을 다셨다.

엉겁결에 구장주의 의제가 되었으니 그 아들과는 숙질간이 되는 게 맞기는 했다.

"어쩔 수 없군."

"제 마음으로부터 우러나와 하는 일이니 과히 괘념치 마십시오."

"그렇다면 아주 가까운 숙부가 되어주도록 하지."

"고맙습니다."

구재원의 얼굴 골격은 아버지를 쏙 빼닮았지만 밝고 호감이 가는 인상이라 웃는 모습이 보기 좋았다.

"배로는 낙양(洛陽) 근처까지 갈 거야."

진평은 생각난 김에 선실 밖으로 나가 혜명에게 물었다.

"소림사 근처에 포구가 있습니까?"

"이하(伊河)로 갈라져 들어가 고룡진(高龍鎭)에 배를 대면 될 겁니다. 거기서 산문(山門)까지는 보통 사람 걸음으로도 한나절이면 갈 수 있지요."

혜명과 수좌승들은 배를 타고 가는 여로에 즐거워하는 기색이 역력했다. 숭산에서 항주까지 오는 내내 번갈아 경공과 휴식을 반복했던 게 사실 고되기 이를 데 없었던 것이다.

돌아가는 길이 편하게 된 것은 자기 배를 가진 상인과 동행하게 된 덕분이었다.

소림은 무림의 태산북두로 독보적인 위상을 차지하고 있지만 말이나 마차, 배를 빌릴 정도의 넉넉한 여비를 줄 수 있는 부자는 아니었다.

혜명이 물었다.

"며칠이나 걸릴 것 같습니까?"

"쌀을 가득 실은 배라면 보름 정도 걸릴 거리입니다만, 우리 배는 가벼우니까 노를 젓는 두 사람의 팔 힘에 달렸다고 봐야죠."

모두의 시선이 선미에 자리 잡은 성왕부의 무사 마충(馬忠)과 왕립(王立)에게 쏠렸고, 마침 노를 잡고 있던 마충의 움직임이 빨라졌다.

혜명이 미소 지으며 물었다.

"경항대운하를 타고 가는 겁니까?"

"그렇습니다. 요즘은 막히는 곳이 없으니 며칠 푹 쉬다 보면 도착해 있을 것입니다."

경항대운하는 경사와 항주를 잇는 물길로, 남경이 도읍이던 시절엔 종종 지체되는 구간이 있었지만, 북경으로 천도한 이후에는 한 군데도 빠짐없이 정비가 되어 매년 추수철이 되면 곡식 실은 배들이 끝도 없이 줄줄이 이어지곤 했다.

혜명이 다시 물었다.

"우리 제자들에게 노 젓기와 삿대 사용법을 가르쳐도 되겠습니까?"

육로로 다닐 때는 종일 걷고, 세 끼를 챙겨 먹고, 이슬과 비를 피할 잠자리를 찾는 데 바쁘지만 배를 타고 가는 여행은 마냥 편했다.

진평 일행이 탄 배는 이른바 호선(號船)이라 불리는 쾌속선으로, 길이는 사십 척에 돛이 없고 배 바닥이 뾰족한 편이라 미곡선처럼 많은 짐을 싣지는 못해도 속도가 빨랐다.

두 명이 맞교대로 노를 젓는다면 나머지 사람들은 종일 누워서 뒹굴어도 육로보다 훨씬 빨리 목적지에 도달할 수 있는 것이다.

혜명은 자기 제자들이 할 일 없이 노는 꼴을 두고 볼 수 없었다. 그렇다고 외인이 있는 앞에서 연공을 할 수도 없고, 결국 이번 기회에 배 다루는 법이라도 가르쳐보려는 것이었다. 노라도 저어서 뱃삯을 대신하겠다는 마음도 있었다.

진평은 마충에게 손짓을 했다.

"대사님들에게 가르쳐 드려."

"예! 알겠습니다."

마충과 왕립은 진평의 곁에서 허드렛일도 마다않고 모두 해내는 하인 역할을 충실히 수행하고 있었다.

그들로서도 소림승들이 노를 저어준다면 고마운 일이었다.

태호의 광대한 수면을 배로 가로지르는 동안은 구재원과 소림승들 모두 탄성을 금하지 못했다.

예상보다 훨씬 빨리 소주에 도착한 진평은 나루에 배를 대고 말했다.

"상단 일로 잠시 다녀올 테니 두 시진만 기다려주십시오."

혜명은 그러라고 했는데 마충과 왕립이 곧바로 진평을 따라 나섰다.

"저희가 모시겠습니다."

"너희는 배에서 기다려."

마충이 우직한 어조로 말했다.

“안 됩니다. 호림공께서 어디를 가시건 좌우에서 호위하라는 명을 받았습니다.”

진평은 냉소를 지었다.

“내 장사 밑천을 훔쳐보겠다는 거야?”

마충보다 키가 크고 얼굴도 길쭉한 왕립이 말했다.

“그럴 생각은 전혀 없습니다.”

“생각이 없어도 나를 따라오면 거래처를 알게 될 거 아냐. 그러면 관에 고변을 할지, 거래처를 빼앗아 갈지 누가 알아?”

두 사람은 손을 내저었다.

“저희가 그럴 리가 있겠습니까.”

“어쨌거나 따라오지 마. 내가 돈을 줄 테니 저자에 들어가서 장이나 넉넉하게 봐 둬. 소림승들은 육식을 안 할 테니까 거기에 신경 좀 쓰고.”

마충은 고개를 가로저었다.

“그럴 수는 없습니다.”

진평이 어깨를 한 번 으쓱한 후 말했다.

“그러면 따라와.”

마충과 왕립의 입가에 미소가 번질 때 진평의 끔찍한 말이 이어졌다.

“대신 돌아와서는 너희들의 두 눈을 파내고 혀를 자를 거야. 그래야 비밀을 유지할 수 있을 테니까.”

마충과 왕립은 침을 꿀꺽 삼켰다.

"진대인. 농담하지 마십시오."

"농담하는 걸로 보여?"

왕립이 슬그머니 마충의 소매를 당겼다.

진평이 정말 하겠다고 마음먹으면 자기들로서는 막을 방도가 없기 때문이었다. 황총관이 늘 붙어 있으라고는 했지만 비위를 거스르면서까지 곧이곧대로 하라는 건 아닐 것이었다. 진평은 화산파 장문인을 일격에 쓰러트린 고수, 성왕부에 있어 몹시 중요한 전력이기 때문이다.

마충도 한 걸음 물러섰다.

진평이 하는 면포 장사라는 게 파시(罷市)를 돌며 물량을 매집하는 거라는 사실은 대충 들어서 알고 있었다.

공공연히 거래가 이루어지고 있다고는 해도, 엄밀히 따지자면 불법 장물에 해당되니까, 그 거래처를 드러내고 싶어 하지 않는 게 어쩌면 당연한 일이었다.

"다녀오십시오."

진평은 미소 지으며 그들에게 돈주머니를 던져주었다.

"죽순과 버섯은 모자라지 않도록 넉넉히 사고, 건포(乾鮑), 건패(乾貝), 하자(蝦子)는 너무 딱딱하지 않고 향이 풍부한 것으로 잘 골라야 돼."

"알겠습니다."

두 사람을 떼어놓은 진평은 사해전장으로 갔다.

소식을 들은 홍패와 설가영이 반가이 달려와 그를 맞았다.

"형님!"

"큰형님!"

"하하! 잘들 지냈나 보네."

진평은 그들의 기도가 예전과 확연히 달라져 있음을 감지했다. 특히 설가영의 변화가 기대 이상이었다.

얼굴이며 손목에 멍 자국이 남아 있는 것으로 보아 정려군이 혹독하게 가르친 것 같았다. 그래도 얼굴은 웃고 있으니 다행이었다.

진평과 본혈방 방도 네 명은 따로 자리를 정해 차를 마셨고, 그 자리에서 진평은 자신의 계획을 얘기했다.

총관 서원직이 살짝 눈썹을 찌푸렸다.

"그런 자리에 나서는 것이 좀 불안하지 않으십니까?"

"전면에는 뇌정산장이 나설 것입니다."

서원직은 고개를 끄덕였다.

그렇다면 무방하다는 뜻이었다.

마교가 백련교 잔당 수준을 넘어 사파와 흑도를 아우르고 있다면 본혈방 입장에서도 간과할 수 없는 문제였다.

그들로 인해 천하가 시끄러워지는 것을 미리 막는다면, 유민(流民)들에게 식량을 나누어주는 것보다 훨씬 가치 있는 일이 될 수 있는 것이다.

진평이 동릉을 떠나온 것은 설대인의 죽음에 대한 개인적인 호기심 때문이었지만, 마교의 발흥은 본혈방주로서 간과할 수 없는 중차대한 문제였다.

홍패가 씩 웃으며 물었다.

"곧장 가지 않고 여기 들르신 것은 저를 데려가기 위함이시죠?"

진평이 고개를 끄덕이자 홍패는 펄쩍펄쩍 뛰었다.

"끼야호! 그동안 지겨워서 죽는 줄 알았습니다."

그러다가 서원직의 굳은 얼굴을 보고 말을 바꾸었다.

"아! 연공은 재미있었고요. 뭐가 지겨웠냐 하면……. 에…… 어쨌거나 형님. 아니, 방주님을 충심으로 보좌하겠습니다! 당장 짐 쌀까요?"

"응. 시간이 많지 않아."

홍패는 서원직과 정려군에게 번갈아 목례를 하고는 뒤도 안 돌아보고 달려나갔다.

설가영도 분연히 일어섰다.

"저도 준비할 게 많으니까 이만……."

진평이 고개를 가로저었다.

"넌 아냐."

"예? 큰형……, 방주님. 작은형님은 데려가면서 저는 왜요? 저 예전과 많이 달라졌다고요."

"유람 가는 게 아냐. 숭산 근처엔 무림맹 설립과 관련된 고수들이 바글거릴 텐데 면구를 쓴 여자가 나타나면 다들 의심을 품을 거야."

"여차하면 몸을 빼내면 되죠. 저 그동안 경공 공부도 굉장히 열심히 했어요. 한 번 보실래요?"

따라가고 싶은 마음이 절박해진 그녀는 시범까지 보일 기세였다. 진평이 손을 내저었다.

"그만둬. 네가 뭐라고 해도 이번엔 함께 갈 수 없어. 언제 무슨 일이 벌어질지 모르는데 네 안전까지 신경 쓸 여유는 없어."

진평 입장에선 그녀를 보호하려는 것이었다.

그러나 설가영은 포기하지 않았다.

"예전과 달라졌다니까요. 저 살인도 했어요."

진평은 깜짝 놀랐다.

"정말?"

"예. 하지만 그는 악인이었어요."

진평은 피식 웃었다.

"악인은 죽여도 된다는 건가?"

"아, 아뇨. 그가 내게 칼을 휘둘렀어요. 살의를 품고."

진평은 고개를 끄덕였다.

"그렇다면 죽여도 되지. 앞으로는 사실만 얘기해. 애써 정당화하려고 하지 말고."

설가영은 작은 목소리로 대답했다.

"예. 그렇게 할게요."

"좋아. 말해 봐. 어떻게 죽였지?"

"천돌혈을 찔렀어요. 검극이 목 뒤로 나왔으니까 죽는 순간 아무런 고통도 느끼지 못했을 거예요."

"잘했군."

진평은 비로소 흡족한 표정을 지었다.

설가영이 다시 말했다.

"어쨌거나 이젠 스스로 앞가림은 할 정도가 되었으니까 데려가 주세요. 강호에서는 여자가 남장을 하거나 면구를 쓰고 다니는 게 그리 특별한 일도 아니잖아요."

그녀는 사해전장이 갑갑해서가 아니라 진평 가까이에 있고 싶어서 조르는 것이었다.

그러나 진평은 단호했다.

"이번엔 안 돼."

설가영이 입술을 깨물다가 말했다.

"그럼 방주님께 도전하겠어요. 제 실력을 직접 봐주세요."

진평은 웃음을 터뜨렸다.

"하하! 정말 달라졌군."

걸핏하면 눈물 흘리던 울보 아가씨가 맞나 싶었다.

정려군은 설가영의 무엄한 태도를 꾸짖었지만 진평은 그녀를 말리고 자리에서 일어섰다.

그리고 검지를 세워 보이며 말했다.

"자! 공격해 봐."

설가영은 머뭇거렸다.

"방주님도 검을 드셔야죠."

"이 손가락을 검이라고 생각해. 시간이 많지 않으니까 처음부터 실력을 보이는 게 좋을 거야."

설가영은 검을 뽑았다.

그리고 한 차례 심호흡을 한 후 힘껏 진평을 찔렀다.

순간, 쨍! 소리와 함께 검이 튕겨 나왔다.

진평이 검지로 검신의 측면을 후려친 것이다.

"고작 이 정도면 더 볼 것도 없겠군."

"아, 아뇨! 진짜로 할게요."

내공을 끌어올린 설가영은 진평이 다치면 어쩌나 하는 생각은 접어두고 본격적으로 검을 휘두르기 시작했다.

좁은 방 안에 검광이 번뜩이고 파공음이 요란하게 울렸다. 그리고 그 사이에 검과 손가락이 부딪히는 소리, 진평의 목소리가 섞였다.

"제법인데! 훌륭해."

"전 뭐든지 빨리 배운다고 했잖아요."

"하지만 자만할 정도는 아냐."

한순간, 쨍! 소리와 함께 설가영은 검을 놓치고 말았다. 손아귀가 얼얼하고 손목이 시큰거렸지만, 아픔보다는 놀라움과 자신에 대한 실망감이 더 컸다.

진심으로 전력을 다했는데 진평의 손가락 하나에 막히고 무기까지 잃게 될 줄은 몰랐던 것이다.

고개를 푹 숙인 그녀가 말했다.

"부디 몸조심하세요."

"이제 포기한 건가? 하하!"

설가영은 현실을 받아들였다. 그 어느 때보다 검술에 자신이 있었지만 진평을 돕기에는 턱없이 부족한 게 바로 현실이었다.

뒷일을 부탁한 진평은 설가영에게 눈을 한 번 찡긋해 보이고는 바로 사해전장을 떠났다.

축 처진 설가영의 어깨에 정려군이 손을 얹었다.

"잘했다."

"잘했다고요? 휴우……. 호법님도 보셨잖아요. 제가 얼마나 형편없었는지."

정려군의 입가에 미소가 번졌다.

"상대가 방주님이었잖아.

설가영의 얼굴에 비로소 희망의 기운이 드러났다.

"그, 그럼 제게 가능성이 있는 건가요?"

정려군이 고개를 끄덕이자 설가영이 그녀에게 말했다.

"지금 당장 대련을 부탁합니다."

그녀는 목표를 세웠다. 다음번에 만날 때는 적어도 진평이 무기를 들도록 만드는 것이었다.

정려군은 설가영의 바뀐 눈빛이 마음에 들었다.

*　　*　　*

포구에 도착한 진평은 일행에게 홍패를 소개했다.

"내 의제 홍팔입니다."

모두 분분히 인사를 나누는 와중에 구재원이 깊이 허리를 숙이며 말했다.

"홍숙부님을 뵙습니다."

홍패는 당황하지 않았다.

오는 길에 진평에게 배에 탄 사람들에 대한 얘기를 모두 들었기 때문이다. 아버지의 의제인 진평을 나이에 구애받지 않고 숙부라 부르는 구재원이니 진평의 의제인 홍패에게도 당연히 그런 호칭을 쓰는 것이었다.

홍패는 마냥 즐거운 표정으로 말했다.

"이렇게 훤칠하고 잘생긴 데다가 문무를 겸전하고 기예까지 두루 갖춘 조카를 두게 되어 정말 기쁘군."

"과찬의 말씀이십니다."

홍패는 진평 쪽을 봤다. 늘 수적, 산적들하고만 어울리던 그가 항주 뇌정산장의 차기 장주를 조카로 삼게 된 것은 전적으로 진평 덕분이었다.

홍패는 구재원의 어깨에 팔을 감아 얹으며 말했다.

"형님은 못 해도, 나는 네게 해줄 수 있는 일들이 몇 가지 있을 거야."

"예? 그게 뭡니까?"

"사내란 자고로 다방면에 걸쳐 경험이 풍부해야 한다는 사실은 알고 있겠지?"

"물론입니다."

"다음 포구에서 데려가 줄 테니까 기대하라고. 흐흐흐……."

구재원은 홍패가 무슨 말을 하는지 알 수 없었다. 하지만 왠지 모르게 입술을 좌우로 당기며 그의 웃음을 따라 하고 싶어졌다.

배는 전보다 무거워졌다. 사람이 열 명으로 늘고 식량까지 잔뜩 실었기 때문이다.

그러나 속도는 오히려 빨랐다.

공자 항렬 소림 수좌승 네 명이 번갈아 노를 젓다 보니 운하에 떠 있는 모든 배를 다 앞질러 나아갔다.

그들 덕에 노에서 아예 손을 놓게 된 마충과 왕립은 뱃전에 기대어 조는 게 하루 일과였다.

그런 그들에게 홍패가 제안을 했다.

"우리 주사위 놀이나 할까?"

마충은 바로 고개를 가로저었다.

"생각 없습니다."

"그럼 너는?"

왕립도 거절했다.

홍패는 한숨을 내쉬며 뼈로 깎아 만든 주사위 두 개를 꺼내어 혼자 갑판 바닥에 굴리며 놀았다.

배에선 하루 세 끼 챙겨 먹는 것 말고는 할 일이 없는지라 처음엔 매몰차게 거절했던 왕립이 먼저 관심을 보였다.

"왜 주사위를 두 개 씁니까?"

"아! 이건 칠점홍(七點紅)이라는 거야. 최근에 장강 일대에 유행하는 놀이지. 히히!"

"칠점홍이라……. 처음 듣는데."

"물주와 객이 각각 하나씩 들고 던져서 합친 숫자가 칠보다 높으냐, 낮으냐를 따져서 먹는 놀이야. 칠이 나오면 비기기 때문에 칠점홍이라고 하지."

왕립은 손가락을 꼽아가며 두 숫자의 합을 한참 동안 계산해보다가 다시 물었다.

"칠보다 큰 경우와 작은 경우가 같은 빈도로 나오나요?"

"아무렴. 그래야 공평하지. 특히 이 놀음은 한 사람이 다 던지는 게 아니라 두 사람이 각각 던지기 때문에 속임수가 개입할 여지가 없다는 게 또 하나의 장점이지."

"칠이 나오면 어떻게 합니까?"

"돈을 얹고 한 판 더 던지지. 얹은 판을 먹을 때의 그 짜릿함이란! 크흐흐……."

홍패가 몸을 부르르 떨었다.

왕립은 슬그머니 다가앉았다.

"주객은 왜 나누는 겁니까?"

"한쪽이 대(大)에 걸면 다른 쪽은 소(小)에 걸어야 하는데 둘 다 같은 곳에 걸겠다고 다투면 안 되잖아? 그래서 주인이 걸 곳을 먼저 고르고, 객이 주사위를 먼저 던지는 거야."

"나중에 던지는 게 유리하지 않나요? 상대가 던진 걸 보고 거기에 맞춰서 나오게 할 수 있잖아요."

"무슨 숫자가 나올지 모르니까 유리하고 불리한 건 없어. 그래도 먼저 던지는 게 낫지. 어차피 주객은 돌아가면서 하니까 그게 그거지만 말야."

"어디 한번 해봅시다."

홍패가 반색을 했다.

"잘됐군. 내가 이걸로 돈을 얼마나 많이 잃었는지 알아? 열심히 연습해서 다음에 소주에 가면 그동안 잃은 걸 전부 되찾을 거야."

"일단 동전 일 문씩 걸고 해봅시다."

홍패는 정색을 했다.

"무슨 돈을 걸고 한다고 그래? 난 연습이 목적이니까 그냥 맞은편에 앉아서 상대만 해줘."

그리고는 주사위 하나를 건넸다.

"대나 소를 정하고 먼저 던져봐."

"소에 걸겠습니다."

왕립이 던진 주사위는 일(一)이 나왔다.

홍패는 한숨을 내쉬었다.

"젠장! 내가 육이 나와도 비기기밖에 못하잖아."

결과는 왕립의 승이었다.

"하하! 이거 재미있군요. 우리 돈 걸고 합시다."

옆에서 마충이 툭 쳤지만 왕립의 생각은 변함이 없었다.

"까짓 동전 일 문이 얼마나 된다고 그래?"

홍패는 여전히 조심스러웠다.

"정 돈을 걸겠다면 미리 약속을 정할 게 있어."

"그게 뭔데요?"

"무슨 일이 있어도 동전 일 문 이상으로 판돈을 키우지 않기로 맹세를 해야 돼."

"그야 당연하죠. 재미로 하는 거니까."

"하지만 내가 잃게 되면 무슨 소리를 할지 모르니까 미리 다짐을 받아두어야겠어. 절대로 판돈 올려주지 마. 네가 잃어도 안 올려줄 거야."

"소심하시기는 참. 그런 일이라면 걱정 마십시오. 마형에게 맡겨두면 됩니다. 규칙을 잘 지키기로 유명하니까요."

"좋아. 그럼 시작해볼까."

그렇게 홍패와 왕립의 칠점홍 놀이가 시작되었다.

조용하던 배 위에 두 사람의 고함과 탄성이 끊이지 않았다.

웃고, 떠들고 얼마나 재미있게 노는지 마충도 판에서 눈을 떼지 못했고, 나중엔 대에 걸라, 소에 걸라 훈수까지 하며 끼어들었다.

교대해서 쉬던 소림승들까지 기웃거릴 정도였는데, 저녁을 먹을 무렵 판이 끝나고 보니 홍패의 안색이 좋지 않았다.

한 판에 고작 동전 일 문임에도 불구하고 나중에 셈을 해 보니 무려 닷 냥이나 잃고 만 것이다.

왕립은 웃으면서 그에게 한 냥짜리 동전을 개평으로 주었다. 홍패는 그것을 거절했다.

"싫어! 난 개평을 받으면 재수가 없어. 이따가 저녁 먹고 다시 해!"

"그럽시다. 까짓 거. 하하!"

"한 판에 이 문씩 거는 건 어떤가?"

"안 됩니다. 재미로 하는 거라고 했잖습니까."

"닷 냥을 잃었으면 더 이상 재미가 아니지. 다음엔 더 조르지 않을 테니까 딱 이 문까지만 판돈을 올리자고. 어때?"

마충이 끼어들어 선을 그었다.

"그냥 하던 대로 합시다."

"젠장!"

홍패는 밤새도록 주사위를 굴렸고 다음 날 아침, 손해액은 열두 냥으로 늘어나 있었다.

왕립이 그에게 말했다.

"홍형은 아무리 봐도 노름엔 소질이 없는 것 같습니다. 배에서 내리더라도 다시는 주사위를 잡지 마십시오."

홍패는 날카롭게 반응했다.

"닥쳐! 네가 이긴 게 실력인 줄 알아? 단지 하루 운이 좋았을 뿐이라고. 그 운이 곧 나한테도 찾아올 거야."

"하하! 화내지 마십시오. 노름판에서 돈 잃고 속 좋은 놈 없다지만, 그래도 기본 도리는 지켜야지요."

"너 혹시 주사위에 무슨 수작 건 거 아냐?"

"말이 되는 소리를 하십시오. 이것들은 당신의 주사위 아닙니까? 게다가 각자 따로 던지는데 당신 주사위에서 나오는 숫자를 내가 어찌할 수 있단 말입니까."

"그래도 뭔가 있어. 노련한 노름꾼임이 분명해."

"하하! 속임수만 쓰지 않는다면, 주사위 잘 다루는 게 흉은 아니지 않습니까?"

"젠장! 당장 시작해!"

"밥 먹고 합시다. 하하!"

오전엔 홍패가 조금 땄다. 하지만 그동안 잃은 것을 모두 되찾은 수준은 아니었다. 그리고 오후에 다시 시작된 주사위판은 결국 홍패의 대패로 끝났다.

"으아아! 난 죽어야 돼."

괴성을 지르며 강물로 뛰어들려는 홍패를 옆에서 구경하던 구재원이 겨우 말렸다.

한참 만에 흥분을 가라앉힌 홍패가 느긋하게 낚싯대를 드리우고 있는 진평에게 다가와 말했다.

"형님. 돈 조금만 꿔주십시오."

"안 돼."

"그러지 말고 좀 꿔주십시오."

"맞기 싫으면 두 번 다시 그 얘기 꺼내지 마."

꼬리를 내린 홍패는 구재원을 붙들고 하소연을 했다.

구재원은 난감했다.

강호행을 하려면 비상금은 꼭 필요했다.

돈이 떨어져 먹고 자는 데 문제가 생기면 몸 상태를 최상으로 유지하기도 어렵고 곤궁한 처지가 되어 가문의 명예에 누가 될 수도 있기 때문에 넉넉한 은자와 한두 장의 전표는 늘 가지고 있어야 했다.

자신의 비상금을 잃기만 하는 노름꾼에게 빌려줘야 하는 건지, 과연 돌려받을 수나 있을지, 갈등이 생기지 않을 수 없었다.

결국 그는 홍패의 처량한 표정에 항복하고 말았다.

"이것까지 잃으면 그만 하십시오."

그가 은자를 내밀자 홍패는 입이 함지박만 하게 벌어졌다.

"조카. 복 받을 거야. 히히히!"

그가 다시 주사위 놀이를 시작하자 구재원은 걱정스런 마음에 진평에게 가서 말했다.

"숙부님. 홍숙부님을 저대로 둬도 괜찮을까요?"

"왜? 걱정돼?"

"당연하죠. 계속 잃기만 하는데도 멈추지를 못하니, 돈 잃는 건 그렇다고 쳐도 심기를 상하실까 봐 걱정됩니다."

진평은 미소 지으며 물었다.

"저 노름에서 잃을 가능성과 딸 가능성이 각각 어느 정도라고 생각해?"

"그야 반반이죠."

"그런데 계속 지기만 하는 게 가능할까?"

"아……!"

구재원은 비로소 눈치를 챘다.

홍패는 일부러 져주고 있는 게 분명했다.

정말 실력으로 한다면 승률이 이렇게 한쪽으로 치우치는 상황은 나올 수가 없었다. 일부러 져줄 수 있다면 반대로 일부러 이길 수도 있다는 의미였다.

구재원은 혼자 여러 생각들을 하다가 진평에게 다시 작은 목소리로 물었다.

"그런데 숙부님. 미리 잃어주고 시작하는 건 손해 아닌가요? 저들이 딴 돈을 다 잃었을 때 그만둔다고 하면 여러 날에 걸쳐 애쓴 게 결국 본전으로 끝나지 않습니까?"

진평이 가만히 웃으며 말했다.

"노름이란 건 절대로 그렇게 끝나는 법이 없어. 사람은 누구나 자기가 가장 많이 땄을 때를 본전이라고 생각하거든."

"그런가요?"

"그리고 또 한 가지 중요한 원칙이 있지."

"그게 뭡니까?"

"상대의 주머니에서 열 중 셋을 따오는 데 세 시진이 걸렸다면, 나머지 일곱을 마저 따오는 데는 반 시진도 안 걸리는 법이야."

"예? 그게 어떻게 그리되죠?"

"돈을 잃기 시작하면 마음에서부터 무너지거든. 그땐 내가 애쓰지 않아도 상대가 알아서 잃어줘."

"설마요……."

"못 믿겠으면 가서 봐."

구재원은 선실로 들어가 노름판 대신 홍패와 왕립, 마충의 표정을 주로 살펴보았다.

이제껏 잃기만 하던 홍패는 조카의 돈에 복이 붙었다면서 연속으로 이기기 시작했다.

그러자 왕립의 안색이 점점 붉어졌고, 마침내 그의 입에서 판돈을 두 배로 올리자는 얘기가 나왔다.

계속 따다가 갑자기 잃게 되자 그 상황을 용납할 수 없었던 것이다. 말려도 소용이 없었겠지만, 마충 역시 적극적으로 저지하지 않았다. 황총관에게 받은 여비는 두 사람 공동의 재산이기 때문에 불어났던 주머니가 줄어드는 상황을 그 역시 받아들이기 어려웠던 것이다.

홍패는 몇 차례 거절하다가 마지못해 응하는 척 수락했다.

판돈이 커지자 세 사람의 눈은 더욱 빛났다.

그러나 '조카가 빌려 준 복돈'의 위력이 발휘되면서 저녁 식사 시간이 되기도 전에 판돈을 두 배로 올리자는 얘기가 다시 나왔다.

그리고 밥도 안 먹고 이어진 판은 다음 날 새벽이 되어 끝났다. 결과는 홍패의 압승이었다.

왕립과 마충은 넋이 나간 표정이었다.

너무 어이가 없어서 한동안 벌린 입을 다물지도 못했다. 가진 돈만 잃은 게 아니라 고리의 차용증을 쓰고 돈을 빌렸는데, 그것까지 다 잃은 것이다.

그 과정을 옆에서 지켜본 구재원은 차탄을 금할 수 없었다. 며칠에 걸려 딴 돈은 기껏해야 은자 한두 냥에 불과했는데, 거꾸로 잃을 때는 수십 냥이 하룻밤 사이에 사라진 것이다. 진평의 말대로 왕립과 마충이 스스로 흥분하여 무너지는 모습을 고스란히 지켜본 구재원은 향후 도박은 절대 하지 않겠다고 단단히 결심을 했다.

왕립과 마충은 배에 탄 사람들에게 돈을 꿔보려 했지만 소림승들에겐 씨도 안 먹힐 얘기였고 진평과 구재원은 냉담했다. 결국 홍패를 잡고 늘어졌는데, 돌아온 반응은 차가웠다. 그는 차용증을 펼쳐 수결한 자리를 가리키며 말했다.

"분명 너희들이 결정한 거니까 딴소리하지 마. 오늘 안에 이자로 여덟 냥 일곱 문을 갚지 못하면 내일은 그게 원금에 더해지니까……. 가만있어봐라. 내일의 이자는 얼마가 되냐 하면……."

어수룩한 노름꾼에서 계산이 치밀한 고리대금업자로 변한 홍패를 보며 왕립은 사정을 했다.

"배에 탄 지금 돈을 어디서 구한단 말입니까?"

"그거야 내가 알 바 아니지. 힝!"

그리고 홍패는 늘어지게 기지개를 켠 후 자기 봇짐에서 표창 십여 개를 꺼내어 펼쳐놓았다.

"오랜만에 손이나 풀어볼까?"

그가 민첩하게 손을 놀리자 표창들이 일제히 날아가 선실 기둥에 박혔는데, 보고 있던 모두가 탄성을 토했다.

표창들이 정확하게 대(大)자 형태로 박힌 것이다.

혜명까지도 눈을 빛낼 정도로 놀라운 솜씨였다.

표창 십여 개를 그렇게 빨리 던지는 것도 쉬운 일이 아닌데, 글자를 이룰 정도로 정교하기까지 하다면 그건 보통 고수의 실력이 아니었다.

홍패는 입맛을 다셨다.

"끝이 좀 삐뚤어졌네. 다시 해봐야지."

그러더니 선실 기둥 앞에 서서 표창을 뽑으면서 뒤도 돌아보지 않고 어깨너머로 표창을 던졌는데 이번엔 공중에서 한 바퀴 돌고 차례차례 갑판에 박힌 표창들이 소(小)자를 만들었다.

보고도 믿을 수 없는 솜씨였다.

홍패는 혀를 찼다.

"쯧쯧……. 이번에도 잘 안 됐네. 아무래도 밤을 새서 그런가 보군. 잠을 좀 자야겠어."

그러더니 하품을 하며 선실로 들어갔다.

갑판에 남은 왕립과 마충은 비로소 자기들이 고수에게 농락당했다는 사실을 깨달았다.

처음엔 그저 호림공을 따라다니는 하인이 주사위 노름에 빠져 정신을 못 차리는 거라고 생각했는데, 시간이 지나고 보니 무서운 고수가 처음부터 자기들을 노름판에 엮어 넣은 것이었다.

그러나 이제 와서 따질 수도 없었다.

노름판에 뛰어든 것도 자기들이고, 매일 이자를 물어야 하는 고리 빚을 진 것도 자신들이었다.

왕립과 마충은 망연히 서로를 바라보다가 긴 한숨을 내쉬었다.

여의치 않으면 적당히 홍패를 윽박질러서 이자를 깎거나 빚을 일정부분 탕감하려고 했는데, 이제 보니 그건 전혀 불가능한 일이었다.

선실로 들어가 자리에 누운 홍패는 속으로 웃느라 한참 동안 잠을 이루지 못했다.

그가 기뻐하는 것은 두 사람의 돈을 따서가 아니었다. 그것은 예정된 수순대로 진행되었으니 애당초 왕립과 마충이 빠져나갈 방도가 없었다.

정작 홍패가 흡족해하는 이유는 표창을 다루는 데 있어 예상보다 훨씬 좋은 결과가 나왔기 때문이었다.

그의 본래 무기는 독침이지만 동창에서 알고 있기 때문에 다른 무기로 바꿀 필요성이 있었다. 그런데 때맞추어 본혈방도가 되었고, 입맛에 맞는 암기술을 골라잡을 수 있었다.

그게 제대로 되어서 기분이 좋았다.

표창은 독침보다 수백 배는 무거우니까 상대를 일거에 제압하는 능력도 크게 향상될 게 분명했다.

홍패는 기쁜 마음으로 아주 편히 잘 수 있었다.

제5장
황하의 수적

배가 황하로 들어서면서부터 진행속도가 약간 느려졌다.

강의 흐름을 거슬러 올라가야 하기 때문이었다.

개봉(開封)이 가까워지자 진평은 배를 잠시 포구에 대도록 했다. 주로 장강을 동서로 오가며 지내고 황하엔 자주 들르지 못하는 그이다 보니, 이번 기회에 개봉에 있는 상단 관리를 하려는 것이었다.

혜명과 소림승들 입장에선 시간이 지체되는 게 달갑지 않았지만 남의 배에 얻어 탄 처지라 불만을 얘기할 계제가 아니었다.

진평이 배에서 내리자 마충과 왕립도 따라 내렸다.

며칠 사이에 그들 두 사람의 안색은 해쓱해져 있었다. 홍패가 매일 아침마다 늘어난 원금 액수 불러주는 것으로 하루를 시작했기 때문이다.

"또 따라오려고?"

"방해하지 않을 테니까 허락해주십시오."

진평은 더 말하지 않고 홍패에게 턱짓을 했다.

홍패가 마충과 왕립의 어깨에 각각 팔을 두르며 말했다.

"가긴 어딜 간다고 그래? 너희들은 여기서 배를 지켜야지."

"하지만 우리 임무는……."

"임무? 돈을 꾸고 원금은커녕 이자도 갚지 않는 그 임무를 말하는 건가?"

"그, 그게 아니고……."

"황충관에게 너희들이 쓴 차용증을 보여주면 정말 기뻐할 거야. 아니다! 그 고씨 성을 가진 자가 훨씬 성질 더럽고 잔인해 보이던데."

마충과 왕립이 겁먹은 표정을 지었다.

"그럴 필요까지는 없지 않습니까."

마음 같아서는 힘으로 차용증을 빼앗아 찢어버리고 싶었지만, 홍패가 자기들보다 더 고수란 사실을 알기에 우는 소리로 비는 수밖에 없었다.

홍패가 둘의 어깨를 토닥이며 말했다.

"너희들이 꼭 형님을 따라다닐 필요는 없잖아. 보고를 해야 한다면 적당히 쓰라고, 적당히. 어차피 확인할 수 있는 일도 아닌데 뭐."

마충과 왕립은 그저 한숨을 내쉴 수밖에 없었다.

진평이 저자의 사람들 사이로 사라지자 홍패가 그들에게 말했다.

"배 지키면서 대충 남은 음식 챙겨 먹어."

"어디 가시게요?"

"개봉까지 왔는데 그냥 넘어갈 수야 있나. 대사님들 모시고 몇 군데 유명한 주루들을 돌고 올 거야."

"저, 저희들은요?"

홍패는 코웃음을 쳤다.

"이자도 못 갚는 주제에 뭘 바라는 거야? 배에서 먹여주고 재워주는 것만으로도 감지덕지해야지. 사 둔 야채들이 상하려는 것 같던데 전부 먹어치워."

마충과 왕립은 한 번 더 긴 한숨을 내쉬었다.

홍패의 명령이라면 그보다 더한 것이라도 들어야만 했다.

그렇게 배에 달랑 두 사람만 남겨두고 구재원, 소림승들과 함께 배에서 내린 홍패는 개봉 거리를 돌아다니면 맛있는 요리들을 골라 먹었다.

그리고 날이 어두워지자 소림승들은 먼저 배로 보내고 구재원과 둘만 남았다.

그동안 소림승들과 함께하느라 참았던 술과 고기, 그리고 여자를 즐기기 위해서였다.

기루 앞에 도착하자 구재원이 주저하며 홍패에게 물었다.

"그런데 우리 둘만 이런 데 들어가도 될까요?"

"히히! 형님 걱정은 하지 않아도 돼. 원래는 술과 여자를 마다하는 법이 없었지만 요즘은 좀 달라지셨거든."

진평은 다음 날 아침 일찍 돌아왔고 홍패와 구재원도 거의 비슷한 시간에 배로 돌아왔는데, 배를 타고 가는 내내 구재원은 미친 사람처럼 혼자 히죽거리는 걸 멈추지 못했다.

홍패가 데리고 간 기루에서 평생 처음으로 황홀하고 짜릿한 경험들을 잔뜩 했기 때문이다.

그의 입장에서 봤을 때 진평은 존경하며 따를 숙부였고, 홍패는 고맙고, 고맙고, 또 고마운 숙부였다.

개봉을 떠난 배는 누런 강물 위를 힘차게 나아갔다.

홍패가 진평에게 다가와 물었다.

"방주님. 어젠 어디 다녀오신 겁니까?"

"밖에선 방주 소리 하지 마."

"아차! 형님. 개봉에도 우리 조직이 있나요?"

진평은 미소 지었다.

"우리는 애당초 조직이란 게 없어. 알잖아? 방주 포함해서 방도가 전부 몇 명인지."

"그러네요. 히히!"

"이곳의 상단은 우리 방에 대해 전혀 몰라. 나는 사해전장에서 파견한 감사 자격으로 그들의 회계장부를 확인하고 창고를 점검했을 뿐이야."

홍패가 궁금한 표정을 지었다.

"우리 방과 관련된 상단이 천하에 몇 곳이나 있습니까?"

"열세 개."

"와! 어디 어딥니까?"

진평은 씩 웃었다.

"내가 아는 사람 중에 고수가 한 명 있어."

"그게 누굽니까?"

"개방 동릉분타주지."

홍패는 이해할 수 없었다.

"고작 분타주가 고수라고요?"

"무공의 고수가 아니라 살아남는 데 고수야."

"아! 그런 뜻으로 하신 말씀이었군요."

"그의 비결은 오로지 자기가 감당할 수 있는 일만 최소한으로 맡아서 하는 거야. 욕심을 내는 법이 없지."

"히히! 무슨 말씀인지 알겠습니다."

홍패는 바로 호기심을 접었다.

어차피 알아봤자 득 될 것도 없었다. 회계를 확인하라고 심부름이라도 시키면 귀찮기만 할 것이었다.

이번엔 진평이 물었다.

“어젠 어디 다녀왔어?”

“크흐흐……. 우리 조카 말입니다. 알고 보니 숫총각이더라고요. 기녀가 무릎에 앉았을 때 어떻게 했는지 아십니까?”

“아니. 소림승들하고 간 곳 말이야.”

“뭐, 여기저기 유명하다는 객잔은 다 돌았습니다. 수좌승들은 은근히 먹고 싶어 하는 것 같던데 혜명이 누린 것도 안 된다, 비린 것도 안 된다, 짠 것도 안 된다, 매운 것도 안 된다. 하도 가리는 게 많아서 시간이 좀 많이 걸렸지요.”

“그래서 눈에 띄었군.”

“예? 그게 무슨 말씀이십니까?”

홍패는 의아한 표정을 지었다.

진평이 턱짓으로 뒤를 가리키며 말했다.

“저 배 말야.”

홍패는 이마에 손 가리개를 하고 둘러보았다.

“푸른 깃발을 단 배 말씀입니까?”

“맞아. 화물선치고는 너무 빠른 것 같지 않아?”

“빈 배로 가나 보죠.”

“화물칸에 짐 대신 사람들이 타고 있을 수도 있지.”

“왜 그렇게 생각하십니까?”

“개봉에서부터 계속 일정한 거리를 두고 따라왔거든.”

홍패는 뭔가 심상치 않음을 느끼고 소림승들에게 노 젓기를 멈추도록 했다.

강심에 둥둥 뜬 채 물결 따라 지나온 길을 거꾸로 흘러가자 푸른 깃발의 배 역시 움직임을 멈추고 간격을 유지했다.

홍패는 소림승들에게 말했다.

"삿대와 노를 있는 대로 다 들고 한꺼번에 저으십시오!"

뭔가 심상치 않음을 느낀 것이다.

진평의 배가 빨라지자 푸른 깃발의 배 역시 속도를 냈다. 그러나 외공으로 단련된 소림승들 덕에 간격은 계속 벌어지기만 했다.

"감히 우리를 따라오려고? 히히!"

홍패의 웃음소리 여운이 채 끝나기도 전에 화살 한 대가 수직으로 솟구치더니 공중에서 펑! 소리를 내며 터져 연기를 자욱하게 피웠다.

그러자 잠시 후 상류 쪽에서 비슷한 연기가 피어올랐고, 빠른 배 세 척이 다가오는 게 보였다.

혜명이 긴장한 표정으로 말했다.

"우리를 포위할 기세로군요."

진평은 고개를 끄덕인 후 물결의 세기, 바람의 방향 등을 살폈다. 그리고 한 방향을 가리켰다.

"저쪽으로 배를 댑시다."

소림승들은 힘껏 삿대를 밀었고 홍패는 조타노로 선수를 틀어 진평이 가리킨 강변으로 배를 몰았다.

그러자 포위하던 배들도 일제히 진평의 배를 따라왔다.

"형님! 저기를 좀 보십시오."

홍패가 가리킨 곳엔 다른 배들이 보였다.

그들 역시 푸를 기를 꽂고 빠른 속도로 접근하고 있었다. 모두가 한 패거리인 게 분명했다.

강변에 내려선 후 혜명이 물었다.

"진대협. 여기선 어디로 가야 합니까?"

사방이 온통 갈대밭이라 방향을 종잡을 수 없었던 것이다. 수좌승들과 마충, 왕립, 구재원 역시 겁먹은 기색이 역력했다.

진평은 고개를 가로저었다.

"안 갑니다."

"예? 그게 무슨……."

"저들이 도착하기를 기다릴 겁니다. 대사님들이 물에 익숙하지 않기 때문에 장소를 옮긴 것뿐입니다."

"아……!"

혜명은 비로소 진평의 뜻을 알아차렸다.

배가 예닐곱 척쯤 되니 적의 수도 백 명을 훌쩍 넘길 게 분명했다. 하지만 진평은 그들이 두려워서가 아니라 소림승들이 수영 못 하는 것을 배려하여 육지로 피한 것이었다.

혜명은 잠시나마 당황한 모습을 보인 게 부끄러웠지만 곧 팔대호원 감원으로서의 신색을 되찾았다.

갈대밭 사이 너른 공간을 찾아 제자들로 하여금 방어태세를 갖추도록 했고, 수좌승들도 당당한 표정으로 저마다 삿대나 노를 봉처럼 빙빙 돌리며 적의 상륙을 기다렸다.

구재원은 검을, 마충과 왕립, 그리고 홍패와 진평은 선창에 넣어두었던 박도를 각각 들었다.

서둘러 저어 온 배에선 과연 병장기를 든 무리들이 일제히 함성을 지르며 뛰어내렸다.

행색으로 보아 황하의 수적들이었다.

그들은 기세 좋게 달려왔지만 진평 일행이 달아나지 않고 기다리는 것을 보고는 함부로 덤벼들지 못하고 동료들이 더 오기를 기다리며 퇴로 차단에 주력했다.

배가 연이어 도착하면서 그들의 수는 점점 늘어났고, 진평 일행은 완전히 빙 둘러 포위되고 말았다.

상황이 좋지 않음에도 불구하고 진평 일행의 표정이 담담하다 보니 수적들 중 누구도 먼저 나서지 못했다.

잠시 후, 그들이 좌우로 갈라지며 세 명의 두령이 앞으로 나섰다. 모두들 눈빛이 흉흉하고 기세가 예사롭지 않았는데, 그 중에서도 머리를 갈래갈래 땋은 거구의 사내가 우두머리인 듯했다.

"크하하……! 발이 얼어붙기라도 했느냐? 도망쳤으면 귀찮을 뻔했는데, 우리 일을 덜어주었으니 고통스럽지 않게 단칼에 죽여주마."

진평이 미소 지으며 물었다.

"원래, 가진 것 다 내놓으라는 말부터 해야 순서에 맞는 것 아닌가?"

"흐흐흐……. 죽인 뒤에 꺼내도 돼."

진평은 그들이 단순히 강도짓을 하려는 게 아님을 알았다. 그러기엔 동원한 배와 인원수가 너무 많았다.

그가 턱짓을 하자 홍패가 나서서 말했다.

"망소황하(蟒嘯黃河)! 청강호붕우차류(請江湖朋友借流)."

수적들의 안색이 변했다.

홍패의 말은 장강의 이무기가 강호의 형제에게 길을 빌리고자 한다는 뜻이었다. 각기 터를 잡은 물줄기는 장강과 황하로 구분되지만 수적들끼리는 서로 통하는 흑화였다.

땋은 머리의 두령이 어투를 바꾸어 물었다.

"홍류(紅流) 소속이오?"

"아홉 구비 늪에 살던 흰 이무기올시다."

두령은 심각한 표정으로 다른 두 명의 두령들과 시선을 교환했다. 동업자임을 확인한 것이다.

그는 혜명 등을 흘겨본 후 홍패에게 물었다.

"구강(九江)의 백망이 왜 소림승을 태웠소?"

"우리 일행입니다."

그러자 두령의 눈가에 살기가 비쳤다.

"그렇다면 한 놈도 살려 보낼 수 없다!"

급변한 그의 태도에 홍패가 손을 내저었다.

"우리가 합오(合吾: 한 식구)란 사실을 못 믿겠단 말이오?"

"소림과 손잡은 놈이 어찌 동류가 되겠느냐!"

진평이 나섰다.

"장강 형제의 체면을 깎는 정도가 아니라, 해치려 하다니. 그것은 의를 저버리는 행동 아닌가."

두령은 입술을 이죽거렸다.

"흥! 그래서 뭐. 어쩌라고?"

"이 사실이 장강에 알려진다면 형제들이 가만히 있지 않을 것이다. 그래도 좋은가?"

두령이 냉소와 함께 바닥에 침을 탁! 뱉은 후 말했다.

"우리 식구들도 챙기기 바쁜 마당에 황하도 아닌 장강의 패거리야 내가 알 게 뭐람. 그리고 여기는 십 리 넘게 갈대밭이 펼쳐진 곳이라 무슨 일이 벌어져도 바깥으론 알려지지 않아. 흐흐흐……."

진평은 피식 웃었다.

"그거 잘됐군."

두령이 의아한 표정을 지었다.

"잘돼? 뭐가?"

"의를 저버리는 놈을 죽여 없애기에 더없이 좋은 장소를 골랐다는 뜻이야."

진평의 말이 떨어짐과 동시에 날카로운 파공음이 일더니 머리 땋은 두령의 몸이 뒤로 넘어갔다.

그의 이마엔 홍패가 던진 표창이 자루까지 깊이 박혀 있었다. 손목을 흩뿌림에 있어 눈 깜빡할 틈도 주지 않는, 실로 놀랍도록 빠른 솜씨였다.

수적들의 경악성이 제대로 터져 나오기도 전에 연달아 날린 표창들이 나머지 두 두령의 미간을 향해 똑같이 날아갔다.

그들은 황급히 몸을 틀어 급소를 피했지만 두 번째로 날아온 표창에 결국 허무하게 목숨을 잃고 말았다.

순식간에 두령을 잃은 수적들은 놀라고 당황하여 어찌할 바를 몰랐다.

그런 그들을 향해 홍패가 고함을 지르며 달려들었고, 구재원과 마충, 왕립, 소림승들도 각자 솜씨를 발휘하기 시작했다.

싸움은 일방적이었다.

열 명을 수백 명이 에워쌌으니 수적들이 압도적으로 유리해야 정상이겠지만, 막상 뚜껑을 열고 보니 호랑이 열 마리를 토끼 수백 마리가 둘러싼 꼴이었다.

가장 신이 난 사람은 홍패였다.

그는 금각이란 외호가 붙을 정도로 경공에 뛰어난 반면, 힘으로 상대를 제압하는 능력은 부족했다.

그래서 독침으로 자신을 보호했는데, 본혈방에 입문한 이후 내공이 급격하게 증진되면서 많은 것이 달라졌다.

암기가 바뀐 것은 물론이고 박도를 휘두름에 있어서도 거칠 것이 없었다.

수적들의 저항이 너무 느리고 허점이 다 드러나 보여서 자신이 절세고수가 되었다는 착각이 들 정도였다.

한창 신이 나서 적을 베어 넘기다가 뒤를 돌아본 홍패는 진평과 혜명이 가만히 서 있는 것을 발견했다.

마치 뭔가를 기다리는 듯한 모습이었다.

진평이 적과 대거리를 해놓고 정작 손을 쓰지 않는 것은 의아한 일이었다. 홍패가 알기로는 그럴 사람이 아니었다.

이유는 곧 밝혀졌다.

강한 살기가 다가오고 있었던 것이다.

홍패도 그것을 느끼고 수적 졸개들 쫓기를 멈추었다. 그리고 표창 하나를 꺼내어 손에 쥐었다.

잠시 후.

옷자락 펄럭이는 소리와 함께 두 사람이 표홀히 모습을 드러냈다. 새까만 장포를 입고 머리는 풀어헤쳤으며, 얼굴에 분칠을 하고 눈과 입술 주변에 화장을 해서 몹시 기괴해 보이는 모습이었다.

경극 배우처럼 짙은 화장 때문에 나이를 짐작하기 어려웠지만, 줄기줄기 내뿜는 살기는 주위를 압도하고도 남았다.

그들 중 눈 위아래로 푸른 칠을 한 자가 좌우를 둘러본 후 입을 열었다.

"배 젓는 것 말고는 아무짝에도 쓸모없는 놈들이었군."

그러자 눈 주위를 붉게 칠한 자가 말을 받았다.

"애당초 기대도 안 했어."

고음 쪽으로 치우친 날카로운 음성이었다.

혜명이 앞으로 나섰다.

배를 추격하고 포위하는 이제까지의 일들이 모두 자신들을 잡기 위한 포석이었음을 알아차렸기 때문이다.

네 명의 수좌승들도 수적들 쫓기를 그만두고 다가와 혜명의 좌우로 나누어 섰다.

혜명이 괴인들에게 물었다.

"너희들은 누구냐?"

소림사가 멀지 않은 곳에서 감히 이런 짓을 벌이는 자들이 누구인지, 그 정체가 궁금하기 짝이 없었다.

"죽어 명부에 가거든 염왕에게 물어보려무나. 키키키……."

두 괴인은 대답 대신 다짜고짜 손을 쭉 뻗었고, 그들의 헐렁한 장포 소매에서 예리한 파공음이 일었다.

"어딜!"

혜명은 봉을 휘둘러 날아오는 두 개의 추를 연달아 쳐냈다. 괴인들이 사용하는 무기는 일종의 유성추로, 몹시 가느다란 줄로 연결되어 있다는 특징을 지니고 있었다.

혜명이 삿대를 부러뜨려 만든 투박한 봉으로도 능숙하게 공격을 막아내자 괴인들의 표정이 변했다.

"이제 보니 그물에 큰 고기가 걸렸구나!"

혜명의 무공을 보고 소림사 내에서의 배분이 높을 거라는 사실을 짐작한 것이다.

달아나는 수적들과는 달리, 분을 바른 두 괴인은 혜명의 무공이 강하다는 사실에 오히려 기뻐하는 눈치였다.

그들은 시선을 교환한 후 즉시 유성추를 날렸다. 처음과는 달리 양손에서 각각 하나씩, 모두 네 개의 추가 파공음을 내며 날아왔는데 그 기세가 예사롭지 않았다.

혜명 좌우의 수좌승들이 봉을 휘둘러 그것을 막았다.

그런데, 추와 연결된 줄이 봉을 한 바퀴 휘감는가 싶더니 놀랍게도 봉을 단숨에 잘라버렸다.

그러고 나서 채찍처럼 출렁이는 동작으로 공중에서 방향을 틀어 요혈을 노리며 다시 파고들었다.

수좌승들이 비록 팔대호원에서 가려 뽑은 실력자들이라고 해도, 이런 식의 기괴한 움직임을 보이는 무기는 접해본 적이 없었다.

혜명이 황급히 나서서 추를 쳐냈지만 네 방향을 동시에 감당할 수 없다 보니 제자 두 명이 부상을 당하고 말았다.

승포와 살이 한꺼번에 갈라져 피가 흐르는 중상이었다.

괴인들의 유성추는 추뿐만 아니라 가는 줄 전체가 무기였던 것이다.

또다시 유성추들이 소름 끼치는 파공음을 일으키자 혜명은 진평 쪽을 봤다.

도와달라는 눈빛이었다.

진평은 그제야 비로소 박도를 휘두르며 전장에 가세했다.

푸른 눈자위의 괴인은 진평의 존재에 대해 별로 주의를 기울이지 않았다.

나이도 많지 않은데다 어떠한 기척도 드러내지 않았고, 칼엔 피도 묻어 있지 않아서 위협적인 요인을 찾을 수 없었던 것이다.

간단히 인중을 꿰뚫어버릴 생각으로 날린 추가 박도에 튕겨 나오자 즉시 줄을 회전시켜 목을 휘감으려 했는데, 추가 이상한 움직임을 보였다.

진평이 자신의 칼을 중심으로 줄을 한 바퀴 회전하도록 한 후 추를 발로 차서 오히려 괴인 쪽으로 날려 보낸 것이다.

"흥! 제법 재주가 있는 놈이었구나."

괴인은 줄을 당겨 추의 움직임을 저지했다.

그런데 진평이 곧바로 바짝 거리를 좁혀오자 당황하지 않을 수 없었다.

괴인은 다른 손의 추를 황급히 휘저었다.

줄이 움직이는 반경 안에 있던 갈대들이 낫질을 한 것처럼 깨끗이 잘려나갔고, 추는 소름 끼치는 파공음을 내며 진평의 얼굴을 향했다.

하지만 진평은 그 공격에 개의치 않고 오히려 더 빨리 간격을 좁혔다. 실로 절세고수의 면모가 드러나는 보법인지라 괴인도 크게 놀라지 않을 수 없었다.

그는 양손을 교차하여 상대를 두 개의 줄 사이에 가두려 했다. 그것은 진평이 예상한 움직임이었다.

진평의 박도는 두 줄 사이를 오가며 마치 현악기를 연주하듯 연달아 줄을 튕겼고, 두 개의 추는 괴인이 원하는 것과는 전혀 다른 움직임을 보이기 시작했다.

괴인은 당황했다.

추의 움직임을 제어하지 못하면 자칫 자기가 줄에 벨 수도 있기 때문이다.

진평 같은 고수를 상대하면서 손발이 어지러워진다는 것은 치명적인 결과를 불러올 수밖에 없었다.

괴인은 정수리를 쪼개오는 진평의 박도를 가까스로 피했지만 그 뒤에 이어지는 상황까지 감당하지는 못했다.

유성추의 줄에 자신이 감기게 된 것이다.

"크아악……!"

그는 줄을 다루기 위해 양손에 금속실로 짠 장갑을 끼고 있었지만 멋대로 움직이는 두 줄을 모두 잡아내지 못하고 결국 왼팔에 깊은 상처를 입고 말았다.

그리고 곧바로 이어진 진평의 점혈로 전신이 뻣뻣해지며 나무토막처럼 바닥에 쓰러졌다.

뒤에서 지켜보고 있던 홍패와 구재원이 환호성을 질렀다.

마충과 왕립도 찬탄을 금할 수 없었다.

진평이 단번에 상대를 제압한 것은, 일견 쉬워 보여도 유성추의 움직임을 완벽히 파악하여 역이용한 데다 상대가 당황할 정도의 빠른 보법이 더해졌기에 가능한 일이었다.

그와 달리 혜명의 싸움은 한창 진행 중이었다.

괴인의 추와 줄이 상대하기 까다로운 무기이기는 하지만 혜명 역시 팔대호원의 감원다운 봉술 실력을 유감없이 발휘하고 있었다. 유성추의 줄이 예리하지만 나무 봉을 자르지 못하는 것은 혜명의 봉 움직임이 신묘함을 방증하는 것이었다.

진평이 상대의 허점을 파고들어 일거에 제압했다면 혜명은 정공법으로 조금씩 우위를 확장시켜가는 방법을 택했다.

눈자위를 붉게 칠한 괴인은 당황하는 기색이 역력했다. 원래 그들은 두 명이 네 개의 추를 날릴 때 그 위력을 세 배, 네 배로 배가시킬 수 있는데 한 명이 허무하게 당함으로 인해 장점을 잃은 상태였다.

혼자서는 혜명을 제압하기 쉽지 않은데다 박도를 든 청년이 언제 가세할지 모른다는 사실에 불안감을 느낀 괴인은 느닷없이 몸을 회전시키며 혜명에게 여러 개의 암기를 날렸다.

추와 줄의 움직임에 집중하고 있던 혜명은 갑자기 날아온 암기에 놀라 뒤로 간격을 벌리며 그것들을 쳐냈다.

괴인에게 필요한 것은 그 잠깐의 간격이었다.

그는 갈대숲으로 몸을 날리며 점혈당해 쓰러진 동료를 향해 똑같은 암기를 날렸다.

생포된 동료를 죽여 입을 막고자 함이었다.

그러나 그 앞에는 진평이 있었다.

그는 박도의 도신을 휘둘러 못 모양으로 생긴 암기들을 모두 쳐냈고, 그와 동시에 한쪽에선 홍패가 들고 있던 표창을 던졌다.

"크윽!"

괴인의 신음이 들렸다.

혜명에게서 몸을 빼쳐 달아나면서 일변 동료에게 암기를 던지느라 홍패의 빠른 표창을 막을 여유가 없었던 것이다.

혜명이 그를 잡기 위해 몸을 날렸고, 몸이 성한 두 수좌승들도 사부를 따랐다. 그러나 핏자국을 따라가기에는 갈대밭이 너무 빽빽하고 광범위한 데다 곳곳에 웅덩이와 늪이 있어서 결국 중간에 포기하고 돌아올 수밖에 없다.

일행은 수적들이 모두 달아난 것을 확인한 후 배에 올라 상처를 치료하고 다시 서쪽으로 강을 거슬러 올라갔다.

혜명이 사로잡힌 괴인을 윽박질렀다.

"네놈들은 누구냐? 당장 정체를 밝혀라."

그러나 진평은 괴인의 마혈을 풀어주지 않았다.

동료를 죽이고 가려던 그들의 행동으로 미루어볼 때, 혈을 풀어주면 혀라도 깨물 것 같았기 때문이다.

"이자는 소림사에 가서 심문하도록 합시다."

혜명도 고개를 끄덕였다.

"뇌정산장에서 무림맹에 선사하는 예물로 삼으면 되겠군요."

그렇게 하면 뇌정산장의 무림맹 가입에 대해 얘기하기도 한결 수월해질 게 분명했다.

홍패가 괴인의 팔에 난 상처를 지혈하고 헝겊으로 묶어준 후 물을 떠다가 그의 얼굴에 부었다.

"낯짝이나 좀 보자!"

벅벅 문질러 화장을 지우고 보니 날카로운 두 눈만 빼고는 참으로 평범한 얼굴이라 무시무시한 무기를 휘두르는 살수로는 보이지 않았다.

홍패는 꼼짝 못하는 그의 온몸을 뒤졌는데 유성추와 줄, 그리고 손목에 차는 보호대와 장갑, 십여 개의 암기들만이 나왔을 뿐 신분을 짐작할 수 있는 물건은 전혀 없었다.

혜명이 암기 하나를 집어 들었다.

구불구불한 모양이 특이해서 소림사로 가져가면 누군가 알아보는 사람이 있을 거라고 생각한 것이다.

나머지 물건들은 모두 홍패가 챙겼다.

그는 특히 유성추를 맨 줄에 관심이 많았다. 머리카락처럼 가는 줄에 반짝이는 가루가 입혀져 있었는데 재질이 무엇인지는 몰라도 꽤 값어치가 나갈 거라는 사실을 알 수 있었다.

포로를 선창에 가두어 놓고 배가 아무런 방해도 없이 순항을 하자 혜명이 진평에게 다가와 조심스럽게 입을 열었다.

"한 가지 확인하고 싶은 게 있습니다."

"무엇입니까?"

"혹시 수로맹에 속해 있습니까?"

진평은 손을 내저었다.

"하하! 아닙니다. 제가 본래 장강을 오르내리며 장사를 하기 때문에 아는 친구들이 많이 있습니다. 그들에게 배워서 한번 써먹어 본 것일 뿐, 수적 무리와는 연관이 없습니다."

혜명은 안도의 표정을 지었다.

"그렇다면 다행이군요."

제6장
기연

소림사는 그 어느 때보다 삼엄한 경계태세에 돌입해 있었다. 제자들이 세 명씩 한 조를 이루어 산문 밖까지 순찰을 돌 정도였다.

그렇게 된 데는 이유가 있었다.

진평 일행뿐만 아니라 소림사에 출입하던 다른 문파의 사람들도 의문의 적에게 습격을 당했던 것이다.

진평 일행이 지객당(知客堂)으로 안내되어 혜명이 돌아오기를 기다린 지 한 시진.

문이 열리고 사람들이 들어오자 진평 일행은 자기도 모르게 다들 자리에서 일어섰다.

한눈에 보기에도 범상치 않은 노승들이 한꺼번에 몰려 들어왔기 때문이다.

그들 중 긴 백미를 늘어뜨린 자그마한 체구의 승려가 앞으로 나서 오른손을 가슴 앞에 세우며 말했다.

"아미타불. 빈승은 원각(元覺)이라고 합니다."

소림 방장이 직접 왔다는 사실에 모두가 놀랐다.

구재원이 나서서 정중하게 포권을 했다.

"저는 항주 뇌정산장의 구재원입니다."

그리고 진평과 홍패, 두 명의 호위를 뭉뚱그려 일행이라고 소개했다. 구재원을 전면에 내세운 것은 이번 숭산행의 목적이 뇌정산장의 무림맹 가입이기도 하거니와 진평이 대외적으로 드러나는 걸 꺼려하기 때문이기도 했다.

혜명은 방장 좌우의 원자 항렬 고승들을 일일이 소개해주었고 진평 일행은 그들에게 포권을 했다.

원각대사가 직접 진평 일행을 보러 온 것은 생포해 온 괴인 덕분이었다. 정도 무림인들이 소림에 모이는 것을 조직적으로 방해하는 행위는 이미 여러 곳에서 보고가 되었고, 많은 사상자를 내기도 했다.

그런 중차대한 상황이 벌어졌음에도 불구하고 이쪽은 아직 상대의 규모와 정체조차 파악하지 못하고 있으니 실로 답답하고 한심한 노릇이 아닐 수 없었다.

그러던 차에 뇌정산장에서 적의 고수를 사로잡아 왔으니 캄

캄한 밤중에 한줄기 빛을 만난 거나 진배없었다.

원각대사는 키가 작지만 바위처럼 단단한 체격이었고, 목소리의 울림 또한 깊고 단단했다.

"항주 삼태산에 나타났다는 마교 비급과 뇌정산장 사이에는 아무런 연관도 없다고요?"

구재원이 대답했다.

"그렇습니다."

원각대사는 천천히 고개를 끄덕였다.

"마음고생이 심하셨겠습니다."

"이제라도 바로잡히면 좋겠습니다."

"그렇게 될 것입니다."

구재원의 입이 함지박만 하게 벌어졌다.

다른 사람도 아니고, 소림 방장이 그리될 거라고 했으니 더 이상 헛소문을 믿고 아버지를 괴롭히는 도전자는 없을 게 분명했다.

원각대사는 진평 쪽으로 고개를 돌렸다.

혜명이 그의 실력에 대해 얘기했기 때문이다.

원각의 시선을 받은 진평은 자기도 모르게 침을 꿀꺽 삼켰다. 그의 심원한 눈빛을 마주하자 마치 거울 앞에 알몸으로 선 것 같은 느낌이 들었던 것이다.

가벼운 심호흡으로 내기를 가다듬은 후에야 비로소 차분하게 대응할 수 있었다.

원각은 그런 진평을 말없이 응시하다가 가만히 고개를 끄덕인 후 자리에서 일어났다.

"새 숙소를 마련해 드리겠습니다."

그리고는 다른 고승들과 함께 작별을 고하고 방을 나갔다.

진평은 살짝 한숨을 내쉬었다.

오랜 세월 수행한 고승에게는 무공의 고하로만은 따질 수 없는 어떤 경지가 있다는 생각이 들었다.

홀로 남은 혜명이 말했다.

"이해하십시오. 워낙 시급한 일이 많으셔서요."

충분히 이해할 수 있었다.

오히려 그런 와중에도 시간을 내서 직접 와주었다는 사실이 대단한 일이라고 할 수 있었다.

진평이 물었다.

"잡은 자는 어찌 되었습니까?"

"심문을 준비하고 있습니다."

"불미스런 상황에 대비해야 할 것입니다."

"금침대법을 시전할 것이니 걱정하지 않으셔도 됩니다."

"금침대법이라면……."

혜명이 살짝 난감한 표정을 지으며 말했다.

"심혼을 부수고 흩어서 시전자의 말에 무조건 복종하도록 만드는 대법입니다. 우리는 아니고, 상청파(上淸派)의 한 도장이 시전할 것입니다."

자세히 얘기하지 않아도 그 대법을 시행당한 포로가 이후에 정상으로 돌아올 것 같지는 않았다.

굳이 다른 문파 사람이 한다고 첨언까지 하는 것은 불제자로서의 자비심이 남아 있기 때문이겠지만, 지금은 수단과 방법을 가릴 계제가 아니었다.

혜명이 일행을 안내한 곳은 지객당 안에서도 안쪽으로 깊이 들어가야 나오는 별채였다.

사찰의 기물이란 게 다들 검박해서 처음 머물렀던 방과 크게 다르지 않았지만 전망이 확 트인 곳에 지어진 건물이라 귀빈들에게만 주어지는 숙소라는 사실을 짐작할 수 있었다.

혜명은 따로 수좌승 두 명을 배정하여 언제건, 무엇이건-필요한 것이 있으면 말하라고 한 후 물러갔다.

홍패는 마충과 왕립에게 제일 구석 작은 방에서 함께 지내고 세 사람의 거처로는 얼씬도 하지 못하게 했다.

마충과 왕립은 이미 홍패의 몸종이나 마찬가지였다.

배에선 속옷 빨래를 해야 했고, 지객당에 와서는 그의 암기들을 모두 꺼내어 날을 세우고 반짝거리게 닦는 일을 해야 했다. 그거라도 하지 않으면 이자가 너무 빨리 늘어나서 도저히 감당할 수 없었던 것이다.

홍패를 죽이고 차용증을 불태워버리고 싶은 마음이 굴뚝 같았지만, 그가 자신들보다 고수라는 사실을 알기에 그저 주사위 노름에 빠졌던 그날을 후회하며 한숨을 내쉴 수밖에 없었다.

달이 뜬 저녁.

차 한 잔을 마시며 구재원이 진평에게 말했다.

"숙부님. 아무래도 전 자신이 없습니다."

"뭐가?"

"아까 소림 방장과 얘기를 나누면서 속으로 얼마나 긴장했는지 모릅니다. 그런데 다른 무림명숙들과도 말 섞을 걸 생각하니 온몸의 털이 다 쭈뼛거립니다. 아무래도 전 아직 준비가 안 된 것 같은데, 그냥 숙부님이 나서시는 게 어떻겠습니까?"

진평은 고개를 가로저었다.

"내가 어떻게 뇌정산장을 대표하겠어?"

"하지만 숙부님은 저보다 훨씬 경륜도 깊으시고 일신의 무공도 고강하지 않으십니까. 무림 명숙들도 저처럼 어리고 강호 경험 부족한 사람을 상대하고 싶지는 않을 것입니다. 숙부님이 아버님 의형제의 자격으로 좀 도와주십시오."

혜명이 인정하는 실력을 지녔으니 진평이 나서는 게 좀 더 격에 맞는다고 할 수도 있었다.

그러나 진평은 그럴 생각이 없었다.

천리에 순응하고 인의를 지키는 것은 본혈방 방주의 본분이었다. 특히 장구하게 인을 실천하기 위해 방의 조직과 사업을 절대 비밀에 부쳐야 하는데, 무림 고수들이 모두 모이는 자리에 앞장서서 얼굴을 드러낼 수는 없었다.

진평이 구재원에게 말했다.

"처음엔 떨리고 긴장되지만 곧 적응하게 될 거야. 무림 명숙들에게 가장 중요한 게 뭔지 알아?"

"그게 뭡니까?"

"명분이야. 무공의 고하가 아니라고."

"하지만 강호무림이란 결국 힘 있는 자가 모든 것을 차지하는 곳 아닙니까."

"그건 맞지만, 무림맹 같은 조직을 갖추게 되면 누가 뚜렷한 명분을 세우고 거기에 합당한 행동을 하느냐가 훨씬 더 중요하게 되는 거야."

구재원은 천천히 고개를 끄덕였다.

진평의 말이 이어졌다.

"나이가 어리고 강호 경험이 적다고 해서, 혹은 무공이 고강하지 못하다고 해서 말과 행동까지 주눅 들 필요는 없어. 평소에 옳다고 생각하던 바대로 당당하게 행동해. 너의 평판은 이제부터 네가 만들어가는 거야. 구씨 가문을 대표한다는 사명감을 가지라고."

구재원은 심호흡을 하고 주먹을 불끈 쥐었다.

"과연. 숙부님 말씀이 맞습니다."

뇌정산장의 소장주로서 부끄러운 행동은 하지 않으리라 마음속으로 다짐하는 것이었다.

잠시 사이를 두고 구재원이 다시 물었다.

"숙부님. 장차 여러 문파의 사람들을 만나게 될 텐데, 어떻게 해야 그들에게 좋은 인상을 남길 수 있겠습니까?"

진평은 미소 지었다.

"좋은 인상은 남겨서 뭐 하려고?"

"예? 그야 당연히 친구를 많이 만들기 위해서지요."

진평이 검지를 세우며 말했다.

"한 가지 물어보자. 만약 소림 방장과 무당 장문의 의견이 갈려서 너에게 선택을 요구하면 어쩔 생각이지?"

"일단 얘기를 들어보고 나서……. 선택받지 못하는 쪽이 최대한 기분 나쁘지 않도록 배려해야겠지요. 친구가 되지는 못할망정 적을 만들어서는 안 되니까요."

진평은 웃었다.

"은원(恩怨)이란 참으로 중요하지. 강호의 일들이 모두 거기서 비롯된다고 해도 지나친 말은 아닐 테니까. 누구나 은혜는 많이 베풀고 원한은 적게 지려고 하지만, 사실은 그게 쉽지 않아."

"어째서 그렇습니까?"

"은원이란 늘 붙어 다니는 거라서, 한쪽에 은혜를 베풀 때 다른 한쪽과는 원한을 맺기 마련이거든."

"아! 그렇군요."

"원한 맺은 자들을 모두 죽여 버린다면 은혜 입힌 사람만 남게 되어 마음이 편하겠지만, 늘 그럴 수는 없지. 특히 개인이 아닌 방파를 상대로 원한을 맺게 되면 골치가 많이 아프게 될 거야."

"그러니까 애당초 원한을 맺지 않도록 삼가고, 피치 못해 생긴 원한은 풀도록 노력해야 하지 않겠습니까."

"그건 하책이야."

구재원이 의자를 바짝 당겨 앉았다.

"그럼 상책은 무엇입니까?"

진평이 목소리를 가다듬고 말했다.

"천하의 모든 사람이 너를 좋아해주는 그런 꿈같은 일은 절대로 일어나지 않아. 일단 그것부터 인정해야 돼."

구재원은 고개를 끄덕였다.

"한쪽과는 원한을 질 수밖에 없단 말씀이죠?"

"상대의 비위를 맞춰주고, 싫은 소리 듣지 않으려고 배려해주고, 신경 써주고…… 그런 것들은 아녀자의 정이라고 하는 거야."

"아녀자의 정이요?"

"그래. 일견 다정다감하고 사람을 끌 것 같지만, 무림 동도들은 간단하고 분명한 것을 좋아해."

"간단하고 분명한 것이라면……."

"너는 네가 옳다고 믿는 대로 꿋꿋이 실천하면 돼. 네가 옳다고 믿는 바에 동조하는 사람들은 너의 성품이나 친절한 배려가 아니라 너의 행동을 보고 너를 좋아하게 될 거야."

"아! 그렇군요."

구재원이 잠시 사이를 두고 물었다.

"그럼 제 생각이 옳지 않다고 여기는 이들은 어떻게 되죠? 그냥 적이 될 수밖에 없나요?"

"맞아. 하지만 자신의 뜻을 세우고 거기에 맞춰 행동하는 너를 존경하게 되지. 비록 적이라고 해도."

구재원은 개안을 한 기분이었다.

"그러니까 제가 세운 뜻이 정의롭고, 그것을 지켜나갈 굳은 의지만 있다면 주변 사람들에겐 일일이 신경 쓸 필요가 없다는 말씀이군요."

진평은 고개를 끄덕였다.

구재원은 원래부터 바른 예절이 몸에 배었으니 다른 방파에 결례를 범할 가능성은 없다는 게 진평의 생각이었다.

구재원이 다시 물었다.

"그럼 저, 아니 우리 뇌정산장은 뜻을 어떻게 세워야 하겠습니까? 가르쳐주십시오."

"이곳에 사람들이 모인 이유가 뭐지?"

"그야 무림맹을 결성하기 위해서죠."

"그래서 뭘 하려고?"

구재원이 씩 웃었다.

"척마멸사에 뜻을 두면 되겠군요."

"맞아. 너의 개인적인 생각과는 별개로, 뇌정산장을 대표하여 무림맹에 가입한다면 마교 토벌이라는 하나의 목적만 생각해야 돼. 사적인 것을 버리고 공적인 부분을 받들면 자연스럽게 무림동도들의 존경심을 조금씩 모으게 될 거야."

"사적인 것을 버리라는 건 무슨 뜻입니까?"

"간단히 말하자면, 어떤 결정을 내리게 되었을 때 뇌정산장에 이익이 되는 길이 있다면 그 길로 가지 말라는 뜻이야."

"예? 그건 좀……."

"작은 것을 탐하면 그릇도 그만한 크기에 머물 수밖에 없어. 네가 사사로운 욕심을 버리면 그 이익이 다른 사람들에게 돌아가겠지? 그러면 너의 결정으로 인해 뜻밖의 이익을 얻은 사람들이 어떻게 할 것 같아?"

"고마워할까요?"

진평은 미소 지었다.

"다음에 너에게 또다시 결정을 맡기게 되는 거야."

"아! 그렇군요."

"무림맹에서 여러 문파의 뜻을 모아 최종적으로 결정을 내려주는 사람을 뭐라고 하지?"

구재원이 잠시 생각한 후 대답했다.

"무림맹주 아닌가요?"

"맞아. 무림맹주는 무공이 가장 고강한 사람이 아니라, 멸사봉공(滅私奉公)하는 사람이 되기를 모두가 바라는 거야."

"하하……!"

"왜 웃어?"

"처세에 대한 조언을 청했는데 무림맹주 되는 법을 가르쳐 주시면 어떻게 합니까? 그건 너무 먼 얘기입니다."

뇌정산장이 강남에서 다소 명성을 얻었지만 중원에서 보자면 아직 무명이라고 할 수 있었다. 그리고 아무리 멸사봉공한다 해도 무림맹주의 첫 번째 조건은 강한 무공이었다.

자신과는 거리가 멀어도 너무 먼 얘기였다.

진평이 정색을 하고 말했다.

"누가 뭐라고 하건, 목표를 그렇게 세우고 거기에 맞춰 행동하면 그만이야."

구재원은 천천히 고개를 끄덕였다.

무림맹주가 되지는 못하더라도 그와 같은 생각을 가지고 행동한다면 가히 영웅의 길을 걷는 것이라고 할 수 있었다. 무림맹주가 되고 말고는 중요한 게 아니었던 것이다.

구재원은 자리에서 일어나 진평에게 정중히 고개를 숙였다.

"숙부님의 가르침 잊지 않겠습니다."

구재원의 입장에서는 참으로 큰 도움이 되는 가르침이었다. 진평과 나이 차가 많지 않지만 경륜으로 보자면 숙부로 모실 만했다.

진평은 어려서부터 방주로 교육받았기 때문에 나이와는 별개로 식견을 키울 수 있었던 것이다.

세 사람이 자리를 정리하고 잠자리에 들려고 할 때 밖에서 인기척이 났다.

한 청년이 구재원 일행을 찾아왔는데, 행색을 보니 영락없는 거지 몰골이었다.

"난 개방의 곽완(郭頑)이라고 합니다. 뇌정산장의 소장주를 뵈러 왔습니다."

행색은 남루하지만 기골이 장대하고 눈빛은 형형했으며, 목소리가 우렁찬 사내였다.

구재원은 그를 들어오게 했다.

소림사 지객당 경내를 활보하고 다닐 정도라면 개방 안에서도 직급이 높은 사람일 거라고 생각한 것이다.

과연 그의 허리춤엔 매듭이 다섯 개 묶여 있었다. 그런데 놀라운 점은, 밝은 곳에서 얼굴을 보니 나이가 대략 이십대 중반에 불과하다는 것이었다.

구재원이 포권을 하고 말했다.

"제가 뇌정산장의 구재원입니다. 방금 귀하의 존성대명을 제대로 듣지 못했는데, 다시 한 번 말씀해주실 수 없겠습니까?"

"하하! 거지한테 무슨 존성대명입니까? 곽완이라고 합니다. 나중에 항주로 구걸하러 가면 문전박대나 하지 마십시오."

"곽완이라면 혹시 별호가 영풍개(迎風丐)……."

"하하하! 강호의 친구들이 그렇게 부르곤 하지요."

"아! 반갑습니다."

구재원이 비록 장원 밖으로 나가는 일이 거의 없었지만 영풍개에 대한 소문은 들은 적이 있었다. 방주의 수제자이자, 개방의 미래를 짊어질 젊은 고수라고 알려져 있었다.

그런 사람이 자신을 찾아왔다는 사실이 참으로 실로 놀라웠다. 과연 소림사나 되니까 곽완 같은 유명한 강호인도 만날 수 있다는 생각이 들었다.

구재원은 그에게 진평과 홍패를 소개했다.

곽완은 포권으로 인사를 나누었는데 권하는 자리에 앉지 않고 말했다.

"실은 소장주님을 만나고 싶어 하는 사람들이 있어서 내가 대표로 찾아온 것입니다. 함께 가주시겠습니까?"

구재원은 조심스러웠다.

곽완에게는 개방의 미래라는 평판과 함께 제멋대로 행동하는 무뢰한이라는 소문도 늘 따라붙었다. 야심한 시각에 처음 만난 사람을 외부로 초청하는 것은 확실히 예의에 어긋나는 일이라고 할 수 있었다.

"만나고 싶어 하는 사람이라면……."

"제 친구 몇몇이 잠이 오지 않아 달빛 아래 모여 담소를 나누고 있습니다. 소림의 공전(空全), 무당의 정작림(鄭綽林), 청성의 장철(張哲), 점창의 호정휘(胡定輝) 등이지요."

곽완은 대수롭지 않다는 투로 말했지만 구재원은 놀란 표정을 감추지 못했다.

그들 모두 각 문파가 자랑하는 신진고수로, 곽완 못지않은 명성을 지니고 있었다.

"그들이 모두 한자리에 있습니까?"

"그렇습니다. 소장주님을 기다리고 있습니다."

구재원은 진평 쪽을 봤고, 진평은 가만히 고개를 끄덕였다. 그런 자리라면 이쪽에서 자청해서라도 끼어야 했다. 다만, 개방, 청성, 점창이 한데 모였다는 사실이 약간 꺼림칙했다.

진평이 곽완에게 물었다.

"제가 함께 가도 될까요?"

곽완은 선선히 고개를 끄덕였다.

"그렇게 하시지요. 안 그래도 의문의 살수를 잡은 사람이 누구인지 다들 궁금해하고 있습니다."

홍패가 나섰다.

"의자 하나 더 놓을 공간이 있지 않을까요?"

그 역시 강호의 이름 난 후기지수들을 보고 싶었던 것이다. 곽완이 웃으며 말했다.

"비슷한 연배끼리 모이는 자리라서 좀……."

홍패가 비록 진평을 형님이라고 부르지만 나이는 훨씬 많았다. 그리고 그는 눈치도 빨랐다. 곽완이 나이 핑계를 대는 것은 체면을 살려주는 거라는 사실을 알아차리고 더 이상 나서지 않았다. 마충과 왕립을 불러내어 괴롭히면서 시간을 보내는 것으로 계획을 바꾸었다.

진평과 구재원이 당도한 곳에는 곽완의 말대로 다섯 문파의 청년고수들이 모여 있었다.

그들은 분분히 일어나 서로 인사를 튼 후에 자리를 새로 정해서 앉고, 차도 새로 따랐다.

소림의 공전이 먼저 입을 열었다.

"구소협을 모신 것은 항주 삼태산에서 일어난 일들에 대해 좀 더 자세한 얘기를 듣고 싶어서입니다."

이곳이 소림사이다 보니, 그가 주인이 되어 손님들을 맞는 게 격에 맞았다. 그는 외공으로 단련된 장대한 몸을 지니고 있었지만 얼굴엔 아직 어린기가 다 가시지 않았고, 미소가 선해 보였다.

"그 일이라면 방장님께 모두 말씀드렸습니다."

그러자 청성파의 청년도사 장철이 입술을 비틀며 말했다.

"물론 그러셨겠지요."

그는 각진 턱에 구레나룻을 길렀는데 눈빛이 몹시 날카로워서 마주 보기가 부담스러웠다.

장철의 말이 이어졌다.

"우리는 좀 더 자세한 얘기를 듣고 싶습니다."

구재원이 살짝 불쾌한 어조로 말했다.

"삼태산의 혈사는 불행한 일이지만 우리 뇌정산장과는 아무 관련이 없습니다. 무얼 더 자세히 얘기하겠습니까?"

강호의 후기지수들과 안면을 튼다는 생각에 기뻐서 한달음에 왔는데 장철이 마치 취조라도 하는 태도를 보이니 기분이 좋지 않았다.

장철뿐만이 아니었다.

점창파의 호정휘도 나섰다. 그는 약간 검은 피부에 크고 부리부리한 두 눈을 가지고 있었다.

"삼태산에 나타난 복면인들이 마교도라는 소문이 돌고 있습니다. 그리고 그들이 뇌정산장에서 나오는 걸 본 사람도 있다고 합니다."

구재원의 안색이 변했다.

단순히 의혹을 말하는 것도 아니고 아예 단정 지어서 다그치는 것은 너무 심하다는 생각이 들었다. 그것은 뇌정산장을 무시하고 얕잡아보는 데서 비롯되는 행동이기도 했다.

그가 두 사람을 노려보는 사이, 소림의 공전과 무당파의 정작림, 그리고 개방의 곽완은 당황한 표정을 지었다.

"장형. 호형. 왜 이러십니까?"

그러나 장철과 호정휘는 잘못한 게 없다는 표정이었다.

"우리는 들리는 소문을 얘기한 것뿐입니다."

진평은 방에 모인 사람들을 차례로 관찰했다.

그가 구재원을 따라온 것은 점창과 청성파가 이런 식으로 나올 거라는 사실을 어느 정도 짐작했기 때문이었다. 그들은 동창의 앞잡이들이니 대치 상태인 뇌정산장의 소장주를 가만 놔둘 리가 없는 것이다.

다만, 개방의 곽완이 당황한 모습을 보이는 것은 의외였다. 그는 저간의 사정을 잘 모르는 듯했다.

구재원의 호흡이 빨라지는 것을 감지한 진평은 그의 등에 살짝 손을 얹었다.

명문혈을 통해 진기가 스며들어와 뱃속을 뜨겁게 만들자 구재원은 깜짝 놀랐다.

그리고 퍼뜩 정신을 차렸다.

“우리 뇌정산장이 마교와 연관되어 있다는 말씀이십니까?”

구재원의 음성은 냉정을 되찾고 있었다.

장철이 한쪽 눈썹을 치켜떴다.

“소문에 따르면 그렇습니다.”

구재원의 입가에 미소가 감돌았다.

“내가 들은 소문은 좀 다릅니다.”

“그게 무엇입니까?”

“청성파가 마교와 손잡고 있다는 얘기를 들었습니다.”

장철이 자리를 박차고 일어났다.

“그게 무슨 헛소리냐!”

구재원은 전혀 당황하지 않았다.

“그저 들리는 소문을 얘기한 것뿐입니다.”

“이런 말도 안 되는!”

장철의 손이 검병으로 가자 소림의 공전과 무당의 정작림이 황급히 그를 말렸다.

구재원은 죽일 듯이 노려보는 장철의 기세에 주눅 들지 않고 말했다.

"강호에 떠도는 소문이란 게 늘 그렇지요. 증거가 없다면 다 헛소리에 불과합니다."

장철이 격노한 어조로 말했다.

"네놈이 감히 청성파에 그따위 헛소문을 갖다 붙이고도 무사할 성싶으냐?"

구재원도 자리를 박차고 일어섰다.

"뇌정산장에 헛소리를 한 당신은 무사할 것 같소?"

방 안에 있던 사람들 모두 놀랐다.

청성파와 뇌정산장은 엄연히 격이 다름에도 불구하고 구재원이 이렇게까지 강하게 나올 줄은 몰랐던 것이다.

당사자인 구재원도 아차 싶었지만 이미 뱉은 말을 다시 삼킬 수는 없었다.

장철이 시뻘겋게 달아오른 얼굴로 말했다.

"좋다! 네놈이 그렇게 자신만만하다면 사내답게 도전해라. 기꺼이 그 도전을 받아주겠다."

구재원은 냉소를 지었다.

"흥! 우리 뇌정산장이 이곳에 온 이유는 사마외도를 척결하고 무림의 평화를 지키기 위해서요. 고작 헛소문 때문에 내부분란을 일으키는 못난 꼴을 보일 수는 없소."

장철의 표정이 굳었다.

그가 도전을 받아주겠다고 한 것은 상황이 나쁘게 전개되더라도 그 책임을 먼저 도전한 뇌정산장에 전가하기 위한 술책이었다.

그런데 구재원은 혈기 왕성한 나이임에도 불구하고 그 미끼를 물지 않고 무림 정의를 논하면서 장철을 못난이로 만들어 버린 것이다.

구재원은 진평 쪽을 슬쩍 봤다.

그에게서 어떻게 처신해야 할 것인지 미리 조언을 듣지 않았다면 일이 안 좋은 쪽으로 틀어졌을 수도 있는데, 지금의 상황은 나름대로 잘 처리했다는 생각이 든 것이다. 진평은 가만히 고개를 끄덕임으로써 구재원의 생각에 지지를 보냈다.

동도들 앞에서 못난 꼴을 보인 장철은 그대로 물러설 수 없었다. 그는 검지로 구재원을 가리키며 말했다.

"내가 뇌정산장에 도전하겠다! 그리하여 우리 청성파를 마교와 한통속이라고 한 네놈의 죄를 물을 것이다."

구재원이 고개를 가로저었다.

"자꾸 말을 만들어내지 마십시오. 난 한 번도 청성파와 마교가 한통속이라고 한 적 없습니다. 당신과 똑같이, 증거를 댈 수는 없지만 어디선가 들은 소문을 얘기했을 뿐입니다. 여기 있는 모든 분들이 증인입니다."

장철은 좌우를 둘러보았다.

원래 한편인 호정휘를 제외하고 공전, 정작림, 곽완 등은 자신에게 의문의 눈빛을 보이고 있었다.

장철은 다시 구재원에게 말했다.

"겁이 나느냐? 하긴, 뇌정산장이 우리 청성파의 도전을 감당할 수 있을 리 없지."

구재원은 가슴을 펴고 대답했다.

"청성파가 우리 뇌정산장보다 유명한 것은 그 뜻이 높고, 오랜 세월 동안 협을 행함에 부족함이 없었기 때문입니다. 그런 면에선 나도 청성파를 존경합니다. 헌데, 마교가 발흥하여 정파의 인물들을 해치는 위급한 시기에 내분을 조장하는 것은 절대 옳은 일이 아니라고 생각합니다. 우리 뇌정산장은 청성파의 도전을 받지 않겠습니다."

공전과 정작림이 구재원의 말에 동의하고 만류하자 장철은 더욱 화가 났다.

"실력도 없는 놈이 혓바닥만 살았구나! 네가 도전을 받건 말건 난 네놈을 찔러 죽이고 말 것이다."

"참으로 명가의 제자다운 말씀이십니다."

구재원의 조롱에 장철은 버럭 소리를 질렀다.

"네 아비는 어떠한 도전도 마다하지 않는다고 들었다. 그런데 그 자식은 겁이 나서 입으로만 사람을 상대하는구나. 구장주가 참 자랑스러워하겠다."

구재원의 안색이 굳었다.

그렇게까지 얘기한다면 더 물러설 수 없었다.

그가 정색을 하고 장철에게 물었다.

"확실히 하고 넘어갑시다. 청성파가 뇌정산장에 도전하는 겁니까? 아니면 장도장 개인이 내게 도전하는 겁니까?"

장철은 말문이 막혔다.

청성파가 뇌정산장에 도전한다는 것은 자기가 감당할 수 있는 수준의 문제가 아니었다. 자칫하면 큰 비난이 쏟아질 수도 있기 때문이다. 무림맹이 결성되기도 전에 구파일방 중의 하나인 청성파가 항주의 작은 문파를 상대로 시비를 걸었다는 소문이 퍼진다면 좋을 일이 하나도 없었다.

"내가 네게 도전하는 것이다."

구재원은 고개를 끄덕였다.

"그 도전을 받아주겠소."

장철의 얼굴이 벌겋게 달아올랐다.

얘기를 해놓고 보니까 청성파의 촉망받는 제자가 뇌정산장의 장주도 아닌 소장주에게 먼저 도전장을 낸 꼴이니 체면이 말이 아니었다.

그러나 그는 곧 마음을 가라앉혔다.

상대가 대결에 응했으니 어쨌거나 죽이면 되는 것이다.

"마침 달도 밝으니 지금 나가서 해결하자."

구재원은 망설이지 않았다.

"좋소. 그렇게 합시다."

그는 장철을 이길 자신이 없었다.

이 자리에 있다는 것만으로도 그가 청성파의 젊은 제자들 중에서 가장 뛰어난 실력자임을 짐작할 수 있었다. 반면 자신은 아직 가문의 검술조차 완벽하게 익히지 못한 상태였다.

승패가 이미 정해진 거나 마찬가지인 대결.

그러나 구재원은 후회 없이 싸우리라 마음먹었다. 누구의 도전도 마다하지 않는 뇌정산장의 전통을 자신이 깰 수는 없었다.

방 안의 다른 사람들은 애초의 의도와 다르게 상황이 전개되자 크게 당황했지만, 한쪽이 도전장을 내고 다른 한쪽이 수락했기 때문에 제삼자가 끼어들어 말릴 명분이 없었다.

그때 진평이 나섰다.

"이 대결은 내일 하는 게 좋겠습니다."

장철이 인상을 쓰며 물었다.

"넌 또 뭐야?"

"네 애비다."

"뭐, 뭐라고?"

모두가 놀라서 바라보자 진평은 능글맞게 웃으며 곧바로 태도를 바꾸었다.

"아! 이제 보니 아니군요. 내 자식 놈 중 하나가 워낙 버르장머리가 없어서 초면인 사람에게도 말을 함부로 하거든요.

그 새끼인 줄 알았는데 아니군요. 하하하!"

장철은 너무 어이가 없어서 화도 내지 못했다.

다른 사람들도 무슨 얘기를 해야 할지 몰라 멍하니 있는 사이 진평이 다시 말했다.

"우리는 먼 길을 오느라 지금 몹시 피곤합니다. 청성파가 상대의 지친 틈을 노려서 도전하는 게 아니라면 내일 오후에 따로 장소를 정해서 만나는 게 어떻겠습니까?"

모두가 장철 쪽으로 시선을 돌렸다.

장철은 붉으락푸르락하는 얼굴로 노려보다가 진평이 아닌 공전에게 물었다.

"저자는 누구입니까?"

공전이 대답했다.

"소장주의 일행인 것을 보면 뇌정산장 장주의 의제이자 이번에 적의 살수를 잡은 분 같습니다."

진평은 모두에게 포권을 해 보였다.

"장강에서 면포 장사하는 진모라고 합니다."

장철이 잠시 사이를 두고 말했다.

"좋소. 내일 미시(未時)에 승부를 결합시다."

목소리가 갑자기 누그러든 것은 소림사 팔대호원의 감원인 혜명이 진평과 겨루어 승부를 가리지 못했다는 소문이 벌써 퍼져 있었기 때문이다.

혜명이 방장과 여러 장로들에게 보고하면서 나온 얘기였는데, 방장이 지객당까지 직접 내려오면서 널리 알려지게 된 것이다.

공연히 그런 사람과 말을 섞어봤자 득 될 일이 없다는 게 장철의 생각이었다.

시작부터 시비조로 나오는 걸 보면 의조카의 싸움을 대신 떠안으려는 모양인데, 그건 안 될 말이었다.

구재원을 죽이면 뇌정산장을 자극할 수 있을 것이고, 설령 그가 겁을 먹고 도망간다고 해도 상대에게 치욕을 안겨줄 수 있었다.

이런 좋은 기회를 놓칠 수 없기에 선선히 그의 제안에 응하고 서둘러 시간을 정해 선언한 것이다.

진평을 혼내주는 건 그 후에도 얼마든지 할 수 있었다.

"그럼 내일 봅시다."

진평과 구재원은 바로 방을 나와 거처로 돌아갔다.

* * *

구재원은 가만히 앉아 있지 못하고 방 안을 서성거렸다.

내일의 대결이 걱정되었던 것이다.

홍패가 그를 책망했다.

"그러게 왜 도전에 응했어?"

"피할 수가 없었습니다."

진평이 한마디 거들었다.

"네 처신은 훌륭했어."

그 말에 구재원이 미소를 지었다. 그러나 표정은 곧바로 다시 어두워졌다. 자기가 생각하기에도 무림 명문가의 후기지수들 사이에서 당당하게 가슴을 펴고 할 말 다한 것은 정말 자랑스러웠다. 문제는 내일 질 수밖에 없는 대결을 해야 한다는 점이었다.

홍패가 말했다.

"새벽에 나와 함께 여기를 빠져나가자."

그다운 해결방법이었다.

그러나 구재원은 그럴 수 없었다.

청성파 제자와의 대결이 두려워서 도망쳤다는 소문이 나면 아버지에게 씻을 수 없는 치욕을 떠안기게 되는 것이다. 그럴 바엔 차라리 싸우다 죽는 게 백번 나았다.

진평이 홍패에게 물었다.

"마가와 왕가는 뭐 하지?"

"히히! 아마 잠들었을 겁니다."

"오늘은 네가 그들과 함께 자."

"예? 제가 왜요?"

홍패는 고개를 갸웃거리다가 금세 진평의 뜻을 알아차렸다. 가서 그들이 엿보지 못하게 감시하라는 뜻이었다.

"히히! 알았습니다."

객청에 둘만 남게 되자 진평이 구재원에게 물었다.

"장철과 너의 실력 차이가 어느 정도 된다고 생각하지?"

"그, 글쎄요."

"그가 십이라 치면 너는 몇 정도 될 것 같아?"

"칠이나 팔쯤 되지 않을까요?"

진평은 미소 지었다.

"자신감이 부족하군."

"그, 그런가요?"

"승부를 가릴 땐, 양쪽의 실력이 비슷하다고 해도 자신감이 부족하면 질 수밖에 없어."

구재원은 고개를 푹 숙였다.

알고는 있었지만 진평의 입을 통해 듣고 보니 더더욱 절망적으로 느껴졌던 것이다.

진평이 작은 옥병 하나를 내밀었다.

"이걸 마셔."

"이게 뭡니까?"

"묻지 말고 그냥 마셔."

"아, 알겠습니다."

구재원은 옥병에 든 액체를 단숨에 마셨다.

진평을 전적으로 믿기에 망설일 이유가 없었다.

액체를 삼킨 지 얼마 지나지 않아 청량감이 입과 목구멍을 지나 뱃속까지 번져 나갔고, 폐와 심장을 거쳐 머릿속까지 맑

아지는 느낌이 들었다.

그리고 조금 더 시간이 지나자 단전에 뭔가 뜨거운 것이 엉키는 듯한 감각이 전해져 왔다.

구재원은 자기가 마신 게 몹시 귀한 영약이라는 사실을 알아차렸다. 그 역시 무가의 자제답게 어려서부터 수많은 약초와 영약들을 먹어왔지만 이 정도로 즉각적이고 강렬한 효과를 보이는 약은 처음이었다.

"고맙습니다! 숙부님."

"가부좌를 틀어."

구재원은 시키는 대로 했고, 진평은 그의 등 뒤에 앉아 명문혈에 장심을 대고 진기를 어느 혈맥으로 운용해야 할지 지시해주었다.

한 시진 동안 구재원은 땀을 뻘뻘 흘리며 진평의 지시에 따라 새로 들어온 약기운을 전신으로 순환시키는 데 성공했다.

호흡을 정리하고 일어서 보니 우선 몸이 붕 뜬 듯 가벼웠고 귀에 들리는 소리들이 훨씬 커진 것 같았으며, 후각과 살갗의 감각도 예민해져 있었다.

내공이 증진된 게 분명했다.

"제가 방금 먹은 게 무엇입니까?"

"한 번의 운기조식으로 약 기운이 모두 흡수되지는 않으니까 앞으로 시간을 두고 꾸준히 진원지기를 키워."

"알겠습니다."

진평이 얘기하고 싶어 하지 않는다는 사실을 알고 구재원은 더 이상 묻지 않기로 했다.

그것은 진평이 비상용으로 가지고 다니던 공청석유였다. 설가영이나 홍패에게 주었던 것에 비하면 적은 양이지만 어느 정도 수준에 달해 있던 구재원의 내공을 한 단계 더 증진시켜 주기에는 충분했다.

진평 입장에선 구재원이 죽게 내버려둘 수 없었다.

무림맹에 참여하자는 의견을 내놓은 게 자신인데, 변수가 생겼다고 해서 구서위에게 아들의 죽음 소식을 전할 수는 없었다.

구재원이 들뜬 목소리로 물었다.

"이젠 청성파 도사와 싸워도 이길 수 있겠죠?"

진평은 고개를 가로저었다.

"약 한 병 마셨다고 그렇게 쉽게 달라지지는 않아."

"그, 그러면 어쩌죠?"

"검을 뽑아."

상과 의자를 치워 공간을 만든 진평은 철적을 꺼내어 검처럼 쥐고 다시 말했다.

"청성파의 검술들을 차례로 보여줄 테니까 어떻게 대처해야 할지 잘 생각해 봐."

"숙부님이 청성파 검술을 어떻게 아십니까?"

진평은 대답하지 않았다.

구재원도 더 묻지 않고 진평의 쇠피리 움직임에 집중했다.

진평의 피리는 처음부터 실전처럼 구재원의 요혈을 겁박했고, 내공증진에 기뻐하던 구재원은 진땀을 흘려야 했다.

한 차례 시전이 끝난 후 진평이 물었다.

"눈에 좀 익었어?"

"예. 어느 정도는요."

"솔직히 말해봐."

"실은 전혀 모르겠습니다."

"그게 당연한 거야. 다시 해보자."

이번엔 느린 동작과 빠른 동작을 반복했고 구재원은 아까보다 훨씬 나은 반응을 보였다.

그렇게 세 번을 반복하자 구재원의 검이 진평의 철적을 정확하게 막아내게 되었다.

"좋아. 잘했어."

진평은 구재원의 자질이 뛰어난 편이라는 사실에 기대감을 가지게 되었다.

구재원 역시 기분이 좋았다.

"적어도 그 도사에게 지지는 않을 것 같습니다."

그러나 진평은 고개를 가로저었다.

"내가 보여준 검초들은 오래된 것들이야. 지금은 거기에 새로운 변초들이 더해졌을 가능성이 높아. 더군다나 막기만 해서야 아무 소용이 없잖아. 비기기밖에 못할 테니까."

"그럼 어쩌죠?"

진평은 창 쪽을 보았다.

어느새 동쪽 창이 부옇게 밝아오고 있었다. 두 사람이 검술 수련에 열중하는 사이 날이 샌 것이다.

"시간이 많지 않군. 파해법을 연습해 보자."

진평은 이제까지 보여주었던 청성파의 검초 중에서 가장 위력적인 공격초식 열 개를 골랐다.

사람들 보는 앞에서 승리를 만끽하려면 되도록 멋있는 초식으로 마무리 지으려 할 것이라 예상한 것이다.

진평은 그 각각의 초식을 파해하는 검로를 집중적으로 가르쳐주었다. 그것은 이제까지 해 온 것들보다 훨씬 까다롭고 예민한 공부라서 중간에 밥 먹는 시간까지 아껴가며 집중해야 했다.

시간은 빠르게 흘러 어느덧 오시(午時)가 되었다.

구재원은 한숨도 자지 못한 채 고도의 집중력을 발휘해야 했지만 전혀 피곤하지 않았다.

그리고 소정의 성과도 거둘 수 있었다.

청성파의 제자들 서너 명이 찾아왔는데, 그들은 마치 구재원이 달아나는 것을 막겠다는 듯 경계감을 드러냈다.

구재원과 진평은 그들의 안내를 받아 연무장으로 갔다.

그곳에 놀랍게도 수십 명의 사람들이 자리를 잡고 있었다.

어제 시비가 벌어졌던 장소에 있던 소림, 무당, 청성, 점창,

개방의 젊은 제자들이 참관을 위해 모인 것이다.

구재원과 진평, 홍패 등이 들어오자 연무장으로 통하는 문이 닫혔고 소림의 혜명이 나섰다. 그는 진평 일행과 청성파 도사들 쪽을 한 번씩 바라본 후 말했다.

"소식을 듣고 많이 놀라고 당황했습니다. 지금이라도 불필요한 충돌을 피하는 것이 어떻겠습니까?"

그러자 소림사에 온 청성파 도사들의 최고 책임자라고 할 수 있는 운현(雲玄)도장이 앞으로 나섰다.

그는 청성파 장문인의 사제이자 장철의 사부이기도 했다. 현재 이곳 연무장에 나와 있는 사람 중에서는 혜명과 함께 가장 배분이 높은 사람이기도 했다.

"이것은 불필요한 충돌이 아닙니다. 항주 뇌정산장에서 먼저 우리 청성파를 모욕하고 도전까지 했는데 어찌 그냥 두고 볼 수 있겠습니까? 불가피하게 명예를 지킬 수밖에 없습니다. 허나, 문파 간의 화기를 해치는 것은 바람직하지 않다는 점에 저도 동의합니다. 다툼은 이 한 번의 대결로 끝내고 더 이상 확대되지 않을 것임을 제 이름을 걸고 약속하겠습니다. 여러분 모두가 증인이 되어 주십시오."

혜명이 물었다.

"굳이 서로를 다치게 할 필요는 없지 않겠습니까? 검이 아닌 권각으로 승부를 가리는 게 어떻겠습니까?"

운현도장은 손을 내저었다.

"하하하! 우리 청성은 대대로 검술을 익혀 왔습니다. 뇌정산장 역시 마찬가지고요. 각자 자기 문파의 명예를 지키기 위해 싸우면서 가장 자신 있는 무공을 쓰지 않는다는 게 말이 됩니까? 그리고 권각을 쓴다고 해서 딱히 더 안전한 것도 아니고요."

혜명은 진평 쪽을 바라봤다. 자기로서도 더 이상 어떻게 해 볼 수 없다는 표정이었다.

진평이 한 걸음 앞으로 나섰다. 그는 연무장 주변에 모인 사람들에게 포권을 한 후 말했다.

"저는 뇌정산장 장주님의 의제 진삼이라고 합니다. 어제 조카와 함께 소림사에 도착했는데, 뜻밖에 쥐새끼 한 마리를 만났습니다."

사람들이 무슨 얘기인가 싶어 진평을 주목했다.

"그 쥐새끼의 이름은 장철이라고 합니다."

당사자와 청성파 도사들은 격노한 표정을 지었고, 중인들은 그들과 진평을 번갈아 보았다.

진평의 말이 이어졌다.

"그는 뇌정산장이 마교와 관련되어 있다는 헛소리를 우리 면전에 대고 했습니다. 참을 수 없는 모욕이었지요. 게다가 우리 뇌정산장에 도전까지 했습니다. 그런데 오늘 여기 와서 들으니, 자기 윗사람에게는 모욕과 도전 모두 우리가 먼저 한 것처럼 얘기한 모양이네요. 허허! 이거야말로 쥐새끼의 행동이 아니고 무엇이겠습니까?"

운현도장이 버럭 소리를 질렀다.

"감히 없는 말을 지어내다니!"

"어제 그 자리에 우리만 있었던 게 아닙니다."

그러자 사람들은 공전, 정작림, 호정휘, 곽완등을 바라봤다. 그들이 고개를 끄덕이는 것은 진평의 말이 맞음을 확인시켜주는 것이었다. 곽완이 큰소리로 마침표를 찍었다.

"진소협의 얘기가 맞습니다. 내가 함께 있으면서 똑똑히 보고 들었습니다."

진평은 그와 시선을 맞추고 미소를 교환했다.

사실이 그렇더라도 구파일방끼리는 어느 정도 서로의 체면을 차려주는 게 있는데 곽완은 개방, 청성, 점창이 한통속임에도 불구하고 곧이곧대로 사실을 밝힌 것이다. 옳다고 생각하면 일단 행동으로 옮기고 보는 성격인 듯했다.

사람들의 시선이 호의적이지 않다는 사실을 알아차린 운현도장은 진평과 더 얘기해봤자 좋을 게 없다 생각하고 턱짓으로 장철을 나서게 했다.

뇌정산장 쪽에서도 구재원이 나섰다.

진평이 큰 소리로 말했다.

"조카야. 도전자를 봐줄 필요 없다. 우리 뇌정검법은 오늘 쥐새끼를 찔러 죽이고 강남 제일을 넘어 천하제일이라는 명성을 얻게 될 것이다. 하하하!"

그 말에 장철의 얼굴은 시뻘겋게 달아올랐다. 운현도장과 다른 청성파 제자들도 마찬가지였다.

진평은 득의의 미소를 지었다.

그가 일부러 나서서 시시비비를 가리고, 상대를 쥐새끼라 부르고, 또 도전자라는 단어를 강조하여 말한 것은 일종의 격장지계(激將之計)였다.

구재원이 기본 실력을 갖추고, 자질도 뛰어난 데다 영약으로 내공을 증진시키고, 청성파의 검술을 미리 견식하고, 파해법까지 반복해서 수련했다고는 하지만 명가에서 제대로 배운 장철을 이기는 것은 쉽지 않다는 게 진평의 생각이었다.

그래서 미리 상대의 심리를 흔들어놓은 것이다.

혜명이 다시 한 번 당사자의 의사를 확인하는 중에도 장철은 흥분한 기색을 감추지 못했다.

마침내 연무장 한가운데 두 사람만 남게 되자 장철은 대뜸 검을 뽑아 기수식으로 예를 취하는 시늉만 내더니 곧바로 공격을 시작했다.

싸움은 일방적이었다.

구재원은 진평과 밤을 새며 한 연구 덕에 자신감이 충만해 있었지만 막상 실전을 치러 보니 상황이 만만치 않았다.

만약 진평의 도움을 받지 않았다면 서너 초식도 받지 못하고 죽임을 당했을 거라는 생각에 등줄기가 서늘해졌다.

구재원은 우선 단단히 지키는데 치중했다.

그러면서 언젠가 찾아올 딱 한 번의 기회를 노렸다.

"뇌정검이 고작 이거밖에 안 되나!"

장철은 고함을 질러댔다.

단 일격에 쓰러트릴 수 있을 거라고 생각했는데 의외로 완강하게 버티자 마음이 조급해지고 있었다.

등 뒤에는 사부와 사형제들이, 그리고 좌우에는 여러 문파의 고수들이 보고 있는데 이렇게 오래 걸린다는 사실 자체가 마치 자신의 패배처럼 여겨지는 건 아닐지 초조해지기 시작했다.

그들의 대결을 보면서 진평은 홍패 쪽으로 슬쩍 시선을 돌렸다.

홍패는 양손을 소매 안에 넣은 채로 진평에게 가만히 고개를 끄덕여 보였다.

진평은 이 대결의 승패가 어찌 되건 구재원이 죽게 내버려두지는 않을 생각이었다. 무림맹 가입이 불발되고, 마교에 대해 아무것도 알아내지 못하게 된다 해도 구재원을 죽게 할 수는 없었다.

그래서 자신도 언제든 뛰어들 수 있도록 암암리에 진기를 끌어올렸고, 홍패에게도 표창을 준비하라고 지시해 둔 상태였다.

물론 구재원은 그런 사실을 몰랐다.

다행히 진평과 홍패가 손을 쓸 일은 발생하지 않았다.

구재원이 노리던 상황이 펼쳐진 것이다.

빨리 승부를 내고 싶어진 장철은 청운적하검(青雲赤霞劍) 중 귀운일섬(歸雲一閃)이라는 초식을 사용했다.

연속되는 허초 속에 민첩한 일격을 숨긴 것이, 마치 구름 속에 숨어 있던 번개가 기습적으로 내려치는 것과 같다는 게 귀운일섬의 묘용이었다.

그 최후의 일격은 막기가 지극히 까다로운데, 문제는 허초로 상대를 현혹할 때 약점이 드러난다는 점이었다.

물론 상대는 그것이 허초인지 실초인지 알 도리가 없으니 결국은 속절없이 당할 수밖에 없었다. 더구나 구재원처럼 수비로 일관하는 상대라면 더더욱 반격의 여지는 없었다.

그러나 장철이 모르는 사실이 한 가지 있었다.

구재원은 계속 방어에 치중하면서 아침에 배운 열 가지 공격초식 중 하나가 나오기만을 학수고대하는 중이었다.

드디어 기다리던 귀운일섬의 허초가 시작되자 일말의 망설임도 없이 장철의 천돌혈을 찔러 들어갔다.

미리 알고 있었던 게 아니라면 완전히 무모해 보이는 초식. 그러나 구재원의 검은 정확하게 빈틈을 파고들었다.

"크악!"

장철의 비명과 함께 피가 튀었다.

순간, 운현도장이 연무장 한가운데로 몸을 날렸다.

정파 무림의 고수들이 보는 앞에서 제자가 무용을 자랑하는 모습을 지켜보려 했던 처음의 생각과 달리 대결이 길게 이어지자 혹시라도 있을지 모르는 사태에 은연중 대비하고 있었던 것이다.

비틀거리는 장철을 부축한 운현도장은 끝장을 내기 위해 찔러 들어오는 구재원의 검을 쳐내고 곧바로 그의 가슴을 향해 일장을 뻗었다.

비록 제자는 패배했지만 구재원을 죽이는 애초의 목적은 자기 손으로 달성하려는 것이었다.

쾅! 소리와 함께 장과 장이 마주쳤고, 운현도장은 서너 걸음이나 뒤로 밀리다가 제자와 함께 바닥에 넘어지고 말았다.

"쿨럭! 이, 이게 어찌……."

상체를 일으킨 운현도장은 자신의 장이 구재원의 가슴을 친 게 아니라 진평의 장과 맞부딪혔다는 사실을 알아차렸다.

구재원의 옆에는 어느새 진평이 서 있었던 것이다.

진평은 큰소리로 웃었다.

"이제 보니 청성파엔 전부 쥐새끼뿐이었군. 어린 도사가 싸움에 지니까 늙은 도사가 대신 나서서 손을 쓴다? 그것참 재미있네. 이제 늙은 도사도 쓰러졌으니까 누가 나서려나. 가서 엄마를 불러올 차롄가? 하하하!"

청성파 제자들은 진평의 놀림이 귀에 들어오지도 않았다. 운현도장과 장철의 부상을 살피느라 정신이 없었다.

운현도장은 각혈을 멈추었지만 낯빛이 창백한 것으로 보아 깊은 내상을 입은 게 분명했다.

장철의 상처는 그보다 심했다.

구재원의 검극이 아슬아슬하게 급소를 벗어나기는 했지만 그래도 찔린 곳이 천돌혈 근처라 출혈이 많아 생사가 불분명했다.

청성파 제자들은 구재원과 진평 쪽은 쳐다보지도 못하고 그들을 부축하여 자신들의 숙소로 돌아가기 바빴다.

연무장에 남은 사람들은 구재원과 진평을 보며 찬탄을 금치 못했다. 항주 뇌정산장이 강남에서 제법 유명하다고 해도 설마 청성파와 어깨를 견줄 수 있겠느냐는 생각이었는데, 청성이 자랑하는 제자를 일 검에 찔러 쓰러트린 것이다.

그 속을 들여다보자면 계속 수세에 몰려 있던 구재원이 단 한 번 찾아온 기회를 놓치지 않은 것이지만, 외양적으로는 뇌정검이 청성검보다 강하다고 결론이 난 셈이었다.

진평의 움직임은 더욱 놀라웠다.

그에 대한 사람들의 인상은 말을 함부로 하는, 약간은 경망스러운 사람이라는 것이었다. 그런데 운현도장의 바람보다 빠른 신법과 출수를 가로막았을 뿐만 아니라 그를 쓰러트리기까지 했으니 진평을 다시 보지 않을 수 없었다.

진정한 고수는 따로 있었던 것이다.

하지만 진평 입장에선 다소 곤란한 상황이기도 했다.

청성파에서 시비를 거는 바람에 사람들 이목을 끌게 되었으니 그가 바라던 바는 아니었다.

그러나 구재원의 안전이 최우선이었기 때문에 운현도장이 뛰어드는 것을 보고도 가만히 있을 수는 없었다.

구재원이 진평에게 말했다.

"고맙습니다. 숙부님."

밤새워 청성파 검술 깨는 법을 가르쳐준 것과 방금 목숨을 구해준 것을 합쳐서 사례하는 것이었다.

"잘 마무리해."

진평은 본래의 자리로 돌아왔다.

구재원이 검을 아래로 잡고 좌우로 포권을 한 후 말했다.

"여러분이 보신 대로 우리 뇌정산장과 청성파의 의견 차이는 방금의 대결로 모두 해소되었습니다. 척마멸사라는 우리의 공동 목표를 위해 더 이상은 지금 같은 불미스러운 일이 없었으면 하는 게 제 바람입니다. 만약 우리 항주 뇌정산장에 대해 불만이나 의구심을 지닌 분이 있다면 지금 말씀해주십시오."

그가 말을 마치고 연무장을 한 바퀴 둘러보는 동안 입을 여는 사람은 아무도 없었다.

점창파 제자들이 서로 눈빛을 교환했지만 나서지는 못했다. 장철과 운현도장이 한꺼번에 나가떨어진 모습을 봤기 때문이다.

억지 트집으로 대결을 벌여놓고 그 결과마저 참담하게 패했으니 청성파 입장에선 망신과 치욕이 겹친 셈인데, 점창파 제자들은 그걸 따라 할 만큼 멍청하지는 않았다.

아무도 말이 없자 구재원이 마무리를 지었다.

"이 일은 여기서 끝내고, 앞으로는 두 번 다시 화기(和氣)를 해치는 언행은 없었으면 합니다."

누가 시작했는지 모르지만 박수 소리가 조금씩 커져 결국 연무장 안을 가득 메웠다.

거기에 따라 구재원 입가의 미소도 짙어졌다.

모두에게 잘 해주려고 애쓸 필요 없이, 바른 의지를 세우고 그것을 행동으로 보이면 자연스럽게 인정받을 것이라는 진평의 말을 직접 체험하는 것이었는데, 그 기분은 형언할 수 없을 만큼 좋았다.

제7장
마교의 습격

소림사 장경각 옆에 자리 잡은 객청.

이번에 소림사에 온 정파 무림인들 중에서 각 파를 대표하는 가장 높은 배분의 사람들이 한자리에 모였다.

소림사(少林寺)와 무당파(武當派)와 곤륜파(崑崙派)에서는 각각 방장 원각대사와 장문인 자령진인(紫嶺眞人), 문주 창궁검선(蒼宮劍仙) 안덕생(安德生)이 자리를 잡았고, 그 외에 청성파, 점창파, 개방에서는 장문인 다음으로 직위가 높은 인물을 파견했다.

그런 그들 사이에 뇌정산장을 위한 자리가 마련되었다는 것은 놀라운 사실이었다.

혜명이 진평의 실력에 대해 보고할 때까지만 해도 지객당의 귀빈용 숙소를 내주는 정도에 그쳤지만, 구재원이 청성파의 장철을 찌르고, 진평이 운현도장을 쓰러트린 이후엔 구파일방 모임에 한 자리를 차지하기에까지 이른 것이다.

본래 운현도장이 앉고 그 뒤에 장철이 시립했어야 할 청성파 자리엔 중년 도사 한 명만이 앉아 있었다.

그는 시종 부릅뜬 눈으로 구재원과 진평을 노려봤지만 두 사람은 그를 거들떠보지도 않았다.

진평이 주시하는 사람은 맞은편에 앉은 세 명의 장문인이었다. 원각에게서 느꼈던 절세고수의 기운이 자령진인과 안덕생에게서도 마찬가지로 느껴졌다.

경륜과 위엄, 거기에 더해진 심원한 기도가 진평에겐 상당히 인상적이었고, 동시에 강한 자극이기도 했다.

진평이 비록 본혈방의 방주로서 천하의 이름난 무공들을 속속들이 알고 있다고는 하지만, 실제로 살아 있는 고수를 만나는 것은 그것과는 또 별개의 얘기였다.

강남에도 고수가 있지만, 누가 뭐래도 천하의 중심은 중원이었다. 그중에서도 무예의 본산이라고 할 수 있는 소림과 무당의 장문인을 가까이에서 보고, 그들의 기도를 느끼는 것만으로도 진평의 온몸 신경들은 꿈틀거렸다.

객청 안은 조용했다.

모두의 표정이 어두운 것은 여기저기 빈자리가 있기 때문이었다.

소림과 무당이 공동 명의로 돌린 배첩은 시일이 촉박했기 때문에 아미나 천산처럼 먼 곳의 몇몇 문파들은 참석을 하지 않았다.

하지만 가까이 있고, 참여하겠다는 답신을 보내온 문파 중에 숭산에 도착하지 못한 문파들이 있었다.

바로 그들로 인해 빈자리가 생긴 것이다.

진평 일행이 황하에서 수적을 만났던 것처럼 그들도 중간에 방해를 받았다. 그래서 부상자와 함께 되돌아간 문파도 있고, 일행의 몰살이라는 끔찍한 화를 당한 문파도 있었다.

참으로 심각한 상황이 아닐 수 없었다.

따라 놓은 차에서 더 이상 김이 나오지 않을 즈음이 되어서야 원각대사가 입을 열었다.

"포로의 입을 통해 알게 된 내용을 말씀드리겠습니다."

모두의 시선이 그에게로 쏠렸다.

그때, 점창파를 대표하여 참가한 단양자(丹養子)가 끼어들어서 말을 끊었다.

"그전에 짚고 넘어갈 일이 있습니다."

그는 얼굴빛이 붉고 키가 컸는데, 머리카락과 눈썹, 수염이 모두 새까매서 나이를 짐작하기 어려웠다.

목소리로 짐작하기에는 오십대 중후반인 듯했다.

원각이 물었다.

"무슨 가르침이 있으신지요."

단양자는 턱짓으로 진평을 가리켰다.

"저 사람이 우리와 함께 할 자격이 되는지 궁금합니다."

그는 젊은 제자 호정휘와 달리 사투리가 심했다. 그래서인지 일부러 말을 천천히 또박또박하려고 애썼다.

단양자의 말이 끝나자 약속이라도 한 듯 개방 장로 모백간(毛柏幹)이 입을 열었다.

"그렇습니다. 항주 뇌정산장은 무림동도이니까 자격이 있다고 하지만, 진소협은 듣자 하니 장사를 한다던데……. 어째서 무림의 일에 끼려고 하는지 모르겠군요."

구재원은 장철을 쓰러트린 후 이의가 있는 사람은 나서라고 했다.

그때 점창파 제자도, 개방 제자도 가만히 있었으니 이제 와서 뇌정산장을 붙들고 늘어지는 건 체면이 서지 않는 일이었다.

하지만 진평이라면 얘기가 달랐다.

뇌정산장 장주의 의제라고는 해도 사문내역조차 알려지지 않은 상인이니, 무림맹 회합에 낄 자격이 있는지 시비를 따질 여지가 있었다.

진평은 좌우로 포권을 한 후 말했다.

"불편하시다면 물러가겠습니다."

자신을 향한 사람들의 시선에 어떤 의미가 담겨 있는지 그는 잘 알고 있었다.

사실, 운현도장을 쓰러트린 것은 과하게 손을 쓴 면이 있었다. 그가 자기 제자를 구하는 데서 그치는 게 아니라 구재원을 해치려 했고, 거기에 대한 응징을 가하다 보니 필요 이상으로 실력을 드러냈던 것이다.

지금으로서는 무림 명숙들 앞에서 자신의 내력에 대해 꾸며대느니보다는 객청 밖으로 나가는 게 차라리 나았다.

구재원이 이곳에 한 자리를 차지하게 되었으니 마교에 대한 정보수집이라는 본래 목적 정도라면 직접 나서지 않아도 얼마든지 달성할 수 있다는 게 진평의 판단이었다.

진평이 미련 없이 나가려 하자 곤륜파 장문인 안덕생이 일어섰다. 그는 팔척장신에 특이하게도 눈동자가 파란색이었다. 얼굴 생김새도 중원인보다는 서역인에 가까워 보였다.

그가 홍종을 울리듯 커다란 목소리로 말했다.

"지금은 모두가 힘을 모아야 할 때입니다."

그러자 단양자가 날카롭게 반응했다.

"근본도 모르는 상인에게까지 손을 벌려야 한단 말입니까? 우리의 힘이 그렇게 약하지는 않습니다."

그는 동의라도 구하듯 객청 안을 둘러보았다.

진평은 이전에 성왕부 사람들이 모인 자리에서도 비슷한 일을 당한 경험이 있었다.

그들에 비해 지금 이곳에 모인 인물들은 더 보수적이라고 할 수 있었다. 구파일방은 불교나 도교를 근간으로 삼고 수행의 방편으로 무공을 연마하는 경우가 대부분이기 때문에 세속적인 사업을 무시하는 경향이 조금 더 강했다.

그러나 단양자의 기대와 달리 청성과 개방 외에는 호응해주는 사람이 없었다.

의문의 살수를 잡은 공적과 운현도장을 일장에 쓰러트린 무위가 진평을 무림맹에 필요한 사람이라고 각인시켰다고 할 수 있었다. 그의 직업과 내력을 따지는 일은 이미 의미가 없게 된 것이다.

단양자의 당황해하는 모습을 보며 안덕생이 말했다.

"마교는 우리의 눈과 귀를 피해 힘을 키웠습니다. 저 빈자리들을 보십시오! 이것은 보통 심각한 상황이 아닙니다. 우리 구파일방뿐만이 아니라 각 지역의 세가는 물론, 군소 방파들에게까지 협조를 요청해야 할지도 모릅니다. 헌데 적의 실체를 파악할 수 있는 단초를 제공해준 영웅에게 자격을 따지다니요? 이건 말도 안 된다고 생각합니다."

여기저기서 고개를 끄덕이는 사람들이 있었다. 그들의 생각을 안덕생이 대변한 것이다.

단양자는 모백간과 못마땅한 표정으로 시선을 교환한 후 말했다.

"하지만 우리는 저 사람의 사문도 모르지 않습니까?"

안덕생이 고개를 가로저었다.

"그는 뇌정산장 장주의 의제입니다. 달리 무엇이 더 필요합니까?"

강호인들 중에는 비밀을 지닌 사람들이 적지 않았다.

본인이 스스로 밝히지 않는데 캐묻는 것은 실례라고 할 수 있었다.

단양자와 모백간은 한 번 더 주위를 둘러보았다.

본래 구파일방 중 누군가 공격을 받으면 그 가해자는 무림 공적이 되다시피 하는 게 보통이지만, 뇌정산장과 청성파의 대결은 모두가 보는 앞에서 정정당당하게 치러졌기 때문에 이견이 있을 수 없었다.

결국 두 사람은 세가 불리함을 느끼고 자리에 앉았다.

운현도장이 이 자리에 참석하여 거들어주지 못하는 게 몹시 아쉬울 따름이었다.

진평은 안덕생과 눈빛을 교환한 후 가벼운 목례로 감사의 뜻을 전했다. 안덕생 역시 미소로 답해주었다.

진평은 안덕생의 의도를 짐작할 수 있었다.

곤륜파의 중원 무림에 대한 영향력은 점창파, 천산파만큼이나 미약한 편에 속했다.

구파일방 내에서 중심에 서지 못한다면 주변에서 우군을 모으는 게 현명한 선택이라고 할 수 있었다.

장내가 진정되자 원각대사가 말을 이었다.

"우리 회합을 방해한 자들은 잔혈각(殘血閣)의 살수로 밝혀

졌습니다. 우려했던 대로 마교가 그 배후입니다."

사람들이 웅성거렸다.

잔혈각이란 명칭이 생소했기 때문이다.

모두의 시선이 개방 제자들에게 모이는 것은, 그들이 구파일방 중에서는 강호의 소식과 정보를 가장 많이 알고 있기 때문이었다.

그러나 모백간도 그들에 대해 들어본 적이 없는지 금시초문이라는 표정으로 어깨를 한 번 으쓱했다.

원각이 다시 말했다.

"마교는 그동안 사마외도들을 닥치는 대로 모아 따로 잔혈각이니 철혈각(鐵血閣)이니 하는 새로운 하부 조직을 만든 듯합니다."

안덕생이 물었다.

"그런 조직들이 모두 몇 개나 되고 인원은 몇 명이나 되는 겁니까? 그리고 그들의 무공 수준은요?"

모두가 궁금하게 여기는 바였다.

원각은 고개를 가로저었다.

"안타깝게도 포로는 자신이 소속된 잔혈각 이외의 조직에 대해서는 전혀 몰랐습니다. 철혈각이라는 이름을 들어봤다는 게 그나마 알고 있는 전부였습니다."

"그렇다면 마교의 하부 조직이 최소한 두 개고, 많게는 몇 개나 되는지 짐작조차 할 수 없는 상황이군요."

"그렇습니다."

"그 잔혈각이란 곳은 모두 몇 명이나 된다고 합니까?"

"자신의 조(組)에 열두 명이 속해 있다는 사실 외에는 아는 게 없었습니다. 모일 때는 서로 얼굴을 알아볼 수 없게 칠을 하거나 복면을 썼고, 호칭도 숫자로 불렀던 모양입니다."

"허! 그것참."

객청에 모인 사람들이 다시 웅성거렸다.

개방 장로 모백간이 자리에서 일어나 한쪽 벽에 걸린 커다란 지도 앞으로 갔다. 그는 습관적으로 짧은 수염을 만지작거리다가 손가락으로 지도의 이곳저곳을 가리키며 말했다.

"포로를 잡은 곳은 여기고, 공동파가 당한 곳은 여기, 종남파 제자들이 중독된 곳은 여기, 천산파는……."

장내가 조용해졌다.

그의 손가락을 따라가다 보니 숭산을 중심으로 원을 그리듯 포위된 형상이 한눈에 보였던 것이다.

무당 장문 자령진인이 침음성을 흘렸다.

"으음……! 저들이 오래전부터 치밀하게 준비해온 게 분명하군요. 청성과 점창과 개방이 아니었다면 정말 큰일 날 뻔했습니다."

그들 세 문파가 경고하고 나선 덕분에 그나마 이제라도 마교의 동향에 대해 알게 되어 천만다행이었다.

시간이 더 지체되었다면 피해가 훨씬 더 끔찍했을 거라는

데 생각이 미치자 다들 등골이 오싹했다.

중인들은 분분히 세 문파의 제자들에게 치사를 했고, 단양자와 모백간의 얼굴에는 화색이 돌았다. 이번 모임을 주도한 보람을 느끼는 것이다.

진평이 조심스럽게 입을 열었다.

"저들이 진형을 강화할 수도 있습니다."

단양자가 바로 코웃음을 쳤다.

"흥! 마교의 일개 방회가 천하의 소림사를 포위 공격하기라도 할 거란 말이오?"

다른 사람들도 비슷한 반응이었다. 마교가 아무리 힘을 키웠다고 해도 그것은 불가능한 일로 느껴졌다.

진평은 단양자나 모백간과 대거리하고 싶지 않아서 입을 다물었고 대신 안덕생이 나섰다.

"진소협의 지적이 옳습니다. 저들이 비밀리에 일을 끝냈다면 모를까, 일단 발톱을 드러낸 이상 그것으로 할퀴겠다고 덤벼들 가능성이 있습니다."

원각은 천천히 고개를 끄덕였다.

"좋습니다. 경계만 하고 있을 게 아니라 직접 나가서 저들을 제압하도록 합시다."

객청 안의 공기가 바뀌었다.

장문인들 뒤에 시립한 고수들의 눈빛이 변한 것이다.

각자의 문파에서 가장 뛰어난 능력을 지닌 그들에게 있어 마교와 싸운다는 것은 몹시 위험한 도전인 동시에 커다란 기회이기도 했다.

원각대사의 말이 이어졌다.

"우선 그전에 무림 대회의 일시와 규모, 그리고 각 문파에 보낼 배첩을 어떤 내용으로 써야 할지부터 정하도록 합시다."

자령진인이 말했다.

"그것보다 먼저 할 일이 있습니다."

"그게 무엇입니까?"

"임시로 맹을 결성하고, 맹주를 뽑는 일입니다."

사람들이 웅성거렸다.

자령진인은 손을 저어 그들을 조용하게 한 후 말을 이었다.

"마교의 위협이 그 어느 때보다 심각하다는 사실엔 모두가 동의하실 겁니다. 하지만 이곳에 모인 우리들 외에는 그 위험에 공감하기 어렵다는 게 문제입니다. 예전처럼 소림과 무당 공동명의의 배첩만으로는 그들의 경각심을 일깨울 수 없습니다. 임시 맹주를 뽑고, 그 명의로 무림첩을 돌려야 합니다."

중인들 모두 그 의견에 동조하는 분위기였다.

자신들도 마교의 살수들이 길을 끊을 줄 알았다면 지금보다 훨씬 더 많은 제자들을 거느리고, 경계도 철저히 하면서 왔을 터였다.

곤륜파 장문인 안덕생이 물었다.

"맹주는 어떤 절차를 거쳐 뽑습니까?"

눈을 빛내는 사람이 많았다.

본격적인 영웅 대전 혹은 무림 대회가 열리기까지의 임시 맹주라고는 해도, 그 영향력은 무시할 수 없었다. 일을 무리 없이 진행한다면 연임 가능성도 높았고, 설령 다른 인물이 정식 맹주가 된다고 해도 그때까지는 정도 무림의 구심점 역할을 할 수 있는 것이다.

점창파의 단양자가 개방 장로 모백간에게 계속해서 눈짓을 했고, 모백간은 입맛을 한 번 다신 후 일어나서 말했다.

"저는 점창파를 추천합니다. 마교의 불온한 움직임을 사전에 알아내고 이번 회합을 주도한 공을 누구도 무시하지 못할 것입니다. 앞으로도 적의 움직임에 대해 면밀히 조사하고 민첩하게 대처해야 하는 만큼, 점창파가 적격이라고 생각합니다."

그가 단양자 개인이 아닌 문파를 거론한 것은 단양자가 장문인 신분이 아니기 때문이었다. 소림 방장과 무당 장문이 있는 앞에서 단양자가 무림맹주가 되겠다고 하는 것은 비록 임시라고 해도 격에 맞지 않았다.

그러나 단양자는 못마땅한 시선으로 모백간을 노려봤다. 자리에 앉은 모백간도 별로 탐탁지 않은 표정으로 그의 눈을 마주 응시했다.

사실, 방파의 규모나 중원에서의 영향력으로 보자면 점창파보다 개방이 백번 나았다.

그동안 정사 양도에 한 발씩 걸치고 그다지 떳떳하지 못한 일도 해온 경력이 있기 때문에 무림맹주로 나서는 건 다소 어울리지 않는 면이 있지만, 그래도 점창이 개방을 추천했어야 한다는 게 모백간의 생각이었다.

모백간에게서 시선을 거둔 단양자는 기대감 가득한 표정으로 좌중을 둘러보았다.

그러나 호의적인 반응은 어디에서도 찾을 수 없었다.

원래는 이쯤에서 청성파 운현도장이 나서서 한 번 더 추천을 해주었어야 하는데, 지금 대리로 나온 청성파 도사는 힘 있는 발언을 할 만한 배분이 되지 못했다.

더구나 그는 불만 가득한 표정으로 단양자를 노려보고 있었다. 그 역시 점창파가 아닌 청성파가 추천을 받았어야 마땅하다고 생각한 것이다.

어색한 침묵이 잠시 이어졌다.

헛기침으로 그 침묵을 깬 사람은 자령진인이었다.

"저는 원각대사를 추천합니다."

그러자 여기저기서 기다렸다는 듯이 동의한다는 발언이 쏟아져 나왔다. 사실, 점창파가 무림맹주가 된다는 것은 받아들이기 어려운 일이었다. 다들 소림이냐 무당이냐를 놓고 선택을 고민하던 중이었는데 자령진인이 선선히 양보하고 나니까 더 생각할 것도 없었던 것이다.

원각대사는 호사가들이 말하는 이른바 우내팔정(宇內八頂)

중의 일인이기도 했다.

우내팔정은 기인이사(奇人異士) 많기로 유명한 강호에서도 특별한 여덟 명의 고수, 신비인, 문파를 지칭하는 것으로, 그 실체보다는 소문에 의지하는 바가 컸다.

전대 마교 교주는 이미 죽은 사람이고, 창해의선(蒼海醫仙)이나 취불(醉佛), 삼목객(三目客), 불패권왕(不敗拳王) 등도 강호에 모습을 드러내지 않은 지 오래되었다.

불회곡(不回谷)이나 벽라신궁(碧羅神宮) 같은 문파도 마찬가지였다.

소림 방장 원각대사만이 현재 유일하게 활동을 하는 사람이었다.

그렇다고 해서 그의 능력에 의구심을 가지는 사람은 아무도 없었다.

이곳에 모인 사람들 중 누구보다도 적임자라고 할 수 있었다.

머쓱해진 단양자는 식은 차를 들이켰고, 모백간과 청성파 제자는 속으로 단양자를 비웃었다.

원각대사는 나이가 많고, 그동안 산속에서 수행만 하여 강호의 일을 잘 모른다는 이유로 맹주 자리를 두 번, 세 번 사양했지만 자령진인과 안덕생, 그리고 모두의 권유가 이어지자 결국 수락하지 않을 수 없었다.

"아미타불……. 화급한 상황이라 제가 임시로 맹주직을 맡아 무림첩 돌리는 일을 주도하도록 하겠습니다."

중인들은 분분히 축하 인사를 했다.

일단 맹주가 선출되었으니 간략하게라도 의례를 치르지 않을 수 없었다.

소림 제자들은 자리를 정돈하고 제단을 준비했다.

번거로움을 배제하라는 원각의 명령 때문에 향을 피우고 연판장에 소속 문파와 이름을 쓰는 지극히 단순한 절차만 치르게 되었는데, 비록 과정은 축소되었다 해도 붓을 든 사람들의 표정은 진지하기 이를 데 없었다.

구재원의 차례는 맨 마지막이었다.

붓을 든 그의 손은 가늘게 떨렸다.

뇌정산장이란 네 글자 아래 자기 이름 세 글자.

그 일곱 자를 쓰는 것은 대단할 게 없지만, 어디에 썼느냐 하는 것에 따라 경중이 크게 갈릴 수 있었다.

무림을 대표하는 소림, 무당, 곤륜, 청성, 점창, 개방에 이어 일곱 번째로 뇌정산장이 무림맹의 일원으로 기록된 것은 참으로 영광스러운 일이 아닐 수 없었다.

원각대사는 곧바로 회의를 열었고, 무림 대회의 날짜와 장소, 초청 대상 등을 일사천리로 결정했다.

겸양했던 것과는 달리 그는 일의 선후경중을 판단하고 처리함에 있어 탁월한 경륜을 보여주었고, 참석했던 사람들 모두를 감탄하게 만들었다.

무림첩에는 단지 무림 대회 초청장만 넣는 게 아니라 무림 대회 날까지 각 문파에서 주의할 사항, 마교의 움직임에 대해 어떻게 대처하고 어떻게 연락을 취할지에 대한 자세한 방법도 별도 첨부하기로 했다.

* * *

임시 맹주가 수결한 무림첩과 그것을 각 문파에 전달할 전령들이 모두 준비되자 소림사 지객당 옆 연무장엔 각 파 고수들이 두 무리로 나뉘어 집결했다.

한 무리는 무당 장문 자령진인이 지휘하여 남쪽 길을 열고, 다른 한 무리는 곤륜파 장문인 안덕생이 지휘하여 북쪽 길을 열기로 했다.

마교의 잔혈각 살수들이 아직 포위를 풀지 않고 있을 가능성이 있기 때문에 전령들을 보호하자는 게 첫 번째 목표였고, 나아가 그들을 토벌함으로써 불의에 당한 복수를 하자는 게 두 번째 목표였다.

진평 일행은 곤륜, 소림, 점창파 제자들과 함께 북로를 뚫기로 했다.

곤륜파는 장문인 안덕생과 그의 제자 십여 명이 모두 참여했고, 소림에서는 팔대호원의 감원인 혜명이 나한전(羅漢殿) 소속 승려 열두 명과 함께 가세했다. 그들은 팔대호원의 제자들보다 더 고수였고, 공전을 제외한 나머지 열한 명 모두가 혜자 항렬이었다. 소림에서 이번 상황을 심각하게 생각한다는 사실을 알 수 있었다.

점창파 역시 단양자와 그의 제자 이십여 명이 모두 참여했다.

지명도로 보나 인원수로 보나 이번 임시 무림맹의 최약체는 뇌정산장임이 자명했다.

단양자는 진평 일행을 좋게 보지 않았다.

애당초 계획대로 점창, 청성, 개방이 힘을 모았다면 자기가 무림맹주가 될 수도 있었는데, 진평이 청성파 운현도장을 쓰러트리는 바람에 모든 게 틀어졌다고 생각하는 것이다.

우두머리가 그러다 보니 점창파 제자들도 진평 일행을 보는 시선이 곱지 않았다.

그러나 그런 그들과 반대로, 곤륜파와 소림사 제자들은 진평 일행에게 대단히 호의적이었다.

안덕생은 계속 진평과 구재원에게 말을 걸었고, 소림승들도 시종 웃는 낯으로 대했다.

상황이 그렇게 돌아가자 오히려 점창파만 외톨이가 되는 분위기였다.

산문을 나서 오전 내내 걷다가 잠시 쉬는 동안 구재원은 안덕생, 혜명 등과 담소를 나누었다. 그는 본래 예의가 바른데다가 붙임성 까지 좋았다. 뿐만 아니라 최근 자신감까지 크게 늘어서 예전 같으면 똑바로 쳐다보지도 못했을 무림 명숙들과 자유롭게 대화를 나눌 정도가 되었다. 워낙 선배 대접을 깍듯이 하니까 안덕생과 혜명도 그와 얘기하는 것을 좋아했다.

홍패가 진평에게 다가와 말을 걸었다.

"형님. 우리는 무림맹에 이름을 올릴 수 없는 겁니까?"

"당연한 걸 왜 물어?"

홍패는 입술을 삐죽이며 투덜거렸다.

"그건 좀 손해 같은데요. 인의를 지키고 어려운 사람을 보살펴주는 거, 다 좋다 이겁니다. 하지만, 남이 알아주지 않는다면 그게 다 무슨 소용입니까? 새로 산 비단옷을 입고 아무도 없는 밤중에 혼자 걸어 다니는 꼴 아닙니까?"

진평은 미소 지었다.

"왜 아무도 없어? 너 자신은 알잖아."

"첫! 남이 알아줘야죠."

"너와 내가 서로 알아주면 되지."

"글쎄. 우리끼리만 알면 무슨 소용이냐는 거죠. 사나이가 한 세상 살다 보면 대의를 위해 기꺼이 목숨을 버리기도 하는데, 그것도 다 남들 앞에서 멋지게 보이기 위해서 아닙니까?"

진평이 웃으며 물었다.

"넌 원래 남에게 알려지기를 바라지 않았잖아?"

홍패는 가슴을 폈다.

"그건 옛날 얘기죠. 지금의 저는 다릅니다."

"그래? 이제 새사람이 된 건가?"

홍패가 씩 웃으며 말했다.

"사람은 달라졌지만 실력은 그대로지요. 흐흐……."

"그 웃음 수상한데? 무슨 짓을 한 거야?"

"히히! 점창파 촌놈이 자꾸 형님과 저를 노려보더라고요. 그래서 골탕 좀 먹였죠."

"무슨 골탕?"

"돈에다 자기 이름을 새겨 넣지 않은 이상 돌려달라고는 못 할 겁니다. 히히!"

그러면서 홍패는 주머니 입구를 슬쩍 벌려서 보여주었는데, 안에 은화와 동전이 가득했다.

"너 설마……."

"걱정 마십시오. 내용물만 꺼내고 주머니는 버렸으니까요."

진평이 슬쩍 점창파 쪽을 보니 단양자가 당황한 표정으로 자기 옷 여기저기를 더듬고 있었다.

산문에서 여기까지 오는 사이에 단양자 같은 고수의 주머니를 털 정도라면 홍패에겐 신투(神偸)라는 호칭을 붙여도 아까울 게 없을 것 같았다.

문제는 적을 목전에 두고 같은 편의 물건을 훔친 것인데, 이제 와서 돌려줄 수도 없는 일이었다. 단양자가 길길이 날뛰거나 말거나 그냥 모른 척할 수밖에 없었다.

다시 길을 가면서, 단양자는 노골적으로 홍패를 노려봤다.

산문으로 이어진 계단을 내려올 때 그와 어깨로 부딪힌 것 말고는 주머니를 잃어버릴 만한 일이 없었기 때문이다.

홍패가 진평 옆으로 바짝 붙어 말했다.

"형님. 저놈이 아무래도 저를 의심하는 것 같은데요."

"태연하게 행동해."

"이참에 마충과 왕립한테 뒤집어씌워버릴까요? 점창파 도사 손에 죽으면 우리는 손 안 대고 코 푸는 격 아닙니까?"

진평은 고개를 가로저었다.

그동안 두 사람이 홍패에게 얼마나 시달렸는지 알기에 그렇게까지 할 필요는 없다고 생각한 것이다.

"저들이 따지고 들 때까지 그냥 모른 척 내버려 둬. 계속 등 뒤를 조심하고."

"흥! 조심은 저놈들이 해야죠."

일행이 강변에 도착한 것은 해가 진 뒤였다.

이제 전령들이 배를 타고 강을 건너기만 하면 임무는 끝나는 셈이라 모두들 허탈한 표정이었다.

천산파가 습격당한 지점을 지날 때도, 매복에 유리한 지형을 지날 때도, 모두 잔뜩 긴장하고 주변을 수색했는데 마교는 커녕 산토끼 한 마리도 찾을 수 없었던 것이다.

소림승 공전이 실망한 어조로 말했다.

"잔혈각인지, 철혈각인지 코빼기도 안 비치는군요."

나이가 어린 만큼 한바탕 해보자는 기대감이 다른 사람들보다 컸던 것이다.

혜명이 말했다.

"우리의 준비가 철저한 것을 보고 물러섰겠지. 하지만 방심해서는 안 된다."

그는 안덕생과 의논한 후 계획을 변경했다.

내일 아침, 전령들과 함께 배를 타고 강 건너까지 함께 가기로 한 것이다.

중간에 접전이 있었다면 그냥 배를 태워 보내도 되겠지만, 아무 일도 없었기 때문에 적이 강 건너에 숨어 있을 가능성에 대비하자는 것이었다.

무림첩 전달은 결코 경시할 수 없는 일이었다.

나루터엔 객잔이 다섯 군데 있었는데 날이 추워 오가는 배가 많지 않기 때문에 일행 모두가 방을 잡고 묵을 수 있었다.

곤륜파 장문인 안덕생은 자신의 처소로 진평을 초청했다.

진평이 가보니 방엔 안덕생 혼자뿐이었고, 탁자 위엔 객잔에서 만드는 것 중에 가장 비쌀 것처럼 보이는 요리 서너 접시와 향기로운 냄새를 풍기는 술병이 있었다.

안덕생은 진평을 반가이 맞았다.

"이쪽으로 앉읍시다."

"저만 부르신 겁니까?"

"소장주와는 낮에 이미 많은 애기를 나누었습니다."

"소림과 점창을 말씀드린 겁니다."

안덕생은 잔에 손수 술을 따르며 고개를 가로저었다.

"승려에게 술을 권할 수는 없는 일 아닙니까. 그리고 점창파 도사들은 왠지 모르게 내게 화가 난 것 같더군요. 그래서 의자를 두 개만 준비했습니다. 오붓하게 마시는 것도 좋지 않겠습니까?"

"나름대로 흥취가 있을 것 같군요."

"하하하! 자, 받으시오."

진평은 받은 술잔으로 건배를 하고 단숨에 들이켰다.

객잔이 허름한 것치고는 술맛이 좋았다. 향기는 짙고 뒷맛이 깔끔해서 곧바로 다음 잔이 당겼다.

거푸 석 잔을 마시고 나니, 오랜만에 들어온 술을 뱃속도 몹시 반기는 게 느껴졌다.

안덕생이 은근한 어조로 진평에게 물었다.

"진소협은 장사를 하신다고 했지요?"

"그렇습니다."

"혹시 청해(靑海) 쪽으로도 상단을 운용하십니까?"

청해는 곤륜산맥의 끝자락으로, 곤륜파의 세력이 미치는 최동단이었다. 기후와 토질은 척박하고, 북으로는 몽골, 남으로는 티베트의 세력이 겹치는 곳이라 약탈과 살인이 일상사로 발생하는 곳이었다.

하지만 서역과 교류하는 비단길의 통과지점이기도 했다.

비단길은 타클라마칸(塔克拉瑪干) 사막을 북쪽으로 돌아 천산산맥 남쪽을 지나는 길과 사막을 남쪽으로 돌아 곤륜산맥 북쪽을 지나는 두 개의 경로가 있는데, 그 길목에 각각 천산파와 곤륜파가 있었다.

천산과 곤륜은 다른 문파들처럼 도교와 불교에서 시작되었지만, 도적과 강도가 난무하는 땅에서 생존을 위해 싸우다 보니 지금에 이르러서는 종교의 흔적이 거의 남아 있지 않았다. 대신 그 자리에 서역과 교류하여 탄생한 독특하고도 실전적인 무공들이 자리를 잡고 있었다.

안덕생은 곤륜파의 부흥이라는 야망을 품고 있었다.

지금 현재도 곤륜산맥 일대에선 종족을 막론하고 모두가 다 곤륜파를 두려워하지만, 그것만으로는 성에 차지 않았다.

교역로의 안전을 확보해주는 대가로 사례를 받는 것보다는 직접 교역을 하는 쪽이 훨씬 더 이익이라는 사실을 그는 알고 있었다.

문제는, 무공을 익히는 능력과 장사를 하는 능력은 전혀 별개라는 점이었다.

이번에 제자를 보내지 않고 자신이 직접 중원에 온 것도, 중원에서의 영향력을 더욱 공고히 하려는 목적 이외에 장안(長安)에 들러 시장을 둘러보고 상황을 파악하려는 목적도 있었다. 그러던 차에 진평을 만났으니 얘기를 해보지 않을 수 없었다.

진평도 천산과 곤륜이 어떤 환경 속에서 문파를 운용하고 있는지 잘 알고 있었다.

다만, 거리가 멀다는 게 문제였다.

"저는 장강과 운하를 오가며 장사를 하고 있습니다만, 주 거래처는 항주, 소주, 양주 세 도시에 있습니다."

"영역을 확장해 볼 생각은 없소?"

기대감이 가득한 표정이었다.

"글쎄요……. 저는 어려서부터 주로 배만 타고 다녀서 육로로 다니는 데는 익숙하지 않습니다."

진평이 에둘러 거절하는 데는 이유가 있었다.

원나라 때까지만 해도 비단길을 통해 들어오는 서역 문물은 막대한 부를 약속해주었다.

하지만 해상 교역량이 점점 늘어나면서 시간이 많이 걸리고 위험성이 높은 육상 교역은 차츰 쇠퇴하는 분위기였다.

특히 정화(鄭和) 제독이 아프리카(阿弗利加)까지 이어지는 항로를 개척한 이후로는 장안보다 소주와 항주에 서역 문물이 더 많이 몰리게 되었다.

상인의 관점에서 페르시아(波斯國)나 아라비아(阿拉伯)와 교역을 하려면 뱃길을 먼저 알아보는 게 순서였다.

안덕생이 잠시 사이를 두고 말했다.

"뱃길이 시작되는 지점까지의 물품 운송을 우리가 책임진다면 어떻겠소?"

진평의 입가에 미소가 번졌다. 육상 운송의 위험을 제거할 수 있다면 얘기가 달라지는 것이다.

"뱃길 쪽은 제가 책임질 수 있습니다."

적어도 손해는 보지 않을 장사라면, 곤륜파와 친교를 맺어 두는 게 나쁠 리 없었다.

안덕생의 눈이 빛났다.

"그게 정말이오?"

"예. 장안뿐만 아니라 북쪽 끝으로 경사에서부터 남으로 강남에서 복건의 해안까지, 서쪽으로는 사천까지 원하는 물건은 무엇이건 구해 드릴 수 있습니다."

안덕생의 입이 벌어졌다.

"나도 페르시아에서 나는 물건이라면 무엇이건 다 구할 수 있소."

그는 살짝 목소리를 죽여 덧붙였다.

"조정에서 금하는 것일지라도 말이오."

"품목에 대해 세세히 얘기해볼 기회가 있으면 좋겠군요."

"그것은……."

안덕생은 상인이 아니라 그런 것까지 자세히 알지는 못했다. 그로서는 일단 거래처의 가능성을 열었다는 것만 해도 기대 밖의 성과라고 할 수 있었다.

안덕생은 품에서 구리로 만든 영패 하나를 꺼내어 진평에게 내밀었다.

"이걸 보이면 우리 문파까지 오는 길이 수월할 겁니다. 나중에 시간을 두고 찬찬히 얘기해봅시다."

"한번 찾아뵙겠습니다."

진평은 영패를 잘 갈무리했다. 험악한 곳에서 불필요한 충돌을 피할 수 있다면 좋은 일이었다.

안덕생의 입가에도 미소가 번졌다.

설령 진평을 통해 원하는 만큼의 이득을 얻지 못한다 하더라도, 모두가 주목하는 청년고수와 친분을 쌓았다는 사실 하나만으로도 숭산에 온 보람을 찾았다고 할 수 있었다.

두 사람은 잔에 새 술을 따라 건배했다.

비운 잔을 탁자에 내려놓는 순간.

두 사람의 표정이 동시에 굳었다.

멀리서 쇠 부딪히는 소리가 들려왔기 때문이다.

검인지 도인지는 알 수 없지만 병장기의 소리는 분명했다.

두 사람은 누가 먼저랄 것도 없이 자리를 박차고 일어나 밖으로 나갔다.

다른 문파의 고수들 역시 그 소리를 듣고 뛰쳐나오는 중이었다. 다들 마교 잔혈각에 대한 경계를 늦추지 않고 있었던 것이다.

안덕생은 그들과 시선을 맞춘 후 손짓으로 좌우를 가리켰고, 고수들은 즉시 두 갈래로 나뉘어 민첩하게 아래층으로 내려갔다.

진평도 홍패, 구재원, 마충, 왕립 등과 합류했다.

내려가 보니 객잔은 텅 비어 있었다. 늦은 시간이라 손님이 없는 것은 그렇다 쳐도, 점소이나 노반도 보이지 않았다.

"이쪽입니다!"

소림승의 외침에 주방으로 달려가 보니 객잔 사람들이 모두 바닥에 쓰러져 있었다. 피는 보이지 않았지만 다들 꼼짝도 하지 않는 모습이었다.

진평은 한 명의 맥문을 잡아 아직 살아 있음을 확인했다. 그때 그의 시선을 끄는 게 있었다.

주방 구석에 놓인 작은 향로에서 뭔가가 청회색 연기를 내며 타고 있었다.

"모두 호흡을 멈추고 밖으로 나가십시오!"

강호 경험이 많은 고수들은 진평이 숨을 멈추라고 하는 이유를 즉시 알아차렸다.

그들은 소매로 코와 입을 가린 채 빠르게 이동했다.

나가는 중에 보니 주방뿐만 아니라 도처에 작은 향로들이 숨겨진 게 보였다.

선두가 객잔 문을 박차고 빠져나가는 순간.

비명이 울렸다.

"크아악!"

어둠 속에서 소리도 없이 가해진 습격.

연달아 이어지는 날카로운 파공음들과 함께 객잔 주변은 순식간에 격전장으로 변했다.

정도 무림인들을 공격하는 자들은 야행복을 입었고, 진평이 잡은 살수와 마찬가지로 다들 얼굴에 분칠을 하고 있었다.

"한 놈도 놓치지 마라!"

안덕생은 선두로 나서 칼을 휘둘렀다.

처음 문을 열고 나갔다가 목숨을 잃은 사람 중에 곤륜파 제자가 있었기 때문에 그는 몹시 격노한 상태였다.

그의 칼은 상아를 세공한 자루에 초승달처럼 휜 도신을 가지고 있었는데, 한 번 번뜩일 때마다 소름 끼치는 파공음과 함께 피보라를 만들어 냈다.

큰 키에 긴 팔, 긴 다리로 날렵하게 몸을 날리며 적을 베어 넘기는 안덕생의 모습은 마치 커다란 두루미가 춤을 추듯, 우아해 보이기까지 했다.

그러나 다른 사람들은 상황이 여의치 않았다.

잔혈각 살수들은 미혼향과 합격진과 암기가 미리 준비되어 있었던 데 반해 정도 무림인들은 여러 객잔에 나누어 투숙했었던 탓에 힘을 모으기 어려웠다.

혜명이 외쳤다.

"천지인!"

그 구호에 소림승들이 세 명씩 뭉쳤다. 나한진의 기본이 되는 삼재(三才) 형태가 갖추어진 것이다.

그들이 능숙하게 봉을 휘두르자 비로소 정도 무림인들도 숨을 돌리고 전열을 정비할 수 있게 되었다.

진평은 날아오는 암기들을 박도로 쳐내며 일행의 상태를 살폈다. 홍패와 구재원은 아무런 문제도 없어 보였지만 마충과 왕립은 안색이 좋지 않았다. 특히 왕립은 무릎이 풀려 휘청거리기까지 했다.

객잔을 빠져나오면서 숨을 들이쉰 모양이었다.

홍패가 품속에 손을 넣어 암기 쥐는 것을 보고 진평은 고개를 가로저었다.

솜씨를 드러내지 말고 방어만 하라는 의미였다. 홍패는 그 무언의 지시에 따라 왕립의 앞을 지켜주었다.

그와 달리 구재원은 싸우고 싶어 안달이 난 눈치였다. 지난번 청성파와의 대결에서 승리한 이후 자신감이 넘쳐나고 있었다.

진평은 그에게 승낙의 뜻으로 고개를 끄덕여 주었고, 구재원이 적을 향해 달려가자 그 뒤를 바짝 따랐다. 마음껏 능력을 펼치도록 내버려두되, 위험한 상황이 닥치면 그를 지키기 위해서였다.

구재원의 검술은 진평이 감탄할 만큼 뛰어난 성취를 보였다. 내공의 증진뿐만 아니라 청성파 검술 파해법 연구로 인해 잠재력이 폭발한 것이다.

비록 안덕생처럼 압도적인 우위를 보이지는 못했지만 기괴한 초식과 변칙적인 무기, 암기를 쓰는 잔혈각 살수들을 상대하면서도 절대로 밀리지 않았다.

그들 두 사람과 비교하자면 소림과 점창의 고수들의 모습은 실망스러웠다. 스스로를 지키기에 급급했던 것이다.

그것은 워낙 창졸간에 기습을 당했기 때문이기도 하지만 잔혈각 살수들의 무공이 예상보다 훨씬 고강한 것도 중요한 이유였다.

잔혈각 살수들은 싸움을 길게 끌지 않았다.

소림의 나한진이 본격적으로 가동되자 날카로운 호각 소리와 함께 일제히 퇴각했다.

그들은 달아나면서 부상으로 움직임이 불편한 동료에게 암기를 던져 죽였다. 입을 막기 위함이었다.

안덕생과 구재원은 그들을 따라가려 했지만, 단계적으로 방어진을 펼치며 물러가는 것으로 보아 다른 준비가 되어 있을 수도 있다는 생각이 들어 결국 추격을 멈추었다.

주변이 정리된 후 피해 상황을 확인해 보니 곤륜, 소림, 점창을 합쳐 죽은 제자가 일곱 명이고 다친 제자가 열한 명이나 되었다.

그에 반해 잔혈각 살수의 시체는 아홉 구에 불과했다.

애당초 마교에 본때를 보여주겠다고 나선 것을 생각하면, 실망을 넘어 당혹스러운 결과였다.

제8장
초청

일행은 시체의 화장을 지우고 그들의 소지품도 뒤져 보았지만 아는 얼굴도 없었고, 신분을 확인할 만한 물건도 나오지 않았다.

주변 수색에서도 건진 게 아무것도 없었다.

그들이 던진 암기가 지난번 혜명이 가져온 것과 똑같이 생겼다는 게 정체를 추측해 볼 수 있는 유일한 근거였다.

안덕생은 모두들 객잔에 남아 부상자를 돌보도록 하고 자신이 혼자 전령들을 안전하게 호위하겠다고 했다.

현 시점에서 가장 중요한 일은 각 문파에 초청장과 함께 강호 정세가 심상치 않다는 사실을 신속히 전달하는 것이라고 판단한 것이다.

반대 의견은 없었다.

객잔의 방비는 단양자와 진평에게 맡기고 안덕생과 혜명, 두 사람이 전령들과 함께 배를 타고 강을 건넜다. 그들은 전령 모두를 안전하게 전송한 후 이틀 뒤에야 돌아왔다.

그 사이 객잔을 향한 적의 도발은 없었다. 단양자와 진평 일행 사이에 불편한 기류가 흘렀을 뿐이었다.

일행이 부상자를 추슬러 소림사로 돌아가 보니 분위기가 어수선했다.

남쪽으로 갔던 일행이 극심한 피해를 입은 것이다.

그들은 미혼향에 취하는 바람에 고수 몇몇을 제외하고는 전멸하다시피 한 상태였다.

전령도 제대로 떠나지 못했다.

긴급회의가 열렸고, 임시 무림맹주 원각대사는 침통한 표정으로 입을 열었다.

"아미타불……. 마교의 힘이 예상보다 강하군요."

모두들 표정이 어두웠다.

마교가 정도 무림의 태산북두인 소림사의 턱밑까지 파고 들어와 수작을 부렸다는 것도 놀라운 일이지만, 북로에 배정된 무림인들은 미혼향의 영향이 거의 없는 상태로 대결을 벌였음에도 불구하고 우위를 점하지 못했다는 사실이 더욱 충격적이었다.

마교의 일개 각(閣)이 그 정도의 힘을 지녔다면 사태는 생각보다 훨씬 더 심각하다고 볼 수 있었다.

원각대사는 사람들에게 의견을 구했지만 뾰족한 수는 나오지 않았다.

결국 남쪽으로 파견할 전령과 그들을 호위할 인원을 새로 선출하고 소림사 주변의 경계를 더욱 강화하자는 것으로 회의는 마무리되었다.

진평 일행이 머무는 숙소.

왕립은 망설이다가 결국 홍패에게 입을 열었다.

"목숨을 구해줘서 고맙습니다."

마교의 미혼향에 취해 휘청거리고 있을 때 홍패가 빗발치는 암기들을 모두 막아준 데 대해 감사하는 것이었다.

마충은 자기 한 몸 지키기도 버거운 상황이었기 때문에 홍패가 아니었다면 왕립은 죽었을 가능성이 높다고 볼 수 있었다.

홍패는 씩 웃은 후 자기보다 키가 큰 왕립의 어깨를 툭! 툭! 두드려주며 말했다.

"네가 죽으면 내 돈은 누구한테 받아. 히히!"

왕립은 씁쓸한 표정으로 입맛을 다셨다.

홍패는 두 사람에게 원금과 이자의 액수를 다시 한 번 상기시키고, 방에 머물 것을 지시한 후 진평에게 갔다.

그는 구재원과 차를 마시고 있었다.

"형님. 단양자로부터 슬쩍한 주머니 속에 이런 게 섞여 있었습니다."

홍패가 내민 것은 동전 크기의 작은 옥패였다.

진평의 눈이 빛났다.

정교하게 세공된 구름 문양.

두 사람은 전에도 비슷한 걸 본 적이 있었다.

바로 동창의 표식이었다.

"이제 보니 단양자가 딴마음을 품고 있었군."

점창파가 동창에 협조한다고 해서 점창파 제자들 모두가 동창의 신분증을 받는 것은 아니었다. 그것은 단양자가 동창에 포섭되었음을 나타내주는 증거였다.

홍패가 입맛을 다셨다.

"자꾸 나를 노려보는 게 돈 때문이 아니었군요. 쳇! 사문을 저버리고 환관 편에 붙은 배신자 주제에."

구재원이 놀란 표정으로 물었다.

"환관이라면, 동창의 앞잡이라는 뜻입니까?"

진평은 고개를 끄덕인 후 청성, 점창, 개방이 동창과 손을 잡았다는 사실에 대해 개략적으로 알려주었다.

구재원은 분개했다.

"구파일방에 속했으면서 어찌 조정의 개들과……!"

진평은 그를 진정시켰다.

"목적이 같다면 손을 잡을 수도 있는 거야."

"사마척결을 말씀하시는 겁니까?"

"맞아. 황실도, 무림도 마교의 귀환을 바라지 않지."

"하지만 지난번에 동창은 무림을 이용해 먹기만 하지 않았습니까? 또다시 당하는 건 아무도 바라지 않을 겁니다."

진평은 고개를 끄덕였다.

"그래서 이번엔 동창이 전면에 나서지 않고 구파일방에 속한 세 문파를 앞세운 거야."

"이번엔 저들이 정의롭게 처신할 거라고 보십니까?"

진평이 웃으며 대답했다.

"동창은 애당초 정의를 추구하는 무리가 아냐."

"또다시 놈들에게 당할 수는 없습니다."

당장이라도 모두를 모아 놓고 진실을 알리고 싶은 게 구재원의 심정이었다.

그러나 진평의 어조는 담담했다.

"미리 알고 방비한다면 저들의 뜻대로는 되지 않을 거야. 하지만 우리가 안다는 사실을 동창이 눈치채게 해서 좋을 건 없지."

"그렇다면……."

"나중에 기회를 보아 원각대사에게만 살짝 귀띔을 해줘. 그라면 적절한 대책을 마련할 거야."

"나중이 아니라 당장 말해야겠습니다."

진평은 고개를 가로저었다.

"믿기 어려운 말을 증거 없이 하면 오히려 역효과가 날 수 있어. 청성, 점창, 개방의 세 문파와 네가 서로 옳다고 주장하면 사람들이 누구 말을 더 믿을지 안 봐도 뻔하잖아?"

"확실한 증거를 잡는 게 먼저군요."

"혹은 네가 스스로의 말에 그만한 무게를 실을 수 있는 사람이 되거나."

구재원은 못마땅한 표정으로 입을 꾹 다물었다.

무림맹에서 보낸 며칠은 그에게 있어 꿈과도 같았다.

항주에서 지낼 때는 몰랐지만, 중원으로 나와 내로라하는 무림 고수들과 한자리에 모여 강호의 평화를 걱정하고 의견을 나누는 것은 상상했던 것 이상으로 그의 가슴을 뜨겁게 만들어 주었다.

그런데, 그런 무림맹 안에 동창의 앞잡이들이 섞여 있다는 사실을 알고 나니 몹시 화가 나고 불쾌했다.

마치 옷 속으로 벌레가 기어들어온 느낌이었다.

한참 만에 그가 입을 열었다.

"숙부님. 목적이 같다고 해서 꼭 동창과 손을 잡아야 하는 건 아니지 않습니까?"

진평이 다소 가라앉은 어조로 말했다

"마교의 힘이 어느 정도인가에 따라 달라질 수밖에 없지. 직접 싸워 봤으니까 알 거 아냐. 청성파 도사와 비교해서 어땠지?”

구재원의 표정이 어두워졌다.

“초식이 정묘하다는 느낌은 없었습니다. 하지만 몹시 실전적이고 의표를 찌르는 살초들이 많더군요. 상대하기 까다로웠습니다.”

진평은 고개를 끄덕였다.

“마교 잔당이 사마외도들을 닥치는 대로 끌어들인 후, 자신들의 신공절학을 전수해주는 조건으로 충성을 강요한 게 분명해.”

“그런 조건이라면 동조하는 자들이 꽤 많을 것 같은데요. 서로 간에 득이 되는 일 아닙니까?”

“그렇다고 봐야지.”

진평은 한차례 심호흡을 했다.

야망을 가진 무리라면 누구라도 마교의 제안에 솔깃하여 손을 잡을 수 있었다. 그러니 그들의 규모가 얼마나 될지 짐작하는 것조차 쉽지 않았다.

구재원도 비슷한 생각을 하는 듯했다.

“항주에도 마교 잔당이 있습니다.”

“그들은 옛날 백련교 시절의 교도들이지.”

“맞습니다. 숫자는 많지만 힘은 미약하죠. 하지만 지금의 마교가 강성해지면 그들도 가세하지 않겠습니까?”

“여건이 변하면 한때 백련교를 믿었던 사람들 모두가 그쪽으로 넘어갈 가능성도 있지."

"그, 그렇다면 큰일 아닙니까?"

이제까지 흘려듣고 있던 홍패도 표정이 변했다.

"난리가 나는 겁니까?"

"가능성이 있을 뿐, 꼭 그렇게 된다는 건 아냐."

말은 그렇게 했지만 진평의 마음은 편치 않았다.

최근의 민심은 조정에 호의적이라고 볼 수 없었다.

과중한 세금과 지주, 관리들의 횡포가 문제였다.

명 제국 초기에는 유민을 농민으로 정착시키는 데 주력했고, 정책도 대부분 농본(農本), 억상(抑商)을 기본으로 하고 있었다.

그러나 당금에 이르러서는 상업이 극도로 발달했고, 경제 전체가 쌀이 아닌 은(銀)을 중심으로 돌아갔다.

관리들은 법과 제도의 틈을 파고들어 각종 세금을 만들어냈고, 상인과 지주들은 그렇게 관리들에게 뜯긴 손해를 보충하기 위해 소작농들에게 지대를 올려 받고 고리대금업을 했다.

결국 관료와 지주의 배가 부른 만큼 농민들은 착취당하고 고통에 시달릴 수밖에 없었다.

그나마 도시에 사는 사람들은 저마다 돈 버는 재주 하나씩은 가지고 있으니까 큰 불만이 없지만, 조금만 시골로 내려가면 못 살겠다고 탄식하는 백성들을 쉽게 만나볼 수 있었다.

만약 마교가 사마외도를 규합하여 그 힘을 과시하고, 더 나아가 백련교의 교리로 민중을 다시 끌어 모은다면 거기에 동조할 사람이 적지 않을 것이었다. 관료와 지주의 이중 수탈에 시달리다 보면 결국 악만 남게 되기 때문이다.

그것은 진평이 바라는 바가 아니었고, 본혈방의 목적에도 배치되는 일이었다.

구재원이 말했다.

"지금이라도 마교의 속셈을 알게 되었으니 다행입니다. 이제 무림 영웅 대전이 열리고 정도 무림맹이 결성되면 놈들의 야욕은 꺾이고 말 것입니다."

그리고 그는 주먹을 불끈 쥐었다. 젊은 혈기와 정의지심(正義之心)이 하나가 된 것이다.

진평은 슬쩍 미소를 지었다.

"무림대회는 아직도 한참 나중의 얘기야. 당장 오늘, 내일부터 걱정해야지."

"그건 무슨 말씀이십니까?"

"마교가 곧 소림사를 습격할 거야."

"예? 설마요?"

구재원의 상식으로는 받아들이기 어려운 얘기였다.

진평이 설명해주었다.

"저들은 소림사로 모이는 여러 문파의 길을 끊었어. 자신들의 실력을 드러내면서 말야. 힘에 대한 자신감이 없었다면 그건 타초경사(打草驚蛇)의 우를 범한 게 되겠지."

"그럼 몸통을 공격하기 위해서 그동안 팔다리를 잘랐단 말씀입니까?"

"마교의 등장을 알리는 데 소림사를 불태우는 것보다 더 극적인 게 있을까?"

"그럼 큰일 아닙니까? 맹주님께 알려야죠."

"이미 알고 있어."

"아! 그, 그런가요?"

구재원은 자신이 아직도 부족한 게 많다는 걸 새삼 느꼈다.

진평의 말을 듣고 나서야 원각대사가 사찰 경계 인원을 늘리고 교대를 강화한 데 그런 의도가 있다는 사실을 깨닫게 되었기 때문이다.

그는 침을 꿀꺽 삼켰다.

지금 지객당 주변은 평온하기 이를 데 없지만, 저 밖에선 마교가 겹겹이 숨통을 조여 오는 중이라고 생각하니까 온몸의 털이 바짝 서는 기분이었다.

그때. 밖에서 인기척이 들려왔다.

찾아온 사람은 놀랍게도 점창파의 단양자였다. 그는 안으로 들어오지 않고 문가에 선 채 진평에게 턱짓을 했다.

"얘기 좀 합시다."

진평이 가까이 가자 그는 마당 쪽으로 걸음을 옮겼다. 다른 사람들과는 거리를 두고 진평과 단둘이 대화를 나누자는 의도로 보였다.

진평은 그를 따라갔다. 마당 한가운데 이르러 단양자가 좌우를 둘러본 후 말했다.

"실은, 당신에게 짭짤한 돈벌이를 제안할 게 있소. 흥미가 있다면 자정에 탑림(塔林)으로 혼자 나오시오."

"돈벌이라……."

"그렇소. 구미가 동할게요."

"단잠을 포기하는 게 아깝지 않을 만큼 이문이 큰 사업이어야 할 텐데……."

단양자는 목소리를 죽여 말했다.

"운남(雲南)의 대리석이오."

진평은 천천히 고개를 끄덕인 후 느릿한 어조로 말했다.

"이따 봅시다."

단양자는 곧바로 등을 보이고 자신의 처소로 돌아갔다.

홍패가 쪼르르 다가와서 물었다.

"뭐랍니까?"

"대리석 거래를 제안했어."

홍패는 코웃음을 쳤다.

"힝! 웃기는 놈이군요. 그깟 돌멩이 실은 배는 우리 수채 식구들도 거들떠보지 않는 건데."

운남의 대리석은 비싼 가격에 팔 수 있었다.

문제는 덩어리가 클수록 가치가 올라가기 때문에 채석장에서는 최대한 크게 잘라 항구로 보내고, 배에 싣고 내리기까지

수백 명의 인력과 대형 기구가 동원되어야 했다.

수적들이 털어서 팔아먹기에는 너무 무거운 물건이라고 할 수 있었다.

상인의 입장은 좀 달랐다.

관의 눈을 피해 빼돌린 물량이 있다면 싣고 내리는 번거로움을 기꺼이 감수할 만큼 이문을 남길 수 있는 게 대리석이었다.

그러나 진평은 단양자의 초청이 정말로 거래를 위한 것이 아님을 알고 있었다.

곤륜이나 천산파라면 진정성이 있겠지만, 점창은 그들과 달랐다. 중원의 보통 문파들처럼 소작농들에게 지대를 받는 게 그들의 주 수입원이었다. 변방이라 관의 개입은 미약하고, 더운 날씨 덕에 이모작, 삼모작이 가능하기 때문에 굳이 위법을 감수하면서까지 밀거래에 손을 댈 이유가 없었다.

단양자의 제안은 자신을 탑림까지 나오게 하려는 유인책이 분명했다.

홍패가 물었다.

"안 가실 거죠?"

"가야지."

"예? 왜 위험을 감수하려 하십니까? 놈들이 매복하고 있을지도 모릅니다."

"그런다고 내가 위험할 것 같아?"

"아! 그, 그건 아니죠. 그럼, 제가 따라가서 숨어 있다가 놈들이 허튼수작을 부리면 낯짝에다가 표창을 하나씩 박아주겠습니다."

진평은 손을 내저었다.

"그럴 필요 없어. 조카나 잘 지키고 있어."

"흐……. 알겠습니다."

자정이 되자 진평은 탑림으로 향했다.

숭산 주변의 경계를 강화했기 때문에 사찰 경내에 배치된 승려는 거의 없었다.

탑림에 도착하니 가까운 부도(浮圖) 위에 서 있는 검은 그림자가 보였다. 단양자였다.

"이쪽으로 따라오시오."

그는 곧바로 경공술을 시전했다.

진평이 따라오는 것을 확인한 단양자는 속도를 높였다.

한참 달리다가 뒤를 돌아본 그는 깜짝 놀랐다.

진평이 바로 뒤에 붙어서 따라왔기 때문이다.

자신과는 달리 그의 호흡은 전혀 가쁘지 않다는 게 더더욱 놀라운 점이었다.

단양자는 이를 악물고 진기를 끌어 올려 더욱 속도를 높였다. 그러나 진평과의 간격은 시종 일정하게 유지되었다.

마침내 두 사람이 도착한 곳은 능선 하나를 넘은 곳에 자리한 한적한 공터였다.

진평이 미소 지으며 물었다.

“꼭 이렇게 외진 곳까지 와서 얘기를 해야 하나?”

단양자는 즉시 대답을 하지 못했다.

진평처럼 아무렇지도 않게 말하기 위해서는 잠시 호흡을 가다듬을 필요가 있었던 덧이다.

“남이 들어서 좋을 일 없는 얘기거든.”

단양자의 어조엔 적대감이 가득했다.

“제자들도 듣지 않기를 바라서 혼자 온 건가?”

단양자의 안색이 굳었다.

그는 살기 가득한 눈으로 진평을 노려보며 말했다.

“좋아. 객소리는 치우고 바로 본론으로 들어가도록 하지. 내 물건들을 돌려줘.”

“오! 이건 또 무슨 소리지? 대리석 거래 때문에 나를 부른 게 아니었나? 무슨 물건을 돌려달라는 건지 도무지 모르겠군.”

“흥! 쥐새끼처럼 생긴 네 부하가 내 돈주머니를 훔친 걸 다 알고 있어. 당장 내놔.”

진평은 고개를 갸웃거렸다.

“터무니없는 소리를 하는군. 점창파의 단양자가 돈주머니를 털렸다? 그 말을 누가 믿을까?”

단양자는 장검을 뽑았다.

“이렇게 나온다면 어쩔 수 없지. 한 놈씩 차례로 죽인 후에 되찾는 수밖에."

진평 입가의 미소가 짙어졌다.

"나부터 죽이겠다고?"

"물론이다."

진평은 엄지로 자기 어깨너머, 뒤쪽을 가리키며 말했다.

"저 친구를 믿고 큰소리치는 건가?"

단양자의 볼이 살짝 붉어졌다.

원군을 숨겨두었다는 사실이 부끄럽기도 했고, 진평이 알아차렸다는 사실에 놀라기도 한 것이다.

진평이 가리킨 나무 위에서 한 인물이 뛰어내렸다.

깃털처럼 가벼우면서도 표홀한 신법이 인상적이었는데, 의외로 그는 소림승이었다.

그가 등 뒤에 서 있어도 진평은 고개조차 돌리지 않았다. 소림승은 천천히 원을 그리며 단양자의 곁으로 이동한 후 입을 열었다.

"호림공 진삼. 장강에서 면포 장사를 한다고 하는데, 진짜 정체가 무엇인지는 아무도 모르지."

사십대 중반쯤으로 보이는 외모에 비하면 탁하고 많이 갈라진 음성이었다.

진평은 미소 지었다.

"나에 대해 조사를 한 모양이군."

"아무렴. 성왕부의 졸개이자 아미파가 몰래 기른 속가제자라는 사실도 알고 있지."

진평은 속으로 웃지 않을 수 없었다.

"아미파라고?"

"내 눈은 속일 수 없다. 혜명이 애기할 때까지만 해도 믿지 않았는데, 청성파의 운현을 쓰러트릴 때 보니 확실히 아미파의 무공을 쓰더군. 정말 의외였지. 항룡복마장(降龍伏魔掌)을 실제로 보게 될 줄이야."

진평이 코웃음을 친 후 물었다.

"그 자리에 있었나?"

"그렇다."

"이제 보니 동창에서 꽤 오래전부터 공을 들이고 있었군. 혜명이 그런 애기를 할 정도면 같은 항렬이라는 애긴데, 그 계인(戒印)을 받기 위해 적어도 십 년 이상은 걸린 것 아닌가? 참을성이 대단한데."

소림승의 표정이 굳었다.

"동창 애기는 또 뭐냐?"

"하하! 대충 넘어갈 수 있을 거라고 생각한 모양이군."

아미파의 옛 무공에 대해 알고 있는 곳은 천하에 딱 세 군데였다. 첫 번째는 당사자인 아미파이고, 두 번째는 아미파의 옛 고수가 참여했던 본혈방, 마지막 세 번째는 황궁 무고를 마음대로 드나들 수 있는 동창이었다.

소림승과 단양자는 서로 시선을 교환했다.

진평이 덧붙여 말했다.

"동창의 개가 되었다는 증표를 되찾기 위해 나를 불러냈다는 사실도 이미 알고 있으니까 공연히 숨기려고 애쓸 필요 없어."

소림승이 한 걸음 앞으로 나섰다.

"네놈의 정체가 더욱 궁금해지는구나. 성왕부에서는 이 일에 대해 얼마나 많이 알고 있지?"

"워우 워! 지금 날 취조하는 건가? 적어도 통성명 정도는 해야 대화가 원활하게 이어지지 않을까?"

소림승은 진평을 노려보다가 입을 열었다.

"난 혜상(慧尙)이다."

"상이라……. 좋군. 원각대사가 그 법명을 내려주면서 기대를 많이 했을 거라는 생각이 드는데?"

소림승 혜상의 얼굴에 고뇌하는 빛이 스쳤다. 달빛이 밝지 않음에도 불구하고 알아볼 수 있을 정도였다.

동창의 밀정이라고 해도 오랜 세월 소림사에서 생활하다 보니 심정적으로는 소림제자가 되어버렸기 때문이다.

진평의 질문이 이어졌다.

"나도 궁금한 게 있는데……. 동창에선 마교에 대해 어느 정도나 파악하고 있지?"

혜상이 손바닥으로 자기 가슴을 쳤다.

"질문은 내가 한다. 네가 아니라……."

"후후……. 알고 있는 바를 교환하면 서로에게 득이 될지언정, 손해 볼 일은 없잖아?"

혜상은 아무 말이 없는데 단양자가 나섰다.

"시끄럽다! 곧 죽을 놈이 분수도 모르고 헛소리를 지껄여대는구나! 네놈을 제압하여 손가락부터 하나씩 잘라줄 테니, 그때도 주둥이 나불거릴 여유가 있을지 어디 한 번 보자!"

단양자는 곧바로 몸을 날려 살초를 쏟아냈다.

점창의 사일검(射日劍)은 변(變)보다 쾌(快)를 중시하는 편인데, 단양자의 검술은 그 원칙에 충실한 동시에 중량감까지 겸비하고 있었다.

진평은 연이어 서너 걸음 물러서며 그의 공격을 피하다가 뒤춤에 끼워두었던 철적(鐵笛)을 뽑아들었고, 즉시 반격을 가했다.

한순간 쩡! 하는 맑은 울림과 함께 단양자의 검이 하늘로 날아올랐다.

"크윽……!"

단양자는 손목을 움켜쥔 채 황급히 뒤로 몸을 날렸다.

애당초 그가 혜상을 부른 것은, 진평을 혼자 힘으로 감당하기 어려울지도 모른다는 생각 때문이었다. 청성파의 운현도장이 한 수에 당하는 모습을 봤기에 나름대로 방비를 한 것이다.

그러나 진평의 반격은 그야말로 섬전 같았다.

단 한 수에 손목이 비틀려 검을 놓친 단양자는 혜상이 도와

줄 것을 기대하며 뒤로 물러섰지만 진평은 그림자처럼 달라붙어 철적을 휘둘렀고, 퍽! 하는 둔중한 파열음과 함께 단양자의 목을 꺾어버렸다.

바닥에 널브러진 단양자는 두 번 다시 움직이지 못했다.

즉사한 것이다.

"하하하……!"

진평은 소리 내어 웃었다.

가슴 속이 다 후련해지는 기분이었다.

사실, 구재원과 함께 항주를 떠난 이후 오늘까지, 그에겐 여러모로 답답한 일들이 많았다. 두 명의 감시인이 달라붙은 데다, 뇌정산장의 입장도 생각해야 했기 때문에 매번 말과 행동에 제약이 따랐던 것이다.

그러다가 마음에 들지 않는 자를 한 방에 때려죽이고 나니까 그 통쾌함에 자기도 모르게 웃음이 나왔다.

단양자는 다른 사람의 눈을 피할 은밀한 장소를 찾느라 혜상과 머리를 맞대고 궁리했지만, 그로 인해 오히려 진평이 자유로워졌으니 결국 자기 묏자리를 자기가 보러 다닌 셈이었다.

진평의 웃음이 그치는 것과 동시에 공중으로 떠올랐던 단양자의 검이 바닥으로 떨어져 꽂혔다.

진평과 혜상의 딱 중간 지점이었다.

"으음……."

혜상은 침음성을 흘렸다.

그는 위기에 몰린 당양자를 구하려고 했다. 단양자가 자기를 믿고 나대는 게 마음에 들지는 않았지만 그가 당하는 것을 보고만 있을 수도 없었던 것이다.

그러나 진평의 반격은 너무나 급작스럽고 신속해서 뛰어들 기회가 없었다. 특히 마지막에 시전된 보법이 자신에게 향했다고 가정했을 때 과연 대처할 수 있었을지 확신이 서지 않을 정도였다.

결국 그는 무릎만 한 번 움찔했을 뿐, 단양자의 죽음을 지켜볼 수밖에 없었다.

진평의 무공이 자신의 예상보다 훨씬 뛰어남을 짐작한 혜상은 암암리에 진기를 끌어 올리면서 말했다.

"손속이 잔인하군. 꼭 죽여야 했나?"

진평은 냉소를 지었다.

"왜 이래? 너희들도 나를 은밀한 곳으로 불러내서 법명까지 얘기해놓고 살려 보낼 생각은 아니었을 거 아냐?"

"그건 그렇지. 후후……."

"그리고 넌 지금 내게 고마워하고 있을 거야."

"왜 그렇게 생각하지?"

"칠칠맞게 물건이나 잃어버리고 다니는 놈이 스스로 뒤처리조차 하지 못해서 너를 불러냈으니, 속으로는 저 녀석이 죽이고 싶도록 미웠을 거 아냐?"

혜상의 입가에 미소가 번졌다.

"그래도 죽일 권리가 네게 있는 건 아니지."

"있어."

혜상이 의아한 표정을 짓자 진평의 말이 이어졌다.

"자신의 영달을 위하여 사문을 배신하고 동창과 몰래 손잡은 것은 죽어 마땅한 죄야. 비록 내가 속한 문파가 아니더라도 사실을 알게 된 이상 그냥 넘어갈 수는 없어."

그것이 단양자를 단매에 때려죽인 이유였다.

혜상은 천천히 고개를 끄덕였다.

"그래. 녀석이 성가시게 군 건 사실이지. 나를 이 일에 끌어들인 것도 경솔한 선택이었고."

진평이 철적을 다시 뒤춤에 찔러 넣으며 말했다.

"자. 이제 우리 얘기를 해볼까?"

"아미파 계집들이 꽤 음흉하군. 그런 보법이 있으면서 황궁에 바치는 비급에서 빼다니. 황실에 대한 반역으로 간주될 수도 있는 일인데 말이지."

혜상은 여전히 진평을 아미파에서 몰래 키운 속가제자로 여기는 것 같았다.

무림에 대한 영향력 확장을 원한 동창은, 오래전부터 가능성 있는 모든 문파에 손을 뻗고 있었다.

아미파에도 사람을 보냈는데, 그들은 단호히 거절했다.

그때부터 동창에 대항하기 위해 몰래 제자를 키웠을 거라는 게 혜상이 생각하는 진평의 정체였다.

진평은 혜상의 선입견을 굳이 깨트릴 생각이 없었다.

"음흉하기로 따지면 씨주머니 없는 놈들이 훨씬 더하지. 넌 뭐가 부족해서 그런 놈들의 주구가 된 거지? 자존심도 없나?"

"흥! 단양자를 쓰러트렸다고 아주 기고만장이구나."

"그 때문이 아니라, 보법의 정체부터 알아내려는 걸 보고 네가 주눅 들었다는 사실을 알아차렸기 때문에 기가 산 거야."

혜상은 노한 눈으로 진평을 노려봤다.

그러다가 분노를 눌러서 삭이고 어조를 바꾸어 말했다.

"상인이라면 이문에도 밝겠지?"

"무슨 얘기를 하려는 거지?"

"너 같은 재능을 가지고 고작 아미파의 계집들에게 고개를 숙이는 게 아까워서 하는 말이다. 황상을 섬기면 세기도 귀찮을 만큼의 돈을 벌 수 있어. 원한다면 권력도 얼마든지 손에 넣을 수 있고."

진평은 피식 웃었다.

"황제가 아니라 씨주머니 없는 놈들을 섬기는 거겠지."

혜상이 다소 격앙된 어조로 말했다.

"자꾸 태감들을 모욕하지 마라! 그들 중에도 사직과 백성을 생각하는 충성스러운 신하들이 얼마든지 있다."

"이런, 이런. 설마 진심으로 얘기하는 거야?"

"그렇다! 천출이라고 해서 능력이 없는 것은 아니지 않느냐? 황실을 보위하고 나라를 위하려는 마음은 마찬가지다."

혜상의 진지한 태도를 보고 진평이 물었다.

"혹시 악비(岳飛)의 조상(雕像) 앞에서 맹세라도 한 건가?"

"그렇다!"

진평은 고개를 가로저었다.

"백세유방(百世流芳)이라……. 좋은 얘기지."

악비는 금나라와 맞서 싸운 민족의 영웅으로 지금까지도 모두에게 추앙받고 있었다. 백세유방은 그 업적의 향기가 백세를 이어질 거라는 뜻이었다.

진평의 말이 이어졌다.

"사람들이 왜 곳곳에 관제묘(關帝廟)를 세우고 그의 의기를 기리는지 아나?"

"그야 관공이 의리의 표상이시기 때문이지. 조조의 진영에 있다가 다섯 관문의 장수를 참하고 원래의 주인을 찾아가지 않았는가."

"맞아. 그런데 말야. 관제묘나 그림, 조상들을 수없이 많이 만드는 이유는 사람들에게 의리가 없기 때문이야. 이(利)를 위해서 의(義)를 버리는 사람이 너무 많기 때문에 일개 무장에 불과했던 사람을 수백 년 뒤까지 칭송하고 본받기를 강요하는 거라고."

혜상이 물었다.

"악비를 기리는 것도 마찬가지라는 뜻인가?"

진평은 고개를 끄덕였다.

"공정하지 못한 자들이 공정에 대해 떠들고, 정의롭지 못한 자들이 정의를 부르짖기 마련이지. 동창에 환관들의 썩은 내가 진동하기 때문에 그걸 감춰보려고 백세유방을 내세우는 거야."

혜상은 코웃음을 쳤다.

"흥! 멋대로 지껄여대는군."

"네가 동창을 떠나 있은 지 너무 오래돼서 그 냄새를 못 맡는 거야. 사찰에서 향냄새만 맡다 보니 그들 역시 너와 같을 거라고만 생각하는 거지. 하지만 권력에 맛을 들인 이상 썩지 않는 사람은 없어. 그나마 선비나 무인은 절개라도 있지만, 환관은 애당초 그런 걸 세울 처지가 아니잖아."

혜상은 발을 굴렀다.

"닥쳐라! 궤변은 집어치우고 우리를 위해 일할 생각이 있는지에 대해서나 대답해라."

"대답은 이미 한 것 같은데?"

"으음……."

혜상은 진기를 끌어올렸다. 뜻을 정했다면, 이제 남은 것은 그를 제압하고 원하는 몇 가지 질문에 대한 답을 얻은 후 죽여버리는 일뿐이었다. 소림사 전체에 비상이 걸린 상태라 밖에 오래 있을 수 없었다.

그러나 그와 달리 진평은 아직 싸울 마음이 없었다.

"마교에 대해 얼마나 파악하고 있지?"

"네가 알 바 아니다!"

"그 정도는 얘기해줄 수 있잖아? 어차피 우리도 동창보다는 마교를 더 미워한다고."

혜상은 입술을 이죽거리며 말했다.

"지금 무림인들은 아무것도 모르고 있어. 하지만 우리는 마교의 임시 총단들이 어디에 있는지, 그들 휘하에 들어간 방파들이 누구인지, 총단에서 직할하는 여덟 개의 각이 어디에 뿌리를 두고 있는지 모두 파악하고 있다."

"각이 여덟 개나 된다고?"

"그렇다."

심각한 얘기였다.

그들 모두가 잔혈각 정도의 힘을 지니고 있다면 구파일방이 한자리에 모인다고 해도 막기 어려울 것 같았다.

"그런데도 놈들을 그냥 두고 보기만 한단 말인가?"

진평의 추궁에 혜상도 발끈했다.

"가만있기는? 무림맹 결성을 추진하는 게 누구라고 생각하는가? 바로 우리다."

"정보 수집은 그렇다 쳐도, 동창의 주력은 항주 삼태산에 전부 모여 있는 것 같던데? 그건 왜지?"

혜상의 얼굴에 잠시 불만의 표정이 스쳤다.

“나도 확실한 건 모른다. 영감님의 지시니까 따를 뿐이다.”

“영감이라면, 왕진을 말하는 건가?”

“네놈 따위가 함부로 입에 올릴 존함이 아니다!”

혜상이 살짝 무릎을 굽혀 자세를 낮추었다.

당장이라도 달려들 기세였다.

진평이 급히 손을 내저었다.

“한 가지만 더 물어보자. 마교 교주는 어떤 인물이지?”

“그의 정체에 대해선 우리도 아는 바가 거의 없다. 살아남은 장로들이 공동 전인을 구해 교의 진전을 모두 전수해주었고, 그로 인해 마교 역사를 통틀어 최강의 고수로 태어났다는 정보만 입수했을 뿐이다.”

“으음…….”

진평의 이마에 골 깊은 주름이 잡혔다.

혜상이 말했다.

“무림인들만으로는 절대 그들을 막을 수 없다. 하지만 걱정하지 마라. 우리가 가만 놔두지 않을 거니까.”

말을 마친 그는 득달같이 몸을 날려 선공을 가했다.

소림의 천수여래장(千手如來掌).

혜상의 공격은 몰아치는 폭풍과도 같았다.

진평도 아미파의 항룡복마장으로 맞섰는데, 첫 번째 격돌부터 발뒤꿈치가 땅으로 쑥 파고드는 게 느껴질 정도로 위력적이었다.

"대단하군!"

괜히 하는 말이 아니었다.

혜상은 내외공을 겸비한 고수였다.

손바닥과 팔뚝은 무쇠로 만든 것 같았고, 장법의 다양한 변화는 천수여래의 현신을 보는 듯했다.

그는 처음부터 전력을 다하고 있었다.

단양자를 제압하는 진평의 모습을 미리 봤기 때문에 따로 탐색전이 필요하지 않았던 것이다.

진평은 심장 박동이 빨라진 것을 느꼈다.

제대로 펼쳐지는 소림무공을 상대하는 것은 무인으로서 가슴 떨리는 경험이었다.

한순간의 방심도 허용하지 않는 극도의 집중상태.

진평은 싸움에 몰입했고, 백중세를 이루던 두 사람의 대결도 시간이 지남에 따라 차츰 기울기 시작했다.

진평을 공격하는 것이 마치 나무 작대기로 거대한 바위를 두드리는 것 같다고 느낀 혜상은 일순간 초식을 바꾸었다.

소림이 아닌 황궁의 무공. 동창 영반(領班)으로서 자신의 본신무공을 사용하기 시작한 것이다.

그로 인해 전세는 곧바로 뒤집어졌다.

진평의 손놀림이 어수선해진 것을 확인한 혜상의 입가에 미소가 번지는 순간, 어수선하게만 보이던 진평의 손이 기묘한 각도로 혜상의 곡지혈을 짚어왔다.

혜상은 황급히 팔을 움츠렸지만, 그로 인해 모처럼 잡았던 기선을 다시 빼앗길 수밖에 없었다.

거기서 끝이 아니었다. 이어지는 금나수에 혜상은 제대로 된 반응을 하기 어려웠다.

대대로 주화입마에 걸린 본혈방 방주들은 내공심법에 대한 연구에 몰두했다. 그러나 그것뿐만이 아니라 천하의 무공을 수집하고 연구, 분석하는 데도 노력을 게을리하지 않았다.

진평이 저자의 싸움꾼처럼 마구잡이로 휘둘러대는 주먹질과 금나수도 사실은 철저한 분석과 연구를 거친 절정의 변화를 내포하고 있었다.

깨끗하고 엄정한 투로를 지닌 아미파의 옛 장법에 집중하던 혜상이 난잡하고 변칙투성이인 금나수에 당황하는 것은 어쩌면 당연한 일이었다.

그리고 진평은 상대의 머뭇거림을 놓치지 않았다.

"으윽……!"

둔탁한 소리와 함께 혜상의 오른쪽 어깨가 탈구되었다. 동시에 점혈까지 이루어졌기 때문에 그는 맥없이 바닥에 쓰러지고 말았다.

* * *

한순간에 전신이 마비된 혜상은 겨우 움직일 수 있는 눈동자를 굴려 진평을 쳐다봤다.

도대체 무슨 수법을 쓴 건지 궁금했고, 왜 자기를 죽이지 않았는지도 알고 싶었다.

진평이 그를 내려다보며 말했다.

"마혈을 풀어줄 테니까 차분하게 얘기 좀 하자. 난 아직도 궁금한 것들이 많거든."

마교에 대해 최대한 많은 정보를 모으고 싶었다.

그러나 혜상은 혈이 풀리기만 하면 바로 혀를 깨물어 자결할 생각이었다. 진평의 무공이 자신보다 위임을 알게 되었으니, 살아서 치욕을 당하느니 죽기로 결심한 것이다.

진평의 검지가 혜상의 단중혈(膻中穴)로 향했다.

그러다가 갑자기 동작이 멈추었다.

혜상은 의아한 표정으로 진평을 쳐다봤다. 그의 얼굴은 잔뜩 굳어 있었다.

진평이 긴장한 이유는 향기를 맡았기 때문이다.

몹시 고급스러운 여인의 화장품 냄새.

깊은 산 속에서 그런 냄새가 날 이유가 없었다.

진평은 천천히 돌아섰다.

그리고 등 뒤에 서 있는 붉은 궁장의 여인을 발견할 수 있었다. 소리도 없고, 기척도 없이, 그녀는 원래부터 거기 있었던 것처럼 단양자의 검병을 밟고 서 있었다.

진평의 등줄기로 식은땀이 흘러내렸다.

바람에 흔들리는 옷자락에서 풍기는 향기가 아니었다면 그녀의 존재를 전혀 알아차리지 못했을 것이기 때문이다.

더구나 현재의 숭산 근방에 있는 무림인은 마교 아니면 무림맹, 둘 중 한 곳에 속한 게 분명한데 무림맹 모임엔 여자가 한 명도 없었다.

진평은 그녀를 살펴보았다.

휘청거리는 검을 밟고 서 있으면서도 그녀의 몸은 전혀 균형이 흐트러지지 않았다.

화장기가 별로 없음에도 불구하고 뚜렷한 눈매와 붉은 입술이 몹시 인상적이었는데, 어찌 보면 요염한 삼십대로도 보이고, 어찌 보면 청순한 십대로도 보여서 그 나이를 짐작하기 어려웠다.

그녀의 붉고 도톰한 입술이 열리며 흰 이가 드러났다.

"궁금한 게 뭐지?"

"뭐, 뭐라고?"

"방금 저 녀석을 취조하려고 했잖아?"

살짝 고음 쪽으로 치우친 음성이었다.

진평은 그녀가 자신을 같은 편으로 여긴다는 사실을 알아차렸다.

소림사 근처에 점창파 도사와 소림승이 쓰러져 있으니, 그를 제압한 사람은 무림맹의 적이라고 보는 게 합당한 판단이라고 할 수 있었다.

진평은 마교 조직이 상하만 확고할 뿐, 수평적인 관계는 완전히 단절되어 있다는 사실을 알고 있었다. 그러니 정체가 밝혀질 때까지 그녀에게 적대적인 모습을 먼저 보일 필요는 없다고 생각했다.

"놈들의 방어태세가 어떤지 확인하려 했다."

여인은 쓰러진 두 사람을 본 후 말했다.

"이런 곳까지 순찰을 돌다니 의외군. 하지만 전력만 분산시키는 어리석은 짓이야. 호호호!"

그녀는 웃으면서 진평 쪽으로 시선을 돌렸다. 위아래로 훑어보는 눈빛이 상당히 도발적이라 진평으로선 꺼림칙한 기분이 들었다.

한동안 진평의 얼굴을 뚫어져라 바라보던 그녀가 물었다.

"이름이 뭐지?"

"이십사다."

잔혈각 살수가 서로를 숫자로 불렀다는 사실을 상기하고 대충 생각나는 대로 아무 숫자나 말한 것이다.

그러자 여인이 살짝 눈을 흘기며 말했다.

"그것 말고 본명을 얘기해 봐."

"난 이십사다."

진평이 퉁명스럽게 얘기했음에도 불구하고 그녀의 치근거림은 멈추지 않았다.

"이쪽은 귀영각(鬼影閣)이 담당하는 것으로 알고 있는데, 내

말이 맞지?"

진평은 대답하지 않았고, 그녀의 말이 이어졌다.

"풍각주(風閣主)에겐 내가 잘 얘기할 테니까 긴장 풀어."

진평은 그녀가 뭘 하려는 것인지 이해할 수 없었다.

그녀가 다시 말했다.

"웃어봐."

"뭐라고?"

"아까 여기서 웃은 게 너였지? 다시 한 번 그 웃음소리를 듣고 싶어."

그녀는 진평이 단양자를 쓰러트린 후 웃는 소리를 듣고 이곳을 찾아왔던 것이다.

진평이 다소 신경질적으로 반응했다.

"난 누가 웃으라고 해서 웃는 사람이 아니다."

그러자 여인이 고개를 젖히며 교소를 터뜨렸다.

"호호호! 얼굴뿐만 아니라 성격도 마음에 드는군. 사내로서의 자존심은 있다 이거지? 좋아. 이렇게 버티는 맛이 있어야 꺾는 즐거움도 배가되는 법이지."

진평은 기가 막혔다.

마치 남녀가 바뀌어서 희롱하는 것 같은 상황이었다.

그가 물었다.

"너는 누구냐?"

"내가 누군지 몰라? 이 혈의(血衣)를 보고도?"

놀란 듯 눈을 동그랗게 뜬 그녀의 모습은 귀여운 소녀 같았다. 표정 변화가 참으로 극단적이었다.

"네 본명을 묻는 거다."

"내가 말해주면 너도 말할 거야?"

진평이 고개를 끄덕이자 그녀는 생글생글 웃었다.

"심원교(沈遠嬌). 네 차례야."

"진삼이다."

"좋아. 진삼. 이제부터 넌 내 거야."

진평은 눈살을 찌푸렸다.

"그게 무슨 뜻이지?"

"영광스럽게도 나의 종복(從僕)으로 선택되었다는 뜻이지. 별로 어려운 건 없을 거야. 내가 시키는 모든 일을 기쁜 마음으로 하기만 하면 돼. 단, 주의할 게 한 가지 있어. 만약 진심이 담겨 있지 않다면 난 몹시 실망할 거고, 그 대가로 네 몸 일부가 하나씩 떨어져 나갈 거야."

조금 전 소녀 같다고 생각했던 그녀의 얼굴이 지금은 사악한 요녀로 보였다.

진평이 헛웃음과 함께 물었다.

"너 미쳤구나?"

"호호호……! 출발이 좋지는 않군."

"좋을 수가 없지."

"하지만 결과는 늘 같아."

"그건 네 생각이고."

"내가 조언을 하나 할 테니 잘 새겨들어. 빨리 포기할수록 더 편해질 거야."

순간, 붉은색이 진평의 시야를 가렸다.

옷소매인지, 채찍인지 확인할 겨를도 없이 진평은 황급히 몸을 날려 피했다.

"어라? 너 솜씨가 제법이구나?"

여인, 심원교가 의외라는 듯 고개를 갸웃거렸다.

진평은 진기를 끌어올리느라 대답을 하지 않았다.

방금의 공격은 그녀의 내공이 얼마나 깊은지 짐작할 수 있는 한 수였다. 붉은 옷자락이 원래의 자리로 돌아간 뒤에야 파공음이 들릴 정도였으니, 이제까지 만나 본 그 어떤 고수보다 강하다는 생각이 들었다.

살의가 없는 상태에서 그 정도였으니까 진평도 내공을 극한까지 끌어올릴 수밖에 없었다.

심원교가 몹시 흥미롭다는 표정으로 물었다.

"그 정도 능력을 지녔으면서 왜 서열이 이십사 위에 불과한 거지? 풍각주에게 밉보이기라도 했나?"

"그건 네가 알 바 아니다. 어쨌거나 대사를 앞둔 마당에 이러는 건 옳지 않아."

심원교는 코웃음을 쳤다.

"흥! 옳고 그른 건 내가 판단한다. 어차피 공격 명령을 내릴 사람이 난데 이삼 일 늦어진다고 대수겠어?"

진평은 그녀가 각주보다 높은 신분이라는 사실을 짐작할 수 있었다. 최종 결정권을 가졌다면 그녀가 이번 소림사 공격의 총지휘관인 것이다.

진평은 혜상 쪽을 슬쩍 봤다.

그의 혈도를 제압하지 말 걸 하는 후회가 일었다. 그가 온전한 상태였다면 힘을 모아 싸울 수도 있고, 먼저 소림사로 내려가서 방어선의 반경을 바짝 좁히라고 전해줄 수도 있었을 것이었다.

혜상이 비록 동창의 밀정이긴 하지만, 본래 동창은 무림맹보다 훨씬 더 마교를 미워하니까 잠시 힘을 모을 수도 있는 일이었다.

심원교가 진평의 시선을 따라 혜상 쪽을 본 후 말했다.

"쳐다보는 사람이 있어서 자존심을 굽히기 부끄러웠던 게로구나? 그거라면 내가 해결해주지."

그녀가 공중으로 떠오르며 소매를 펄럭이자 밟고 있던 검이 쑥 뽑혔고, 날카로운 파공음과 함께 날아가 혜상의 미간에 박혔다.

진평은 자기도 모르게 침을 꿀꺽 삼켰다.

아까보다 더욱 빠르고 독랄한 솜씨였다.

심원교는 눈빛 하나 변하지 않고 물었다.

"어때? 이젠 아무도 보는 사람이 없어. 공연히 힘들게 하지 말고 무릎 꿇어."

"그 정도 무공이라면, 이제까지 원하는 것은 무엇이건 다 취할 수 있었겠군."

"당연하지. 나를 이길 수 있는 사람은 천하에 단 한 사람, 교주님뿐이다. 호호호!"

"자신감이 과하다는 생각은 안 드나?"

"흥! 소림 방장과 무당 장문이 한꺼번에 덤빈다고 해도 나한텐 안 돼. 그들은 기껏해야 풍각주 수준에 불과하니까."

진평은 속으로 놀랐다.

어느 정도 과장이 섞이긴 했겠지만 일개 각주의 무공이 구파일방의 장문인과 비견된다는 건 좋은 소식이 아니었다.

심원교가 말했다.

"자. 이제 네 처지가 충분히 이해됐겠지? 일단 무릎을 꿇고 충성의 서약을 하는 것부터 시작하자."

진평은 고개를 가로저었다.

"어림없는 소리. 네가 내게 머리를 조아리는 거라면 몰라도, 내가 무릎을 꿇는 일은 절대로 없을 거야."

심원교가 뜻밖에 차분히 가라앉은 어조로 말했다.

"이 세상에 나를 거스르는 남자는 단 한 명도 없어. 왜 그런지 알아? 모두 다 내 손으로 죽여 버렸기 때문이야."

목소리는 침착했지만 눈빛은 점점 사나워지고 있었다.

"거절을 못 참는 성격인가 보군. 하지만 상대가 시키는 대로 무조건 다 하는 것도 좀 이상하지 않나?"

"괜찮아. 지루해지면 죽이면 되니까."

진평은 천천히 고개를 가로저었다.

"역시 넌 미친년이었어."

심원교는 더 이상 입을 열지 않았다. 말이 아닌 행동으로 제압하기로 뜻을 굳힌 것이다. 내공이 집중되자 한 줄기 돌개바람이 그녀의 몸을 휘감았다.

진평도 내공을 극한까지 끌어올렸다. 그리고 회풍류(回風流)의 구결을 한 번 더 되짚어 기억했다.

회풍류는 탄천벽과 마찬가지로 본혈방의 전대 방주들이 연구를 거듭하여 탄생시킨 무공이었다.

자신보다 강한 상대와 싸울 때 기회를 잡기 위해 쓰는 수법으로, 진평이 실전에서 한 번도 쓸 일이 없던 초식이기도 했다.

핏빛 궁장보다 더 강렬한 살기를 뿜어내던 심원교는 한순간, 놀라운 속도로 진평과의 간격을 좁혔다.

그리고 벼락처럼 손을 뻗어 진평의 완맥을 낚아챘다.

진평도 곧바로 회풍류를 시전했다.

물결처럼 휘청거리는 투로.

진평의 손은 공격하는 심원교의 팔에 마치 나무줄기에 휘감기는 덩굴처럼 달라붙었고, 그녀의 움직임은 극심한 저항을 받게 되었다.

심원교는 잠시 당황하는 듯했지만 곧바로 허리를 틀어 일장을 뻗었다. 피할 간격이 되지 않아 진평 역시 장을 뻗어 막았는데, 두 손바닥이 격돌하는 소리가 마치 바람 빠진 가죽 주머니를 툭! 치는 것 같았다.

진평은 상대의 힘을 이용해 멀찍이 거리를 벌렸고, 허공을 때린 듯한 느낌에 놀란 심원교는 약간 혼란스러운 눈빛으로 진평을 노려봤다.

그녀가 다그치듯 물었다.

"어, 어떻게 무당파의 수법을 알고 있지?"

"왜 무당파의 수법이라고 생각하지?"

심원교는 뭔가 이상함을 느끼고 진평에게 물었다.

"혈죽림중제공작(血竹林中啼孔雀)!"

죽림에서 공작이 운다는 뜻으로, 자기 위아래만 알고 있는, 마교도들끼리 난전 중에 얽혔을 때 같은 편임을 확인하기 위해 정한 흑화였다.

진평이 그 대답을 알 리 없었다.

"공작은 몰라도, 네 울음소리는 꼭 듣고 말겠다."

"넌 누구냐!"

"얘기했잖아. 진삼이다."

이번엔 진평이 먼저 그녀를 공격했다.

자신보다 약하지 않은 상대와 대결하면서 싸움을 길게 끄는 것은 반드시 피해야만 하는 일이다.

이쪽의 노림수가 상대의 눈에 익어버리면 더 이상 어찌해 볼 방도가 없기 때문이다.

진평의 적극적인 공세에 심원교는 연거푸 뒤로 물러섰다. 바짝 달라붙어서 종횡으로 휘감기는 진평의 움직임이 여간 곤혹스러운 게 아니었다.

“무당파의 잔재주가 내게 통할 것 같으냐?”

밀리던 그녀가 호통을 치며 발을 힘차게 내디뎠다. 자꾸 달라붙는 진평을 단숨에 격퇴하기 위한 그녀의 선택. 강력한 진각(震脚)과 함께 짧게 끊어 치는 촌격(寸激)을 펼친 것이다.

심원교 정도 되는 고수라면 거리에 크게 구애받지 않고 상대에게 심각한 타격을 입히는 게 가능했다.

순간, 진평의 눈이 빛났다.

노리고 있던 기회가 찾아온 것이다.

심원교와의 간격을 최대한 좁히는 진평의 움직임은 확실히 무당파의 무공에 그 뿌리를 두고 있었다.

하지만 거기서 끝이 아니었다. 본혈방의 회풍류는 상대의 힘을 받아 되돌려주는 데 그 묘용이 있었다.

진평은 막강한 경력이 담긴 심원교의 손바닥에 자신의 장심을 맞추었다.

극히 짧은 거리.

그녀의 발경(發勁)이 마치 산을 무너뜨리기라도 할 것처럼 강력하게 이루어졌다.

그 힘을 고스란히 떠안은 진평의 손이 묘한 움직임을 보였다. 장심에서 손목과 팔꿈치, 어깨와 허리를 거쳐 골반과 무릎, 엄지발가락까지. 어떤 물결 같은 움직임이 한차례 빠르게 왕복하는가 싶더니 한순간, 우레와 같은 굉음을 내며 그녀의 손바닥을 되받아친 것이다.

"꺄악……!"

심원교의 비명이 터졌고, 그녀의 두 발이 모두 땅에서 떨어졌다. 진평은 격돌한 순간의 감촉을 통해 그녀의 손목이 부러졌다는 사실을 알아차렸다.

그는 공중에 떠 있는 그녀를 향해 즉시 탄천벽을 시전했다. 단지 팔 하나를 못 쓰게 만들었다고 해서 승리를 확신할 수 없는 상대이기에 확실한 마무리를 하려는 것이었다. 그의 몸은 화살보다 빠른 속도로 날아가 심원교와 충돌했다.

그녀는 비명을 지를 여유조차 없었다.

자신감 있게 펼친 한 수가 반격을 당했다는 심리적 충격에 오른손에서 전해지는 극심한 통증이 더해진 상태.

거기에 진평의 탄천벽은 눈으로 따라가기도 힘들 만큼의 속도를 지니고 있었다.

충격을 온몸으로 받은 심원교의 신형이 달과 겹쳐 보일 만큼 공중으로 높이 떠올랐다.

"으음……."

그녀의 착지 지점으로 달려가던 진평은 신음을 토했다.

마지막 충돌의 순간, 심원교가 반사적으로 휘두른 왼손에 어깨를 맞은 것이다.

맞은 자리가 탈구된 것은 아니지만 불에 덴 듯 뜨겁기도 하고, 동시에 얼음을 댄 듯 차갑기도 한 이질적인 진기가 어깨 전체를 마비시키는 기분이 들었다.

진평은 즉시 내공을 끌어올려 한기를 몰아냈다.

다행히 한음지기의 강도는 그리 세지 않았다. 심원교가 엉겁결에 손을 썼기 때문인 듯했다.

내공 순환에 무리가 없음을 확인한 진평은 그녀가 떨어진 숲으로 몸을 날렸다.

"이런!"

심원교가 보이지 않았다.

숲 뒤쪽으로 급한 경사면이 이어져 있었는데, 그리로 굴러 떨어진 게 아닌가 싶었다.

진평은 경사면을 타고 내려가면서 그녀를 찾았다.

부상당했을 때 확실히 죽여야만 하는 상황.

화근을 남겨두어서 좋을 일은 없었다. 무공도 무공이지만, 그녀의 미친 짓거리를 다시는 상대하고 싶지 않았다.

그러나 그녀의 모습은 보이지 않았다.

나뭇가지에 찢어진 옷자락이 걸린 것으로 보아 분명 방향은 맞게 따라가는 것 같은데 사람을 찾을 수 없었다.

골짜기까지 다 내려와 냇가 자갈밭에 이르자 그녀가 각혈한

흔적이 보였다. 양으로 보아 내상이 심한 것 같았다.

진평은 안력을 돋우어 핏자국의 방향을 따라갔지만 시내를 건너면서 흔적이 사라지고 말았다.

그때 여기저기서 새소리가 들리기 시작했다.

진평은 그게 새가 아니라는 사실을 알았다.

마교도들이 서로 신호를 주고받는 게 분명했다.

진평으로서는 결정을 내려야 할 순간이었다.

그녀를 꼭 잡고 싶지만, 숲으로 뛰어들면 어느 곳에 얼마나 숨어 있을지 모르는 마교도들과의 접전을 피할 수 없었다. 탄천벽 때문에 진기 소모가 극심한 지금, 그것은 무모한 선택이었다.

결국 진평은 온 길을 되짚어 지객당의 처소로 돌아갔다.

제9장
매듭을 풀다

구재원과 홍패가 자지 않고 기다리다가 진평을 맞았다.

"숙부님!"

"형님! 안색이 안 좋으십니다."

진평은 손을 내저었다.

"나는 괜찮아. 그보다 경내엔 아무 일 없나?"

"쥐죽은 듯 조용한데요."

"잠시 운기조식을 해야 하니까 호법을 부탁해."

"알겠습니다."

진평은 침상에 올라 운기조식으로 진기를 추슬렀다.

평소보다 시간이 오래 걸린 것은 심원교와의 대결이 그만큼 힘들었기 때문이었다.

호흡을 갈무리하고 일어선 진평은 구재원과 함께 소림 방장을 만나러 갔다.

적의 도발이 보다 직접적이고 대담하게 이루어질 거라는 사실을 혼자만 알고 있을 수는 없었다. 문제는 그걸 어떻게 알았느냐는 질문에 뭐라고 대답하느냐 하는 것이었다.

전후 사정을 모두 밝힐 수는 없었다.

서쪽 산등성이에 있는 소림승 혜상과 점창파 단양자의 시신과 연관이 될 만한 내용도 모두 제외해야 했다.

그들이 비록 동창의 앞잡이들이었다고 해도 지금에 시점에서는 그 사실을 증명할 방법이 없었다.

진평이 속으로 고민을 하며 장경각 쪽으로 가는데, 평소와는 달리 경내의 승려들이 부산하게 움직였다.

그리고 다들 들뜬 분위기였다.

진평은 한 승려를 세워 물었다.

"무슨 일이 있습니까?"

"숭산을 포위했던 마교도들이 물러가고 있습니다."

"예? 그게 정말입니까?"

"그렇습니다. 조금 전에 접전이 있었는데, 놈들은 형편없이 밀리다가 결국 꽁지가 빠져라 전부 달아났습니다."

진평은 심원교의 상처가 예상보다 크다는 사실을 짐작할 수 있었다. 그게 아니라면 모처럼 잡은 기회를 이렇게 쉽게 날려

버릴 리가 없었다.

그녀의 마교 내 직위가 어떤지는 잘 모르지만, 소림사 공격의 총책임을 맡은 만큼, 이곳에 온 마교도들 중에서 가장 고수일 가능성이 컸다.

그런 그녀가 부상을 입은 것은 작전을 취소하기에 충분한 사유가 될 수 있는 것이다.

진평 입장에선 여러모로 다행스런 일이라 할 수 있었다.

한 가지 마음에 들지 않는 것은 정파 무림인들의 분위기였다. 소림뿐만 아니라 다른 문파의 제자들도 마치 자신들이 강해서 마교도들을 물리치기라도 한 것처럼 잔뜩 들떠 있었는데, 마교도들이 패퇴하는 모습을 보인 것은 작전의 일부일 가능성이 컸다.

자신들의 주력부대가 조용히 빠져나갈 시간을 벌기 위해 일부가 요란하게 싸움을 걸고 허둥지둥 달아나는 모습을 보인 게 분명했다.

진평은 걸음을 멈추고 구재원에게 말했다.

"돌아가자."

"예? 맹주님에게 하실 말씀이……."

"적이 물러갔다면 귀찮게 할 필요 없어. 원각대사는 심모원려(深謀遠慮)하고 경험도 풍부하니까 내가 얘기하지 않아도 알아서 잘하실 거야."

숙소로 돌아온 진평은 곧바로 짐을 싸기 시작했다.

홍패가 물었다.

"형님. 떠나시게요?"

진평이 고개를 끄덕이자 그는 펄쩍펄쩍 뛰며 좋아했다.

"히히! 드디어 이 지긋지긋한 산속에서 벗어나는군요. 승려도 남잔데 여자도, 술도, 고기도 없이 어떻게들 견디는지 나원 참. 숨겨놓은 것도 없더라고요. 글쎄."

진평이 손을 내저었다.

"넌 여기 남아서 조카를 도와줘."

"예? 그게 무슨 말씀이십니까?"

"조카는 여기서 만날 사람도 많고 배울 일도 많아. 하루라도 더 있을수록 득이 될 테니까 공연히 먼 길을 왔다 갔다 할 필요 없어. 그동안 네가 지켜줘."

예전의 홍패라면 그런 일을 맡기기 어려웠겠지만, 본혈방도가 된 이후의 그는 청성, 점창, 개방의 견제를 충분히 막아줄 것으로 기대되었다.

홍패는 진평이 자신을 믿어준다는 사실을 알고 기분이 좋아졌다.

구재원이 물었다.

"어디를 가실 생각이십니까?"

"뇌정산장."

"예? 그럼 제가 함께 가야 하지 않겠습니까?"

"그럴 필요 없어. 형님께는 내가 이곳의 일들을 소상히 말씀드릴 테니까 넌 가문을 대표한다는 긍지를 가지고 바른 처신을 하는 데에만 신경 써."

"알겠습니다!"

구재원은 남게 된 것이 기뻤다. 산장에서만 지내던 그에게 이곳은 꿈속에 그리던 진짜 강호였기 때문이다.

진평은 날이 밝는 대로 각 문파를 찾아가 상단 일 때문에 떠나야 한다고 작별을 고했다.

그는 뇌정산장의 대표가 아니기 때문에 제자들에게 간단히 통보하는 식으로 인사를 마쳤다.

곤륜파의 경우에만 장문인 안덕생을 직접 만나 차까지 마시면서 담소를 나누었다.

"장사 때문이라고요?"

"그렇습니다. 너무 오래 비워두면 귀찮은 문제가 생기곤 하거든요. 마침 마교 무리도 물리치고 했으니……."

"우리가 물리친 건지, 저들이 퇴각한 건지는 확실치 않습니다. 소리만 요란했을 뿐, 실제 사상자는 거의 없었으니까요."

노련하고 경험 많은 사람답게 겉으로 드러난 것만 가지고 상황을 판단하지는 않는 모습이었다.

안덕생이 잠시 사이를 두고 물었다.

"그래, 언제 돌아올 생각이오?"

"무림대회 전엔 올 수 있을 것 같습니다."

"그럼 그때 봅시다. 누가 소장주에게 시비라도 걸면 내가 막아주겠소. 하하!"

"고맙습니다."

"별말씀을요. 하하!"

곤륜판 장문인이 구재원을 지켜준다면 홍패에게만 맡기는 것보다 훨씬 더 마음 든든한 일이었다. 아직 거래를 트기도 전인데 선뜻 그렇게 말해주는 안덕생이 고마웠다.

소림사를 내려온 진평은 포구로 가서 맡겨둔 배를 찾았다.

마충과 왕립은 시키지 않아도 갑판을 청소하고, 삭구를 정리하고, 식량을 사다 재어놓았다.

그들 두 사람은 홍패의 손아귀에서 벗어났다는 사실이 기뻐 온종일 웃는 낯이었고, 노를 젓는 팔뚝에도 힘이 잔뜩 들어갔다.

차용증은 그대로 남아 있지만, 온갖 잡다한 일들로 쉬지 않고 괴롭혀대는 홍패와 떨어져 지낸다는 사실만으로도 해방감을 느끼는 것이다.

배를 다루고 음식을 만드는 일은 두 사람이 알아서 했기 때문에 진평은 뱃길이 갈라질 때 방향을 가르쳐주는 것 말고는 선실에 앉아 명상으로 시간을 보냈다.

이번 소림사행에서 그는 많은 것을 얻었다.

마교의 힘이 예상보다 크다는 사실을 알게 되었고, 마녀와의 대결을 통해 그 실체를 경험하기까지 한 것이다.

무공을 대성한 이후 진평은 수련보다 본혈방의 사업 쪽에 더 많은 관심을 쏟은 게 사실이었다. 그에게 위협을 가할 정도의 적을 찾을 수 없다는 게 그 이유였는데, 지금은 달랐다.

훗날 심원교와 다시 만난다고 했을 때, 한 번 더 그녀를 제압할 수 있을지는 미지수였다.

그러기에 차분하게 기식을 조절하면서 그녀와의 대결을 하나씩 되짚어 보는 것이 몹시 중요했다.

홍패에게서 멀어지고 싶은 마충과 왕립의 노력 덕분에 배는 갈 때보다 훨씬 빨리 강남에 들어설 수 있었다.

소주에 도착한 진평은 두 사람에게 배를 지키라 하고 사해전장으로 향했다.

중간에 혹시나 해서 길을 돌아 포구로 가보았는데, 마충과 왕립은 진평을 미행하기는커녕 고기를 사다 굽고, 권커니 작거니 술을 마시느라 정신이 없었다. 본래의 임무는 아예 포기한 모습이었다.

진평이 사해전장에 들어간 것은 저녁 무렵이었다.

장주 서원직이 그를 반가이 맞았다.

간단히 요기를 한 진평은 조용한 내실에 서원직과 마주 앉아 소림사에서 보고 들은 일들을 모두 얘기해주었다.

서원직은 찬탄을 금치 못했다.

"결국 방주님이 마녀에게 내상을 입혀 무림맹을 구원한 셈이로군요. 그들이 큰 빚을 진 셈인데, 알아주는 사람이 아무도 없으니 참으로 아쉽습니다. 하하!"

"그게 중요한 게 아닙니다."

그것은 본혈방도인 이상 감내해야 할 일이었다.

서원직이 말했다.

"물론 마교가 천하를 어지럽히는 일은 막아야겠지요. 하지만 우리 입장에서 보자면 방주님이 회풍류를 실전에 사용하여 성공시켰다는 데 큰 의미가 있습니다."

진평은 고개를 끄덕였다.

회풍류는 탄천벽보다 수준이 높은 무공이었다.

탄천벽은 나무나 담벼락을 상대로 시험해볼 수 있지만, 회풍류는 자신보다 더 빠르고 강한 상대의 힘을 역이용하는 것이기 때문에 연습대련으로는 그 진가를 알 수 없었다.

이론적으로는 충분한 연구가 되었다 해도 실전에서 과연 기대한 바대로 될지 의문이었는데, 진평이 심원교를 상대로 성공했으니 비로소 무공으로서의 완성을 이루었다고 볼 수 있었다.

서원직이 물었다.

"아직 위협이 완전히 가시지 않은 것 같은데, 소림사를 떠나 이곳으로 오신 데는 무슨 뜻이 있으십니까?"

"소림사를 지키는 것만으로는 문제가 해결되지 않습니다."

"그렇다면……."

"마교를 가장 잘 아는 자들에게 견제를 맡길 생각입니다."

"그게 누구입니까?"

"동창입니다."

동창은 그 우두머리가 환관이었다.

황제가 바뀌면 궁 안의 환관도 전부 다 바뀌기 때문에 동창의 체제도 그때마다 달라졌다.

인원이 늘거나 주는 것은 물론이고, 직함이나 직급이 생기거나 없어지는 일도 다반사라 금의위 시절부터 지금에 이르기까지 같은 형태의 조직이었던 적이 한 번도 없었다.

그러나 세월이 흐르고 군주가 바뀌어도 변하지 않는 게 두 가지 있었다.

하나는 재물과 권력에 대한 환관들의 끝없는 욕심이고, 다른 하나는 황실에 위협이 되는 어떠한 행위도 용납하지 않는 철두철미함이었다.

황제의 안전은 자신들의 영달을 이어가기 위해서도 꼭 필요했다. 거기에 위협이 되는 사람이나 세력이 있다면 아무리 사소하더라도 뿌리까지 뽑아 우환을 제거하는 게 환관들의 일이었다.

문무 관료들도 그 부분에 있어서만큼은 환관과 동창의 역할을 인정할 수밖에 없었다.

마교는 전통적으로 동창의 가장 큰 적 중 하나였다.

삼태산에 몰려 있는 동창 인원들을 본래의 임무로 되돌려주는 게 진평이 생각한 해결책이었다.

서원직이 말했다.

"현재의 무림맹으로 마교를 상대하는 건 아무래도 좀 버거울 것 같긴 합니다. 그런데 동창을 움직이는 건 몹시 어려운 일일 텐데, 어떤 복안이라도 가지고 계십니까?"

"대치가 풀리면 각자 제 갈 길을 찾아가겠지요."

서원직은 단번에 진평의 의도를 짐작하고 고개를 끄덕였다.

찻잔을 비운 진평이 지나가는 투로 슬쩍 물었다.

"막내는 어떻게 지냅니까?"

서원직은 가만히 미소 지었다. 진평이 겉으로 드러난 표정이나 말투와 달리 속으로는 그녀에 대해 몹시 궁금해한다는 사실을 알았기 때문이다.

"요즘 회계를 배우고 있습니다."

의외의 얘기였다.

"무공수련을 포기한 건가요?"

"그건 아닙니다. 검술에 있어서도 려군이 흡족해할 정도의 진전을 보이고 있습니다. 그리고 남는 시간에 장부를 기웃거리기에 한두 가지 가르쳐주었더니 며칠 걸리지 않아 전부 다 익혀버리더군요."

"하긴, 기문진법을 스스로 창안해낼 정도니까 장부를 적고 계산을 하는 것쯤은 쉽게 배울 수 있었을 겁니다."

"우리 방에 꼭 필요한 인재가 들어왔습니다."

"다행이군요. 쓸모가 있어서."

"만나보시겠습니까?"

"자지 않을까요?"

"잠들려면 아직 멀었습니다. 방주님이 오신 걸 알면 몹시 기뻐할 겁니다."

진평은 못 이기는 체 따라나섰다.

안채로 들어가자 정려군이 먼저 반가이 맞았다.

그리고 상방 쪽에서 우당탕 소리가 나더니 문이 벌컥 열렸다. 설가영이었다.

소리로 미루어 보아 급히 나오다가 걸상에 걸려 엎어진 것 같은데, 그녀는 아무렇지도 않은 척 차분한 신색을 되찾고 다소곳한 걸음걸이로 다가와 진평에게 목례를 했다.

"방주님을 뵙습니다."

총관 서원직과 호법 정려군이 보는 앞이라 방도로서의 예의를 지킨 것이다. 그러나 진평을 보는 그녀의 두 눈엔 반가움의 감정이 가득했다.

진평 역시 오랜만에 그녀를 보니 좋았다.

"야위었네."

진평이 데리고 가지 않은 이유가 무공 때문임을 알기에 설가영은 그 어느 때보다도 열심히 수련에 매달렸다.

본래 머리가 좋고 자질도 뛰어난 편인 그녀가 영약으로 내공을 증진한 후 좋은 스승 밑에서 집중하여 검술을 연마하였으니 성취가 남다를 수밖에 없었다.

진평은 그녀의 눈빛을 통해 그걸 짐작할 수 있었다.

고된 수련으로 인해 볼이 홀쭉해 보일 정도로 야위었지만, 그것이 오히려 더 매력적으로 느껴졌다.

설가영은 갑자기 방으로 뛰어들어가더니 자신의 검을 들고 나왔다.

"방주님. 한 번 더 기회를 주십시오."

지난번엔 진평의 검지 하나를 이기지 못해 이곳에 남게 되었지만, 이번엔 기필코 능력을 인정받고 싶었던 것이다.

진평은 손을 내저었다.

"그럴 필요 없어. 이번엔 너를 데리고 갈 생각이야."

"정말요!"

설가영은 펄쩍 뛰며 환호성을 지르다가 정려군과 눈이 마주친 후 곧바로 평정을 되찾았다. 하지만 발갛게 상기된 볼만큼은 감출 수 없었다.

"그러면 떠날 채비를 하겠습니다."

공손히 고개 숙이는 그녀의 모습에 진평은 웃음을 참기 어려웠다. 그가 말했다.

"내일 아침에 떠날 거니까 너무 서두를 필요는 없어. 그보다, 홍패 없이 면구를 써야 하는데 지난번의 얼굴을 다시 만들 수 있겠어?"

"걱정 마세요. 그것도 배웠어요."

설가영이 깡충깡충 뛰고 싶은 것을 억지로 참는 어색한 걸음걸이로 자신의 방으로 들어간 후, 진평은 서원직, 정려군과 따로 자리를 마련했다.

두 사람과 함께 마녀 심원교의 무공에 대해 토론하고 연구하기 위해서였다.

송나라 때부터 이어져 온 본혈방의 무공 연구는 깊고도 방대했다.

하지만 역대 방주들이 주화입마에 시달렸기 때문에 실제 강호행은 거의 이루어지지 않았다. 그러다 보니 원나라 때 들어온 서역과 천축의 무공들, 거기에 중원의 무공이 합쳐져서 생긴 새로운 무공들에 대해서는 자료가 많지 않았다.

마교의 무공이 대표적이라고 할 수 있었다.

그래서 서로 토론하고 아는 바를 나누는 일은 몹시 중요했다.

밤을 꼬박 새우고 나가 보니 설가영이 면구를 쓰고 남장을 한 채 마당을 서성거리고 있었다.

과연, 지난번의 모습과 달라진 점을 찾기 어려웠다. 옷이 바뀌고 눈빛이 좀 더 날카로워졌을 것뿐이었다.

"변장 실력이 경지에 달했군."

설가영은 기뻐했다.

"외모뿐만 아니라 내공으로 성대를 눌러 목소리 바꾸는 법도 배웠어요. 한 번 들어보실래요?"

진평은 미소 지으며 고개를 끄덕였다.

"해 봐."

그녀가 헛기침을 몇 번 한 후 입을 열었다.

"제가 술 한 잔 사겠습니다."

진평은 깜짝 놀랐다.

굵고 탁한 사내의 음성이 제대로 나왔기 때문이다.

"대단한데?"

노력에 대한 보람을 찾은 설가영은 환하게 웃었다.

진평은 떠나기 전 모두 함께 아침 식사를 했다.

마침 생선찜이 나오자 정려군이 한마디 했다.

"영아의 요리솜씨가 제법이더군요."

진평으로선 의외의 상황이었다.

정려군은 비록 여자지만 엄하고 냉철한 전사의 심성을 지니고 있었다. 그런 그녀가 설가영을 칭찬하고 영아라고 부른 것은 큰 의미가 있었다. 그동안 매일 목검으로 두들겨 패면서 정이 많이 든 모양이었다.

당사자인 설가영은 면구의 입 부분에 국물이 스며들지 않도록 신경 쓰느라 잘 몰랐지만 진평은 그녀를 바라보는 정려군의 눈빛에 조카 혹은 동생을 보는 듯한 감정이 담긴 것을 확인할 수 있었다.

식사를 마친 진평은 서원직에게 두루마리와 은자가 든 주머니를 받아 들고 사해전장을 나섰다.

밖으로 나오자마자 설가영이 진평 부르는 호칭을 옛날식으로 바꾸었다.

"형님. 어디로 가실 거예요?"

"한 군데 들렀다가 뇌정산장으로 갈 거야."

"들를 곳이 어딘데요?"

"질문이 너무 많다."

"알았어요. 입 다물고 따라갈게요. 헤헤……."

그녀는 진평과 동행한다는 사실이 마냥 좋았다.

그래서 자기도 모르게 홍패 비슷한 웃음소리를 냈다.

두 사람이 배에 올라타자 선실에 누워 자고 있던 마충과 왕립이 화들짝 놀라 일어나 갑판을 치웠다.

"일찍 오셨네요."

"출항하자."

두 사람은 능숙하게 줄을 풀고 삿대를 밀었고, 배는 태호를 가로질러 하루 만에 항주에 도착했다.

진평은 적당한 포구에 배를 대게 한 후 세 사람에게 기다리라고 했다. 설가영이 따라오겠다고 조를까 봐 걱정을 했는데, 그녀는 의외로 명령에 잘 따랐다.

진평이 찾아간 곳은 복운표국이었다.

"어서 와! 친구!"

석위가 반갑게 맞았다.

"괜찮은 술 있나?"

"당연히 아껴둔 게 있지. 오늘 한 동이 다 비우자고."

두 사람은 밤새 술잔을 기울였고, 진평은 새벽이 되어서야 찾아온 용건을 얘기했다.

석위는 게슴츠레한 눈으로 얘기를 다 들은 후 물었다.

"그럼 그 돈은 어쩔 거야? 반은 내 몫이겠지?"

"아니. 너 다 가져."

"네가 꾸민 일인데, 나한테 다 가지라고?"

"넌 딸린 식구가 많잖아."

"하핫! 좋아, 좋아. 언제든지 필요할 때 나와 제자들의 목숨을 요구해라. 기꺼이 내어줄 테니까."

"그럴 일은 없을 거야."

두 사람은 오전까지 술을 마셨고, 진평은 정오가 지나서야 배로 돌아올 수 있었다.

잠시 선실에 앉아 호흡을 통해 취기를 몰아내고 있는데 설가영이 쟁반을 들고 들어왔다.

"형님. 이것 좀 드세요."

접시 위에는 빨간 양념이 골고루 밴 생선 요리가 놓여 있었다. 항주와 절강 일대에서 유명한 동파어(東坡魚)였다.

진평은 그녀가 내민 젓가락을 쥐었다.

"냄새는 그럴듯하군. 맛은 어떤지 볼까?"

뜯은 살점을 양념에 담갔다가 입에 넣은 진평은 자기도 모르게 탄성을 토했다.

짜지는 않으면서 매콤하고, 향초의 냄새가 옅으면서도 입안에 상큼함이 오래 남는, 정말 대단한 진미였다.

설가영이 기대감 가득한 표정으로 물었다.

"어때요? 마음에 드세요?"

"제법인데? 이제까지 네가 만들었던 생선 요리 중에서 제일 나은 것 같아."

그녀가 생긋 웃었다.

어제 진평을 따라가겠다고 하지 않은 것은 바로 이 요리를 준비하기 위해서였던 것이다.

"전장의 숙수한테서 배웠어요. 이것 말고도 몇 가지 더 있으니까 기대하셔도 좋을 거예요."

"검술에, 회계에, 요리까지?"

"전 뭐든지 빨리 배운다고 했잖아요."

"하하! 요리 쪽은 확실히 경지에 오른 것 같은데?"

"그러니까 앞으로는 꼭 저를 데리고 다니셔야 돼요."

"생각해보지. 자! 함께 먹자. 두 사람도 들어오라고 해."

"아뇨. 그들에겐 이미 다른 음식을 해줬어요."

"그래? 잘 됐군."

생선이 커서 보통 때 같으면 둘이 먹기에 버거울 정도의 양이었지만 워낙 조리가 잘 되어 있어서 부족할지도 모른다는 아쉬움이 들던 참이었다.

진평과 설가영은 마주 앉아 생선을 먹기 시작했다.

함께 맛있는 음식을 먹는 것은 친밀감을 강화시키는 데 큰 효과가 있었다. 한동안 떨어져 있었음에도 불구하고 두 사람은 금세 예전의 간격을 회복했다.

*　　*　　*

식사를 마친 진평 일행은 뇌정산장으로 갔다.

황여방과 고정광은 진평이 돌아왔다는 소식을 듣자마자 달려나왔다. 마교가 소림사를 습격했다는 소식이 벌써 강남에까지 퍼졌지만, 누구도 그 자세한 내막은 알지 못했다. 그런데 소림사에 갔던 진평이 돌아왔으니 궁금증을 제대로 풀 수 있게 된 것이다.

황여방과 고정광뿐만 아니라 다른 문파의 고수들도 다들 마당으로 몰려나왔다.

그러나 진평은 그들에게는 간단히 목례만 하고 바로 구서위의 처소로 갔다. 산장의 장주에게 먼저 인사를 하는 것은 당연한 일이라고 할 수 있었다. 하지만 일 각이 지나고, 이 각이 지나면서 차츰 불만의 소리가 터져 나오기 시작했다.

사람을 보내어 알아보니 두 사람은 차를 마시면서 느긋하게 담소를 나누고 있다는 것이었다.

황여방과 고정광 입장에선 무시당한다는 생각에 기분이 나쁠 수밖에 없었다.

황여방은 그나마 내색을 하지 않았지만 고정광은 화풀이할 대상을 찾아냈다.

"너희 둘. 따라와."

마충과 왕립은 내실로 들어가 황여방과 고정광 앞에 서게 되었다. 고정광은 수고했다는 말 한마디 없이 다짜고짜 호통부터 쳤다.

"어째서 그동안 보고를 하지 않았느냐?"

"소림사에 들어가기 전까지는 제대로 했습니다."

"그 이후엔?"

"첩지는 썼는데, 받으러 와야 할 사람이 약속을 어기고 나타나지 않았습니다."

고정광은 발을 굴렀다.

"그러면 다른 방법을 생각했어야지! 그냥 멍하니 기다리고만 있었단 말이냐?"

마충과 왕립은 억울했다.

성왕부 무사들이 임무를 완수하지 못하고 중간에 목숨을 잃은 것은 예상치 못한 변수 때문이었다. 소림사를 포위하고 있던 마교도들에게 당하고 만 것이다.

그러나 그것은 두 사람이 책임질 일이 아니었다.

"저희들은 소림사 밖으로 나올 수가 없었습니다."

그러자 고정광은 더욱 화를 냈다.

"지금 그걸 변명이라고 하는 게냐? 직접 나오기가 불편했다면 소림승에게 부탁할 수도 있는 일 아니냐?"

말도 안 되는 억지였다.

그러나 마충과 왕립은 입을 꾹 다물고 더 이상 반박하지 않았다. 성질 더러운 고정광에게 무슨 변명을 하건 어차피 결과는 마찬가지일 거라고 판단한 것이다.

황여방이 손짓으로 고정광을 진정시킨 후 말했다.

"너희들이 소림사에서 보고 들은 것들을 소상히 말해 보거라. 아주 사소한 것이라도 빠짐없이."

그거라면 할 말이 많았다.

비록 홍패에게 쥐여 지내긴 했지만 현장에 있었기 때문에 누구보다 생생하게 상황을 묘사할 수 있었다.

두 사람이 번갈아 하는 얘기를 황여방과 고정광은 집중해서 들었고, 연신 고개를 끄덕였다.

"마교의 힘이 그 정도일 줄은 몰랐군."

그들의 얼굴에 근심의 기운이 번졌다.

그때 밖에서 무사가 소식을 알렸다.

"진대인이 장주의 거처에서 나왔습니다."

황여방은 그를 만나기 위해 일어섰고, 고정광은 황여방이 먼저 나가기를 기다렸다가 돌아서서 마충과 왕립에게 말했다.

"너희 둘은 더 이상 우리 왕부 소속이 아니다."

"예? 그게 무슨 말씀이십니까?"

"고향으로 돌아가란 말이다!"

마충과 왕립에겐 청천벽력 같은 얘기였다.

"저희가 다소 실수한 점은 있습니다만, 그 정도를 가지고 그만두라 하심은 너무……."

"여러 소리 할 것 없다!"

"한 번만 기회를 더 주십시오."

왕부의 무사가 된다는 것은 쉬운 일이 아니었다.

황실의 금군만큼은 아니라 하더라도, 친왕(親王)을 모시는 것은 충분히 자긍심을 가질 만한 일인 동시에 풍족한 녹(祿)을 보장받을 수 있고, 어느 정도는 권력의 맛도 볼 수 있는 자리였다.

특별히 잘못한 일이 있는 것도 아닌데 단지 고정광의 기분이 좋지 않다는 이유만으로 쫓겨난다는 것은 너무 부당한 처사였다.

그러나 고정광은 단호했다.

"산동까지 갈 필요도 없다. 내가 집령관에게 얘기해놓을 테니 녹봉과 전별금을 받아 가지고 오늘 당장 나가라. 내일부터는 내 눈에 띄지 않도록."

"이건 말도 안 됩니다!"

마충의 언성이 높아지자 고정광은 눈을 부릅떴다.

"뭐야? 지금 내게 대드는 것이냐?"

왕립이 마충의 소매를 당겼다.

화가 나지만 고정광에게 따질 수는 없었다.

자신들은 일개 무사일 뿐이고 고정광은 성왕이 아끼는 가신 중 한 사람이었다. 그가 목을 치겠다고 해도 할 말이 없을 만큼 신분의 차이가 큰 것이다.

마충도 울분을 억누를 수밖에 없었다.

고정광은 냉소를 지었다.

"흥! 쓸모없는 놈들. 두 번 다시 내 눈에 띄지 마라."

그는 장포 끝자락을 한 차례 턴 후 방을 나갔다.

마충과 왕립은 긴 한숨을 내쉬었다.

왕립이 말했다.

"기운 내자고. 자네나 나나 일신의 무공이 있으니 어디 가서 쟁자수 자리 하나 못 구하겠나."

그들의 실력이라면 표국에 들어가 표두 자리까지 올라가는 건 그리 어려운 일이 아니었다. 다만, 왕부를 떠나는 게 아쉬울 따름이었다.

마충이 갑자기 긴장한 표정으로 말했다.

"서둘러야 돼."

"무엇을 말인가?"

"빨리 돈을 받고 최대한 멀리 도망쳐야지."

그 말에 왕립도 퍼뜩 떠오르는 한 사람이 있었다.

매일 이자를 복리로 계산하는 홍패.

왕부에서 쫓겨난 것은 안타까운 일이지만, 그 마귀로부터 해방될 수 있는 것은 그나마 두 사람에게 좋은 소식이었다.

두 사람은 서둘러 집령관을 찾아갔다.

진평은 구서위와 마주 앉아 느긋하게 차를 마시며 구재원의 활약상에 대해 자세히 얘기를 해주었다.

구서위의 기쁨은 이루 헤아릴 수 없을 정도였다.

그는 구재원의 실력에 대해 누구보다 잘 알고 있었다. 청성파의 제자와 겨루어 이겼다면, 그 과정에 진평의 도움이 지대

했으리라는 사실을 짐작하기 어렵지 않았다. 그런데도 진평은 뇌정검이 청성검을 이겼다는 얘기만 할 뿐이었다.

아들의 활약에 마냥 마음이 흥낙해진 구서위를 남겨두고 방을 나온 진평은 객청으로 갔다.

그곳엔 황여방과 고정광, 그리고 성왕부를 따르는 무림 고수들이 모여 그를 기다리고 있었다.

진평은 그들에게 소림사에서 있었던 일들을 차분한 어조로 얘기해주었다. 심원교 얘기는 빼고 현장에 있었던 사람이라면 알 수 있는 정도의 정보만을 공개한 것이었다.

그래도 객청 안은 술렁거렸다.

수라참혼장 소동 이후 강호엔 마교가 발흥하여 난세천하가 될 거라는 둥, 마교 교주가 절세 마공과 함께 출도할 거라는 둥, 온갖 소문이 퍼지고 있었다.

그런 와중에 소림사가 습격당했다는 소식은 모두에게 충격을 주기에 부족함이 없었다. 마교의 위협이 소문이 아닌 실제 상황으로 다가왔기 때문이다.

객청에 모인 무림고수들은 구파일방처럼 깊은 산 속에 들어가 수도를 하지는 않지만, 굳이 구분을 하자면 정도(正道)에 속하는 경우가 대부분이었다.

마교에 대해 은(恩)보다는 원(怨)이 많다 보니 소림사를 위협할 정도로 힘을 키운 마교에 신경이 쓰일 수밖에 없었다.

점점 소음이 고조되는 객청을 바라보고 있던 진평이 황여방에게 상체를 기울인 후 말했다.

"따로 조용히 얘기를 할 수 있을까요?"

"물론입니다."

황여방과 고정광, 그리고 진평과 설가영은 객청을 나와 황여방의 거처로 갔다.

자리를 나누어 앉고 차를 따른 이후까지 진평이 아무 말도 하지 않자 황여방이 먼저 물었다.

"호림공께서는 무슨 가르침이 있으십니까?"

진평은 좌우를 두리번거린 후 물었다.

"양형은 어디 있습니까?"

양우건에 대해 묻는 것이었다.

황여방이 대답했다.

"방해받지 않고 혼자만의 시간을 보내고 싶다 해서 특별한 일이 아니면 부르지 않고 있습니다만……."

"그러면 두 분에게만 말씀드려야겠군요."

황여방과 고정광의 시선이 설가영에게로 향했다.

뭔가 중요한 얘기를 할 것 같은데, 그녀가 이 자리에 있어도 되겠느냐는 의문이 담긴 눈빛이었다.

설가영은 그들의 시선에 위압감을 느꼈다.

예전엔 그런 걸 몰랐는데, 무공이 증진된 지금은 상대가 근처에 있는 것만으로도 기를 느끼게 된 그녀였다.

황여방과 고정광은 그녀를 불안하게 만들기에 충분한 고수였다. 밖으로 나가야 하는 건 아닌가 하는 생각에 진평 쪽을 슬쩍 봤는데, 그는 모른 척하고 입을 열었다.

"실은 제가 황하에서 옛 친구를 만났습니다."

황여방과 고정광은 진평 쪽으로 시선을 돌렸다.

"그런데요?"

"그 친구는 저보다 훨씬 큰 규모로 장사를 하고 있습니다. 뿐만 아니라 강호의 일에 대해서도 관심이 많지요."

"이름을 알 수 있겠습니까?"

"저는 그를 서형(徐兄)이라고 부릅니다. 본명은 물어본 적이 없습니다."

황여방과 고정광은 입맛을 다셨다. 장사하는 사람들이 무슨 비밀이 그렇게 많은지 마음에 들지 않았던 것이다.

진평의 말이 이어졌다.

"어쨌거나, 서형은 삼태산에 사람들이 몰리는 것을 보고 특별히 부하들을 보내어 무슨 일인지 알아보게 했답니다. 그리고 거기서 책자 하나를 입수했다고 하더군요."

황여방과 고정광의 눈이 빛났다.

진평은 소매 안에서 두 번 접은 종이 한 장을 꺼내어 탁자에 놓은 후 그들 쪽으로 밀며 말을 이었다.

"혹시 왕부에서 찾는 물건이 아닌가 싶어서, 내가 한 장 찢어달라고 하여 가지고 왔습니다."

급히 종이를 펼쳐 본 황여방과 고정광은 크게 놀랐다.

황여방이 더듬거리기까지 하는 어조로 말했다.

"바, 바로 이겁니다! 우리가 찾는 게."

"역시 그랬군요."

"그 사람을 어떻게 하면 만날 수 있습니까? 당장 자리를 좀 주선해주십시오."

진평은 곤란하다는 표정을 지었다.

"서형은 세상에 드러나는 걸 원치 않으십니다. 그래서 만약 그 책이 왕부에서 찾는 물건이라면 저를 통해 돌려주기를 원하십니다."

"하하! 정말 잘된 일이군요."

황여방과 고정광의 얼굴이 눈에 띄게 밝아졌다.

그토록 어렵게 찾던 물건이 이렇게 쉽게 손에 들어왔으니 모두가 다 진평의 덕이라는 생각이 들었다.

"왕야께서 호림공의 공적을 절대 잊지 않으실 겁니다."

진평이 들뜬 어조로 물었다.

"정말로 알아주실까요?"

"물론이지요."

"그럼 제 궁금증 하나만 해소시켜 주십시오. 이 장부는 도대체 무엇의 거래내역을 적은 겁니까?"

순간, 황여방과 고정광의 안색이 굳었다.

고정광이 말했다.

"그냥 이것저것, 여러 가지 물건들입니다."

진평은 고개를 가로저었다.

"장사로 잔뼈가 굵은 사람한테 그렇게 말씀하시면 섭섭하지요. 품목은 오로지 하나뿐인데, 맞는 가격대가 떠오르지를 않는군요. 열 배를 줄인 겁니까? 아니면 늘린 겁니까?"

황여방이 말했다.

"호림공이나 서형이라는 사람에게 비밀이 있듯이 우리에게도 밝히지 못할 일들이 있습니다. 이해해 주십시오."

진평은 입맛을 다셨다.

"저는 알 자격이 안 된다는 말씀이군요."

황여방이 달래는 어조로 말했다.

"호림공은 이제 양주의 염상이 되실 겁니다. 굳이 사소한 일에 신경 쓰실 필요가 없지 않겠습니까."

진평은 긴 한숨을 내쉬었다.

"그냥 돈이나 먹고 떨어지라는 말씀이군요. 알겠습니다. 앞으로는 분수에 맞게 장사에만 몰두하도록 하겠습니다."

황여방과 고정광이 시선을 교환했다.

진평은 자신들의 진영에서 양우건과 함께 최고로 꼽을 수 있는 고수였다. 그런 그를 염상으로만 놔둘 수는 없었다.

"호림공. 너무 기분 나쁘게 생각하지 마십시오."

진평은 미소 지으며 손을 내저었다.

"기분 나쁘지 않습니다. 사람은 저마다 가진 능력에 따라 쓰임이 다르다는 사실을 저도 잘 알고 있습니다. 성왕부에서

나, 진삼을 어느 정도로 평가하는지 알았으니 거기에 합당하게 맞춰갈 것입니다."

황여방과 고정광은 다시 한 번 시선을 교환했다.

합당한 대우를 해주지 않으면 중책을 맡길 수도 없는 것이 정한 이치라고 할 수 있었다.

황여방이 정색을 하고 말했다.

"좋소. 한 가지 약속만 해주시오."

"어떤 약속입니까?"

"호림공 혼자만 알고, 이후 어떤 상황에서도 입 밖에 내지 않겠다는 약속이오."

"약속하겠습니다."

"그럼 호림공을 믿고 탁자에 글자를 쓰겠소."

진평은 설가영에게 손짓을 하여 돌아앉게 했다.

황여방은 검지로 탁자 위에 한 글자를 썼는데, 그것은 은(銀)자였다. 진평은 대수롭지 않다는 투로 고개를 끄덕였다.

"그랬군요."

그의 반응이 너무 평이해서 황여방과 고정광은 공연히 별것도 아닌 것 가지고 과민 반응한 것은 아닌가 후회를 할 정도였다.

사실, 은광을 채굴하는 것은 권문세가들이라면 다들 하는 공공연한 비밀이었다.

다만, 친왕이 은을 모으는 것은 역모와 연관될 수도 있기 때문에 동창이 눈에 불을 켜고 찾으려 하는 것이고, 성왕부 입장에서도 변명하기가 곤란하기 때문에 기어이 먼저 찾아 없애려는 것이었다.

그런 사정은 장사꾼인 진평이 보기엔 별로 중요한 일이 아닐 수 있었다. 황여방과 고정광은 그렇게 생각했다.

그러나 진평의 머릿속은 바쁘게 돌아가고 있었다.

동창이 은광을 뒤지는 것은 단지 성왕을 견제하기 위해서만은 아닐 거라는 게 그의 생각이었다.

진평은 차를 한 모금 마신 후 말했다.

"자! 이제 장부를 돌려받는 절차에 대해 얘기할 차례군요."

황여방과 고정광이 의아한 표정을 지었다.

"절차라니요? 방금, 호림공을 통해서 돌려줄 거라고 하지 않으셨습니까?"

"예. 그렇습니다. 하지만 서형도 상인인데, 어렵게 구한 물건을 공짜로 줄 리가 있겠습니까."

황여방이 불쾌한 어조로 물었다.

"얼마를 원한답니까?"

진평은 오른손을 활짝 펴보였다.

"은 오천 냥. 전표나 은표는 받지 않겠다고 합니다. 은원보로 준비해주면 더 좋아할 겁니다."

황여방과 고정광의 입이 딱 벌어졌다.

"오천? 무슨 그런 터무니없는……!"

고정광은 의자를 박차고 일어서기까지 했다.

진평은 상체를 뒤로 젖히며 양손을 내저었다.

"흥분하지 마십시오. 제가 달라는 게 아니지 않습니까."

은 오천 냥이면 아무리 왕부라고 해도 쉽게 지출할 수 있는 돈이 아니었다.

옆에 앉은 설가영이 딸꾹질을 할 정도의 거액이었다.

황여방이 말했다.

"장부가 우리에게 중요하긴 하지만, 은 오천 냥은 액수가 너무 큽니다. 절충을 해주십시오."

"글쎄요……. 서형은 원래 일만 냥을 불렀지만 제가 절반으로 깎은 겁니다. 거기서 더 내려달라고 하면 싫어할 텐데요."

"일만 냥이라고요? 허허……! 해도 너무하는군요."

"좀 더 합당한 가격으로 낮춰보십시오."

두 사람이 번갈아 조정을 요구하자 진평은 잠시 사이를 두고 말했다.

"오천 냥이면 내가 바로 일을 추진할 수 있지만, 금액을 조정하려면 그를 다시 만나야 합니다."

"그렇게 해주시겠습니까?"

진평은 나직이 한숨을 내쉬었다.

"필요하다면 해야겠지요."

황여방이 반색을 했다.

"고맙습니다. 금액을 최대한 낮춰주십시오. 그러면 호림공의 노력에 대한 보상도 적지 않을 것입니다."

진평 역시 상인이라는 사실을 알기에 이익으로 동기를 유발하려는 의도였다.

그러나 진평은 좋아하는 표정이 아니었다.

"그런데, 몇 가지 문제가 있습니다."

"그게 무엇입니까?"

"우선, 서형을 만나기가 쉽지 않습니다. 오가는 시간까지 합하면 두세 달, 어쩌면 그 이상이 걸릴지도 모릅니다. 그리고 그보다 더 중요한 문제는, 저와 달리 서형은 성왕부와 아무런 관계도 없기 때문에 가격을 더 부르는 쪽에 장부를 넘길 거라는 점입니다."

"그걸 동창에 판다고요?"

황여방과 고정광의 안색이 창백해졌다.

보통의 상대라면 왕부의 권세로 누를 수 있지만, 동창이라면 얘기가 달라질 수밖에 없었다.

동창은 황제를 업고 있는 데 반해 친왕은 황제의 동생일 뿐이었다. 그러니 권력자에게 잘 보이기 위해 어느 한쪽을 선택한다면 동창으로 기울 가능성도 배제할 수 없었다.

황여방과 고정광은 심각한 표정으로 서로를 봤다.

그리고 고정광이 진평에게 물었다.

"만약 은 오천 냥을 수락한다면, 교환은 어떤 식으로 이루어지게 됩니까?"

비록 큰돈이긴 하지만 장부가 동창 손에 들어가게 할 수는 없다는 쪽으로 결론이 난 것이다.

"강에서 할 겁니다. 돈 실은 배를 하류 쪽으로 떠내려 보내면 금액을 확인한 후 신호가 전달되고, 상류 쪽에서 장부 실은 조각배가 떠내려 올 겁니다."

고정광이 의심 가득한 눈빛을 번뜩였다.

"그런 식이라면 저쪽에서 돈만 챙기고 장부는 주지 않을 수도 있는 일 아닙니까?"

"큰 상인일수록 이문보다 신용을 중시하지요. 만약 그리했다가는 내 손에 죽임을 당할 것입니다."

진평이라면 충분히 그럴 능력을 가졌음을 알기에 고정광도 수긍하고 고개를 끄덕였다.

황여방이 진평에게 말했다.

"이 일은 우리끼리 결정하기 어렵습니다. 왕부에 사람을 보내어 허락을 받아야 하니 며칠만 말미를 주십시오."

"그리하십시오. 다만……, 서형이 내게 일을 맡겼다고 해도 계약서를 쓰거나 한 것은 아니기 때문에 언제든지 마음을 돌릴 가능성이 있다는 사실을 염두에 두셔야 할 겁니다."

"으음……. 서둘러야겠군요."

황여방과 고정광의 표정에 초조함이 드러났다.

진평과 설가영은 두 사람과 작별하고 나와 장주의 거처 가까이에 있는 자신들의 방으로 돌아갔다.

제10장
소리의 만남

방문을 닫자마자 설가영의 입이 열렸다.

"형님. 그 자리에 저는 왜 데려가셨어요? 앉아 있는 내내 긴장되어서 혼났어요. 그들 두 사람이 고수라는 사실을 이제는 확실히 알겠더라고요."

"네가 꼭 봐야 했기 때문이지."

"뭐를요?"

"설대인이 지키려 했던 물건이 어떻게 처리되는지."

설가영이 씩 웃으며 물었다.

"그럼 그 오천 냥은 저한테 주시는 건가요?"

"돈을 원해?"

그녀는 손을 내저었다.

"아뇨. 농담이에요. 장부의 처리는 형님한테 일임하기로 했으니까 알아서 해주세요."

"잘될 거야."

"그런데 오천 냥이면 너무 많은 금액 아닌가요? 좀 깎아주지 그러셨어요?"

"친구가 받을 돈이라 그럴 수 없었어."

"서형이라면 서총관님을 말하는 거죠?"

"아니. 다른 친구가 있어. 다음에 소개해 줄게."

설가영은 기분이 좋아졌다.

아직 검술을 인정받은 것은 아니지만, 중요한 회의 자리에 끼기도 하고, 친구도 소개받는 것은 진평과 한결 가까워졌다는 증거가 될 수 있었다. 본혈방도가 되길 잘했다는 생각이 들었다.

두 사람 사이에 잠시 정적이 흘렀다.

이제 잠을 자는 것 외에는 따로 할 일이 없는데, 새삼스럽게 밀폐된 공간에 단둘만 있다는 사실을 자각하게 된 것이다.

그동안은 홍패가 끼어 있거나 마충, 왕립이 있어서 전혀 어색하지 않았는데 둘만 있으니까 뭔가 기분이 묘했다.

설가영이 먼저 그 어색함을 깨트렸다.

"형님. 그동안 제가 매일 밤, 삼도천이 되어 소주의 밤거리를 누빈 얘기해 드릴까요?"

"그건 또 무슨 소리야?"

"예전부터 저도 삼도천이 되고 싶다고 했었잖아요."

"그랬었지. 하지만 실력이 턱없이 부족했지."

"이젠 그렇지 않아요. 호법님에게도 면구가 여러 개 있는데, 그걸 번갈아 쓰고 나가서 밤거리의 건달들 뼈를 여럿 부러뜨려줬어요. 한 번은 여덟 명을 동시에 상대해서 전부 다 쓰러트린 적도 있었다고요."

설가영은 신이 나는지 당시의 상황을 손짓 발짓까지 섞어서 재현해 보였다.

"네가 그러는 걸 정호법이 그냥 놔뒀어?"

"늘 근처에서 지켜보고 계셨죠. 제가 초식 운용에 뭔가 부족함을 드러내면 다음 날 연무장에서 그 허점을 파해당해서 집중적으로 얻어맞았고요."

진평은 웃을 수밖에 없었다.

"참 희한한 방법으로 실전경험을 쌓았군."

소주는 사람과 재물이 몰리는 큰 도시라 흑도의 왈짜패는 어느 골목에서나 쉽게 찾을 수 있었다.

설가영이 말했다.

"직접 해보니까 형님의 고충을 알겠더라고요."

"무슨 고충?"

"삼도천은 스스로 판관이자 형 집행관이 되는 거잖아요. 그런데 상대가 정말로 맞을 짓을 했는지, 아니면 단지 내 기분이

나빠서 때리는 것인지 냉정하게 판단하기가 쉽지 않더라고요."

"하하! 삼도천 흉내를 제대로 냈구나."

"성공하면 기분이 정말 좋았어요. 가슴 속이 뻥 뚫리는 느낌이랄까……. 잠도 잘 오고요."

진평은 초보 삼도천인 그녀에게 조언을 해주었다.

"머리로 생각하는 건 평상시에 할 일이고, 실제 상황에선 가슴이 시키는 대로 따라가면 돼. 그게 바른길이야."

설가영은 생긋 웃었다.

진평의 말하고자 하는 바가 무엇인지 알아들은 것이다.

진평이 턱짓으로 그녀의 허리춤을 가리키며 물었다.

"그 쇠몽둥이도 날 흉내 내려고 가지고 다니는 거야?"

"예. 원래는 저도 피리로 만들려고 했는데 불 줄 모르거든요. 짧고 가늘어도, 속을 채우면 적당한 무게가 되기에 그냥 몽둥이로 만들었어요. 맨손보다는 이걸로 패는 게 훨씬 낫더라고요."

"하하! 울보 아가씨가 정말 많이 달라졌네."

확실히 옛날의 설가영이 아니었다.

그녀가 진평에게 말했다.

"형님. 말 나온 김에 피리 연주 좀 들려주세요."

"웬 피리? 피곤할 텐데 오늘은 그냥 자는 게 어떨까?"

"정호법님이 형님의 철적 솜씨가 정말 대단하다고 하셨거든요. 생각해보니까 저도 들은 적이 있더라고요. 그런데 그때는 침상 밑에 숨어서 잔뜩 겁을 먹은 상태였기 때문에 소리가 어땠는지 하나도 기억이 안 나요."

진평은 철적을 뽑아들었다.

어차피 잠자리에 들기엔 좀 이르다고 생각한 것이다.

"딱 한 번만이다."

설가영이 턱을 괴고 듣는 앞에서 진평은 호흡을 가다듬은 후 피리를 불기 시작했다.

처음엔 평이한 곡조를 긴 음으로 이어 나갔고, 차츰 강약의 변화가 생기면서 역동적인 흐름이 만들어졌다.

설가영은 눈을 지그시 감았다. 다른 감각으로 인해 감상을 방해받고 싶지 않았기 때문이다.

처음의 곡조에서 바람이나 물결 같은 자연이 느껴졌다면, 더 빠르고 변화가 심해진 곡조에서는 인간의 희로애락을 느낄 수 있었다. 어느 부분에 이르러서는 그 끊어질 듯 이어질 듯 애절한 곡조에 가슴이 아리고 한숨이 나올 정도였다.

설가영은 감탄을 금할 수 없었다.

말이나 글이 아닌 피리 소리로 사람의 심혼을 흔들 수 있다는 사실이 경이롭기까지 했다.

격정적으로 몰아치던 곡조는 어느새 평온을 되찾았고 잔잔하고 부드럽게 마무리되었다.

설가영은 연주가 끝난 뒤에도 눈을 뜨지 않았다.

여운을 오래 간직하고 싶어서였다.

진평도 철적을 입술에 댄 채로 움직이지 않았다.

하지만 진평이 가만히 있는 이유는 따로 있었다.

연주의 막바지에 어디선가 칠현금(七弦琴) 소리가 나서 자신의 연주와 섞이기 시작했는데 그 고저와 장단이 참으로 절묘했다. 좀 더 듣고 싶었지만 자신의 연주가 끝나자 아쉽게도 금 소리 역시 멈추었다.

설가영이 눈을 뜨고 말했다.

"형님! 한 곡만 더 연주해주세요."

"안 돼. 약속했잖아."

"그래도 더 듣고 싶어요."

진평은 고개를 가로저었다.

"내가 연주할 수 있는 곡은 오로지 하나뿐이야. 그리고 방금 그걸 연주했기 때문에 더는 할 수 있는 게 없어."

"에이, 거짓말. 그렇게 잘 부는데, 한 곡밖에 못 한다는 말을 누가 믿겠어요?"

진평은 더 길게 얘기하지 않고 입을 다물었다.

"좋아요! 믿어 드리죠."

설가영이 선심이라도 쓰듯 말했다.

그녀는 진평을 다그치거나 귀찮게 조르는 것이 결코 현명하지 못한 행동이라는 사실을 잘 알고 있었다.

진평이 철적을 탁자에 놓고 물었다.

"정호법이 다른 얘기도 했어?"

"예. 매화를 가장 좋아하신다면서요?"

"꽃을 좋아하는 건 아냐. 눈과 얼음을 뚫고 피어나는 기개를 좋아하는 거지."

"어쨌거나요. 형님이 제 이름을 매향이라고 정한 것은 저를 좋아해서인 게 분명해요. 맞죠?"

설가영은 진평을 봤다. 장난처럼, 농담처럼 물어봤지만 속으로는 가슴이 견딜 수 없을 만큼 빠르게 뛰었다.

진평은 코웃음을 쳤다.

"웃기는 소리 하지 말고 저쪽 방에 가서 밤새 운기조식이나 해. 난 좀 자야겠으니까."

"밤을 새우라고요?"

"본격적으로 진기를 순환시키지는 말고 얕은 기식으로 의식을 건물 주변에 집중해. 혹시라도 적이 접근하면 감지할 수 있도록."

"그동안 형님은 주무시고요?"

"당연하지. 방도와 방주가 있으면 방도가 불침번을 서는 게 정한 이치 아냐?"

"하지만 그런 식의 운기조식은 해본 적이 없는데요."

"강호에선 안 해본 일도 무엇이건 해내야 되는 거야. 나중에 익숙해지면 잠자는 것보다 훨씬 몸이 편해질 테니까 수련의 일부라 생각하고 노력해봐."

"아, 알았어요."

진평은 침상에 드러누워 바로 잠들어버렸고, 설가영은 가부좌를 틀고 앉아 운기조식에 들어갔다.

다음 날.

구서위와 함께 아침을 먹으면서, 진평은 금을 연주한 사람에 대해 물었다.

"우리 식구 중엔 그런 사람이 없네만."

"성왕부 쪽이겠군요."

"글쎄……. 악기 소리가 들린 것은 어제가 처음이라 그쪽의 누구인지는 알 수가 없군."

구서위는 장원을 내주었지만 그것은 어디까지나 성왕의 가신이 된 큰아들 때문이었다. 평소의 성격답게 성왕부 사람들과 친하게 지내려는 시도는 애당초 하지 않고 있었다.

그날 밤. 진평은 철적을 들고 별채 지붕으로 올라갔다.

자신의 피리 소리에 화답한 금 소리를 직접 찾기 위해서였다. 수소문하면서 돌아다니기보다는 소리로 찾는 편이 빠를 거라는 게 그의 판단이었다.

교교한 달빛 아래 이따금씩 부는 바람이 춥기보다는 상쾌함을 느끼게 해주는 날씨였다.

진평은 서너 차례 심호흡으로 기식을 고른 후 철적을 입술에 대고 불기 시작했다.

산장의 지붕들 위로 은은한 울림이 퍼져 나간 지 얼마나 되었을까, 진평이 기다리던 소리가 들려왔다.

어제 들었던 그 칠현금이었다.

진평은 피리 소리를 끊지는 않았지만 크기를 줄이면서 곡조도 늦추었다. 그것은 일종의 초청과도 같았다.

칠현금 소리는 그 의도를 알아차리기라도 한 듯, 조금씩 점진적으로 음량과 장단을 키우며 자신을 드러냈다.

한밤중에 시작된 적과 금의 합주는 충동적이고 즉흥적이었음에도 불구하고 면면히 이어졌다.

처음엔 서로의 곡조가 엇갈리기도 했지만 장단이 맞을 즈음엔 어느새 흐름까지 동조되어 있었다.

진평은 연주에 심취했다.

그는 무공 이외에 바둑이나 음악에 심취하여 깊이 파고든 경험을 가지고 있었다. 설가영의 할아버지 한 사람을 호적수 삼아 엎치락뒤치락하던 바둑과 달리, 음악 쪽으로는 다양한 악기를 다루는 명인들과 교류를 했었는데 칠현금을 이렇게까지 연주하는 사람은 처음이었다.

처음엔 밋밋하게 들릴 수도 있지만 잡다한 기교 없이 음 하나하나에 깊이를 싣는 연주는 아무나 할 수 있는 게 아니었다.

일 각 정도 이어지던 연주가 멈추자 진평은 지붕에서 내려왔다. 아래서 기다리고 있던 설가영이 물었다.

"끝난 건가요?"

"응. 오늘은 그만 하기로 했어."

"그런 얘기를 누구하고, 언제 나누셨어요?"

진평은 철적을 흔들어 보였다.

"말로 하지 않아도 뜻을 전할 수 있어."

설가영이 살짝 토라진 어조로 말했다.

"형님. 한 곡밖에 연주 못 한다던 말씀 거짓말이었죠? 오늘 들은 건 어제와 완전히 다른 곡이던데요?"

"후후……. 내가 연주할 수 있는 곡은 하나밖에 없어. 다만, 어느 부분을 늘이거나 즉흥적으로 더할 뿐이야."

"치! 그럼 그게 한 곡인가요? 마음먹으면 백 곡, 천 곡도 될 수 있는 거잖아요?"

"그럴 수도 있겠지."

설가영은 입술을 삐죽거렸다.

"뭐, 어쨌거나 듣기는 참 좋았어요. 그런데 금을 연주한 사람이 도대체 누구일까요?"

"글쎄. 그건 굳이 알고 싶지 않은데."

"예? 궁금하지도 않으세요?"

"궁금하긴 하지만, 마무리를 짓지 못하는 것, 호기심을 풀지 못하는 것에도 흥취가 있는 법이거든."

"이를테면, 꿀 사탕을 이빨로 씹어 먹는 것보다는 오래오래 빨아먹는 쪽이 더 길게 흥을 이어갈 수 있단 말씀이군요."

진평은 미소 지었다.

그녀의 비유가 적절하다는 생각이 들었기 때문이다.

진평은 다음 날 밤에도 지붕 위로 올라갔다.

어제와 달리 달이 구름에 가려 더 어두웠고, 바람도 쌀쌀했지만 피리 소리가 방해를 받을 정도의 강풍은 아니었다.

철적이 소리를 내자 칠현금 소리가 곧바로 들려왔다.

상대도 피리 소리를 기다리고 있었던 듯했다.

두 소리는 곧바로 어우러졌다.

어제 맞춰 본 경험 덕에 상대의 소리를 파악하는 부분을 생략할 수 있었던 것이다.

연주하는 도중에 진평은 갈증을 느꼈다. 두 소리가 조화를 이루는 것만 가지고는 만족할 수 없었다.

진평은 슬그머니 도발을 해보았다.

흐름을 거스르는 빠른 곡조가 연주되고 얼마 지나지 않아 칠현금 소리 역시 변화를 보였다.

그 소리를 들은 진평의 눈썹이 흔들렸다.

진평의 연주는 무공으로 치자면 서로 투로를 정하고 대타(對打)를 하다가 갑자기 약속에 없던 초식을 펼친 것과 같았다. 그런데 금 소리는 그것을 받아넘긴 후에 오히려 역공을 취해 온 것이었다.

진평은 상대의 곡조를 받아 연주한 후 거기에 다시금 자신의 변화된 소리를 실었다.

그러자 칠현금 역시 같은 반응을 보였다.

두 사람이 가락을 주고받는 것은 마치 논검(論劍)과 같았는데, 횟수가 거듭될수록 점점 더 난이도가 올라가서 나중엔 진평의 이마에 땀방울이 맺힐 정도가 되었다.

격렬한 다툼은 서로가 조금씩 물러서면서 잦아들었고 마침내 연주도 끝을 맞이하게 되었다.

진평이 지붕에서 내려오자 설가영이 말했다.

"형님. 오늘의 연주는 좀 이상했어요. 둘이 전혀 어울리지 않고 따로 노는 것 같던데요?"

"그렇게 들렸을 거야."

그러나 진평의 표정은 밝았다.

단순히 상대에게 맞추기만 하던 어제보다 오늘이 훨씬 더 즐겁고 흥이 도도했던 것이다.

세 번째 날은 시작부터 격식이 없었다.

한쪽이 치고 나갈 때 다른 쪽이 맞받아치는가 하면 빠른 곡조를 느린 장단으로 받고, 피리가 짧은 연음을 연주하는가 하면 금이 음을 길게 끌기도 했다.

마치 두 마리 용이 구슬을 취하기 위해 엉켜 싸우는 것 같다가도 한순간에 비와 구름이 어울리는 것처럼 친해지기도 해서 그 변화를 종잡을 수 없었다.

그것은 진평에게 있어 정말 대단한 즐거움이었다.

정해진 곡조를 따라가지 않음에도 불구하고 자신의 연주에 맞춰주는 지음(知音)의 상대가 있다는 사실, 자신도 상대의 흐름에 맞춰줄 수 있다는 사실이 더할 나위 없이 좋았다.

한 번은 내가 백아(伯牙)가 되어 연주하고, 다음번에는 종자기(鍾子期)가 되어 감상하니, 음률을 배운 이후로 지금처럼 기뻤던 적이 없었다.

진평은 상대 역시 자신과의 연주를 즐긴다는 사실을 알 수 있었다. 보통 사람의 귀에는 같은 소리로 들리겠지만, 상대는 현을 퉁기는 손길에 천 가지 감정과 만 가지 생각을 담을 수 있었고, 진평은 그것을 분간하여 들을 수 있었다.

곡이 끝나갈 즈음 금 소리에 변화가 있었다.

상대의 탄현에 담긴 의미는 만남이었다. 음악이 아닌 실제로 만나고 싶어 한다는 의지를 느낄 수 있었다.

진평도 기꺼이 초청의 의미를 담아 피리를 불었다.

지난번에 설가영이 물었을 때는 거리를 두는 것도 좋다고 얘기했지만 지금은 아니었다.

이 정도로 잘 맞는 상대를 직접 만나보지 못한다면 평생 후회로 남을 것 같다는 생각이 들었다.

진평의 연주 이후 상대의 금 소리가 조금씩 커졌다.

별채를 향해 다가오는 것이었다.

진평의 연주는 거기에 맞추어 점점 더 고조되었다. 환영한다고 외치는 것 같은 소리였다.

그리고 마침내 지붕의 반대편 끝에 한 사람이 모습을 드러냈다. 마치 한 마리 커다란 새가 날아와 앉기라도 한 듯 유려한 신법.

진평은 철적을 입술에서 떼었고, 상대의 칠현금도 더 이상 소리를 내지 않았다.

진평의 맞은편에 선 사람은 바로 성왕부의 고수 양우건이었다.

『풍운강호』 3권에서 계속